LE MARCHAND DE SABLE

LES ORIGINES

COLLECTION PANACHE

LE MARCHAND DE SABLE

LES ORIGINES

Maude Rückstühl

ADA ÉDITIONS

Éditeur : François Doucet
Directeur de collection : L.P. Sicard
Révision éditoriale : Myriam de Repentigny
Révision linguistique : Sara Sfaya
Conception de la couverture : germancreative (Fiverr®)
Mise en pages : Félix Bellerose
ISBN papier 978-2-89803-474-9
ISBN PDF numérique 978-2-89803-475-6
ISBN ePub 978-2-89803-476-3
Première impression : 2019
Dépôt légal : 2019
Bibliothèque et Archives nationales du Québec
Bibliothèque et Archives Canada

Éditions AdA Inc.
1385, boul. Lionel-Boulet
Varennes (Québec) J3X 1P7, Canada
Téléphone : 450 929-0296
Télécopieur : 450 929-0220
www.ada-inc.com
info@ada-inc.com

Diffusion

Canada :	Éditions AdA Inc.
France :	D.G. Diffusion Z.I. des Bogues 31750 Escalquens — France Téléphone : 05.61.00.09.99
Suisse :	Transat — 23.42.77.40
Belgique :	D.G. Diffusion — 05.61.00.09.99

Imprimé au Canada

Québec
Crédit d'impôt livres
Gestion SODEC

Financé par le gouvernement du Canada | Canada

Participation de la SODEC.
Nous reconnaissons l'aide financière du gouvernement du Canada par l'entremise du Fonds du livre du Canada (FLC) pour nos activités d'édition.
Gouvernement du Québec — Programme de crédit d'impôt pour l'édition de livres — Gestion SODEC.

Catalogage avant publication de Bibliothèque et Archives nationales du Québec et Bibliothèque et Archives Canada

Titre: Le marchand de sable : les origines / Maude Rückstühl.
Noms: Rückstühl, Maude, 1980- auteur.
Collections: Collection Panache.
Description: Mention de collection: Collection Panache
Identifiants: Canadiana 2019002190X | ISBN 9782898034749
Classification: LCC PS8635.U2985 M37 2019 | CDD jC843/.6—dc23

CHAPITRE 1

La sorcière

— … et il arracha les yeux de tous les enfants qui ne dormaient pas ! Fin ! résonna la voix de Cécilia à travers la porte de la chambre.

Les sanglots de Léonce alertèrent l'aînée, Liduvine, qui passait par là. Exaspérée de la méchanceté de Cécilia, celle-ci roula les yeux au ciel, soupira, et ouvrit la porte. À son entrée, Alphonsine, sa plus jeune sœur, consolait son petit frère d'une étreinte bienveillante. La fillette détourna l'attention de son cadet et expliqua à Liduvine la cause du bouleversement de Léonce :

— Elle lui a raconté l'histoire du Marchand de Sable, mais elle en a changé la fin.

— Non, ce n'est pas vrai ! nia Cécilia. Léonce est un trouillard !

— Faux, rétorqua Liduvine. La version que tu fais de cette légende est immonde et ta conclusion, monstrueuse! Quelle idée de conter de pareilles atrocités à un enfant de cinq ans qui entrera à l'école demain! Tu es irresponsable, Cécilia Gale!

Cette dernière se renfrogna et s'écria :

— Tu n'es pas ma mère!

Hors d'elle-même, Liduvine fonça sur la fautive d'un pas décidé et la gifla.

— Aïe! Mais tu es folle! pleurnicha Cécilia en portant la main à sa joue. Je vais le dire à maman!

Alphonsine, qui admirait la beauté et la patience de Liduvine, l'observa cette fois d'un air interdit. Elle ne l'avait jamais vue s'emporter de la sorte contre un membre de la fratrie. Cécilia, humiliée et furibonde, claqua la porte et se dirigea à la cuisine pour rapporter l'excès de colère de la plus vieille à sa mère.

— Tu as bien fait, assura Alphonsine à Liduvine, tout en se dégageant de Léonce. Elle le terrorise continuellement.

L'aînée, honteuse, baissa les yeux et rougit. Ses cils blonds et son regard si doux la dotaient d'un charme angélique. Elle écarta les mèches de son visage et les mit derrière ses oreilles. Puis, elle s'affala sur le lit, à côté d'Alphonsine et de Léonce.

— Non, je n'aurais pas dû la frapper. C'était mal, répliqua-t-elle. Un futur médecin ne devrait jamais lever la main sur un enfant ou sur qui que ce soit, d'ailleurs.

Alphonsine prit la main de sa sœur et l'enveloppa de ses menottes frêles. Elle l'observait de ses grands yeux sombres tranchant sur une figure pâlotte. Voir Liduvine ainsi chavirée lui pinçait le cœur. Elle aurait souhaité trouver les mots appropriés pour la rassurer, mais restait paralysée devant la beauté vertueuse de cette jeune femme intelligente qu'était sa sœur.

— Lili ? osa Léonce de sa petite voix timide.

— Quoi ?

— Il est quelle heure ?

— Je ne sais pas, mais l'heure du coucher n'a pas encore sonné. Pourquoi ?

— Bien…, commença-t-il avec la gorge serrée, il faut… je crois qu'il faut que je fasse dodo, maintenant.

— C'est à cause du Marchand de Sable que tu veux dormir à tout prix, sans le câlin de maman ? présuma son aînée en l'examinant d'un air faussement sévère.

Léonce hocha la tête et enfonça son pouce dans sa bouche. Liduvine repoussa doucement son bras.

— Pas de pouce, Léonce, lui rappela-t-elle. Écoute-moi bien, à présent, exprima-t-elle en collant son front contre les boucles brunes du bambin. Aucun méchant monsieur n'entrera par la fenêtre de notre chambre pour saupoudrer de sable tes magnifiques yeux marron. Compris ?

— D'accord, répondit le garçon en pinçant les lèvres.

— Allez, viens là, dit Liduvine en ouvrant tout grand les bras.

Le petit n'hésita pas une seconde à s'y réfugier. Pendant ce temps, Alphonsine quitta le lit pour enfiler sa robe de nuit et dénouer sa longue chevelure de jais. Troisième de la fratrie, la fillette avait hérité des yeux et des cheveux foncés de sa mère et du regard pénétrant de son père. Elle regardait sa sœur et pensait à regret que cette dernière partirait bientôt pour l'école de médecine, très loin d'ici. Elle ne la verrait plus qu'à l'Action de grâce, à Pâques et à Noël.

En ce moment, Arthur, le bébé, criait comme un diable. Alphonsine soupira de découragement en songeant que leur famille accueillerait un sixième membre dans un mois à peine. Lorsque Liduvine déserterait le nid familial pour le grand monde, les tâches ménagères lui incomberaient. Elle l'appréhendait, car Cécilia était fainéante et se complaisait à vivre comme une princesse au lieu de participer au bien-être de ses proches.

S'avisant que Liduvine et Léonce n'occupaient plus la chambre, Alphonsine s'approcha de la fenêtre et fut attirée par le visage lugubre et éthéré de la lune. Son éclat d'albâtre éclairait la colline boisée derrière la maison, mais aussi son père, Honoré. Dans la cour, celui-ci travaillait durement sur la restauration d'un meuble qu'il devait livrer le lendemain chez un client.

Homme fort et grand, Honoré ne tolérait pas l'ingratitude, et la paresse l'horripilait. Père aimant, il enseignait à sa descendance combien la vie était difficile. Pour cette raison, il priorisait l'assiduité à l'école. Un banal mal de cœur, une inflammation à la gorge ou une petite fièvre n'excusaient en rien une absence.

Eusèbe, le meilleur ami d'Alphonsine, vivait dans la forêt avec sa mère. La misère ne lui permettait pas de se munir de livres scolaires. Honoré, qui considérait ce garçon comme un fils et dont l'esprit d'initiative lui plaisait, avait suggéré à sœur Maria d'asseoir le petit à côté d'Alphonsine, pour qu'ils partagent ainsi leurs manuels.

« Et que fera-t-on pour les cahiers d'écriture, alors, monsieur Gale ? Ils en déchireront les pages pour écrire chacun sur leurs feuilles ou bien ils se colleront et s'emmêleront dans leurs crayons ? », lui avait demandé la religieuse, réticente.

« Je lui en procurerai un dès demain, madame », avait répondu Honoré.

Il avait tenu sa promesse. Depuis ce temps, Eusèbe suivait la matière enseignée aux côtés d'Alphonsine et attendait la calèche des Gale tous les matins, à la sortie de la grotte dans laquelle il habitait. Quand la vente des meubles d'Honoré prospérait à la foire mensuelle de Trinity, une ville située à quelques lieues de la maison, il invitait Eusèbe et sa mère à souper avec eux, mais, hélas, la famine triomphait plus souvent que l'abondance.

— Phonsine ! Phonsine ! s'écria Léonce en surgissant dans la pièce.

Alphonsine dévia son regard de son père, qui rabotait une planche :

— Quoi ?

— Eusèbe est ici ! On dirait qu'il a peur !

Le pouls d'Alphonsine s'accéléra. Son ami connaissait les règles des Gale; s'il avait osé venir cogner à une heure aussi tardive, c'est que quelque chose de très grave était survenu...

Elle découvrit son camarade, tremblotant, assis sur une des chaises de la cuisine. Il s'entretenait avec Anna, la mère des enfants Gale.

— Liduvine, amène Léonce dans la chambre, je te prie, demanda la femme. Et couche-le, il est tard.

À cet instant, le carillon de l'horloge grand-père sonna le dernier quart d'heure avant dix-neuf heures. L'aînée s'exécuta sans discuter. Ses sourcils froncés et son air préoccupé trahissaient cependant son inquiétude.

— Eusèbe? Qu'est-ce qui se passe? s'enquit Alphonsine en s'approchant de lui.

Cécilia apparut derrière elle, une expression malicieuse plaquée au visage.

— C'est maman… Elle… elle, balbutia le garçon, les yeux embués de larmes.

Le pauvre affichait une mine complètement désemparée. Anna lui fit signe, d'un geste doux, d'avancer sa chaise, puis quand cela fut fait, elle appuya sa tête contre sa poitrine gonflée de lait. Elle se tourna vers Alphonsine :

— Mathilda a eu des visions.

— C'est une sorcière, murmura Cécilia à l'oreille de sa cadette.

— Est-ce qu'elle va bien? interrogea Alphonsine, en ignorant la médisance de sa sœur.

Eusèbe se redressa et répondit à la négative, en jetant un regard effrayé à son amie.

— Frissonnements, convulsions, écume... Rien ne diffère des autres fois, à l'exception de la gravité de sa vision, spécifia Anna.

— Comment cela? s'informa Alphonsine, qui triturait sa robe de nuit afin de maîtriser ses tremblements.

— La sorcière nous a vus, lâcha Cécilia sans ménager son ton.

— Cécilia! protesta sa mère.

— Cette folle soutient qu'un redoutable cyclone détruira notre maison, poursuivit-elle sans tenir compte de la remontrance d'Anna.

Affectant l'air sombre d'une conteuse brillante, l'adolescente ajouta :

Tandis que nous, la famille Gale au grand complet, reposerons dans un bain de sang, les yeux rongés jusqu'au cerveau.

CHAPITRE 2

Confession

Alphonsine n'était pas parvenue à s'endormir comme son frère et ses sœurs. Les feuilles claquaient dans les arbres, le vent mugissait en se faufilant à travers les branches et la pluie martelait les carreaux. La fillette partageait sa couche avec Léonce contre le mur du fond percé de la fenêtre. Liduvine et Cécilia dormaient quant à elles près de la porte. Alphonsine aurait aimé, juste pour cette nuit, que l'emplacement de leurs lits soit inversé.

Elle se rongeait les sangs dans l'attente du retour de son père, qui était allé reconduire Eusèbe chez lui. Les loups régnaient dans les bois, du crépuscule à l'aube. Leurs hurlements sinistres glaçaient les veines d'Alphonsine. Ces canidés voraces avaient déjà pénétré dans l'écurie et blessé un de leurs chevaux, dont les hennissements effrayés avaient alerté

Honoré. Un coup de fusil en l'air avait suffi à chasser les prédateurs. C'était bien l'effronterie de ces bêtes qui apeurait la petite fille à l'imagination très fertile. « Trop fertile ! » comme lui disait souvent sa mère, sans toutefois le lui reprocher.

En entendant la porte d'entrée qui se fermait, Alphonsine ressentit un vague sentiment de réconfort, mais elle tenait tout de même à entendre le récit de son père concernant sa visite chez son ami. Elle avait donc appliqué l'oreille au panneau et écouté la conversation.

Honoré avait trouvé la maman d'Eusèbe endormie au bord du feu sur le point de s'éteindre. L'homme l'avait réalimenté pour qu'il dure jusqu'au lever du jour.

« Je ne crois pas qu'elle est aussi folle que ce que l'on raconte », avait confié monsieur Gale à son épouse.

« J'en conviens, mais pourquoi dis-tu cela ? »

« Bah ! Non. Oublie. »

« Non, non. Dis, insista Anna. Tu ne m'as jamais rien caché, ce n'est pas aujourd'hui que cela changera, mon chéri. »

Honoré marqua un silence, puis, il se décida à parler :

« Bien, amorça-t-il en s'éclaircissant la gorge. Tu sais, en août, quand j'ai été livrer la table et les huit chaises à Havelock ? »

« Oui, je m'en souviens, c'était à huit lieues d'ici. Tu étais parti pendant quelques jours. »

« Oh, Anna, je ne devrais pas te raconter cela dans l'état où tu es. Et en plus, je ne serais pas surpris que les enfants écoutent... »

« Parlons sur l'oreiller, alors », lui proposa sa compagne.

Ces mots attirèrent Alphonsine hors de sa chambre. Après avoir tourné la poignée en douceur, elle longea, à pas de loup, le mur du couloir qui aboutissait à la pièce conjugale.

Tout en approchant de son but, la fillette regarda du coin de l'œil les aiguilles de la grande horloge égrainer les secondes. La cuisine baignait dans l'obscurité. La lueur de la lanterne vacillait sous la porte et dansait sur les pieds nus de la jeune fille. Enfin, elle colla son profil au panneau de bois. Elle avait dû perdre un bout de conversation, car elle entendit sa mère répondre :

« Bonté divine ! Tu en es sûr ? »

« Je les ai vus, de mes yeux vus. Bon, j'en ai suffisamment dit. Je ne veux pas d'un bébé irritable comme Alphonsine. Tu te souviens comme elle était nerveuse ? »

« Oui, la pauvre… mais elle a changé. Regarde-la aujourd'hui. Elle est la plus sage des cinq, quoique son esprit soit porté vers la fantaisie. Et puis, il faut dire que Cécilia, même à l'époque, ne cessait de la malmener, mais... continue, tu ne fais qu'essayer de m'éloigner de ton histoire. Est-ce tous les habitants du bourg qui sont devenus aveugles ou seulement les braves gens qui ont acheté tes œuvres ? »

« S'il n'y avait eu qu'une perte de vision... J'ai été témoin de bien pire, mais je me sens honteux de te raconter cela… »

« Chéri, tu as déjà été trop loin, tu le sais. Rien ne sert de reculer à présent. »

« Plusieurs, à ce qu'il paraît, y ont laissé leur vie. Les maisons ont été ravagées par une tempête sèche… je ne sais trop. »

« Une tempête sèche ? »

« Il y avait du sable partout ! Voilà. Je ne pouvais pas risquer d'y aller avec les chevaux. Les pauvres... ils auraient dérapé. Si tu avais vu l'état de mes semelles. Par Dieu ! J'ai dû me rendre chez le savetier, qui me les a remplacées. »

« Je ne comprends pas. »

« Ce sable, il était… comment dire… sulfureux. Mes bottes fumaient ! Il y avait des endroits où ce maudit sable ne semblait pas menaçant, mais d'autres où il me fallait carrément l'éviter. Les grains de celui-là brillaient comme s'ils étaient magiques. Oh, tu dois me prendre pour un fou ! J'en ai assez dit. Je retourne à la cuisine, manger. Reste-t-il des pommes de terre ? »

« Oui, sur le feu », avait répondu Anna d'un ton évasif.

En refermant la porte derrière lui, Honoré secoua la tête de remords et se dirigea vers la salle à manger. Alphonsine, elle, tremblait de peur, accroupie à côté de l'armoire située entre la chambre principale et celle des enfants.

CHAPITRE 3

Le flair de la bête

— Debout, Alphonsine ! Je te rappelle que c'est le premier jour d'école, aujourd'hui. Tu ne voudrais tout de même pas commencer l'année du mauvais pied ?

La voix claire de Liduvine, transperçant le crâne lourd de la dormeuse, lui causa un soubresaut. Elle poussa un soupir de fatigue. Elle ressentait dans son corps endolori l'empreinte de l'insomnie.

La jeune femme lança la robe du dimanche confectionnée de velours saphir et de dentelle, ainsi qu'un jupon, sur le contour léger de sa cadette enfouie sous une pesante couverture de laine.

— N'oublie pas de te laver avant d'enfiler ta tenue. (Voyant que sa petite sœur ne bougeait pas d'un iota) : Allez, princesse ! Papa est pressé !

L'aînée enleva son châle du crochet fixé à la porte, et quitta la chambre.

Alphonsine s'étira, redressa le tronc avec difficulté, et posa un premier pied sur le parquet. Ses cheveux emmêlés tombaient sur les côtés de son visage, des paravents qu'elle accueillait volontiers, car elle n'était pas d'humeur à causer. D'un pas las, elle décrocha sa serviette de bain d'un des deux supports disposés au-dessus de chacune des têtes de lit. Puis, elle se dirigea à la bassine, coincée entre le poêle et l'horloge dans la pièce commune.

À son arrivée, sa mère allaitait Arthur dans le fauteuil berçant. Léonce, Cécilia et Honoré déjeunaient, tandis que Liduvine mettait sa soucoupe et celle de la retardataire sur la table. Le regard de l'aînée croisa celui d'Alphonsine, qui tirait le paravent devant la cuve. La fillette se dévêtait pour pénétrer dans l'eau tiédie, à la surface mousseuse et grisâtre. Que Cécilia, cette dédaigneuse demoiselle, se lève avant l'aube n'étonnait personne. Il ne fallait surtout pas que la belle se nettoie dans une eau impure !

— Elle n'est pas très bavarde, ce matin, commenta Honoré en déposant son bol de lait devant lui.

— Elle n'est jamais *très bavarde* ! intervint Cécilia d'un ton méprisant.

— Personnellement, je préfère ceux qui parlent peu à ceux qui parlent trop, ajouta Liduvine en dardant sur sa sœur un regard fielleux.

— Ah, oui ? Explique-toi ! riposta Cécilia en plissant les paupières de haine.

— Suffit, vous deux ! Mangez votre pain pendant qu'il en reste ! intima Anna.

— Papa ? fit Léonce.

— Oui, fiston ?

— Est-ce que la maman d'Eusèbe est au ciel ?

Cécilia pouffa de rire.

— Euh, non, répondit le père, embarrassé. Pourquoi cette question, mon gars ?

— Bien, Eusèbe pleurait et il ne pleure jamais d'habitude.

— Tout va bien. Ne t'inquiète pas et mange, rétorqua Honoré.

Enveloppée d'une serviette, Alphonsine émergea de derrière la cloison mobile et se dirigea, tête penchée, vers la chambre pour s'habiller.

Tandis qu'elle revêtait ses plus beaux atours, elle tenta de se raisonner. Elle comprit qu'elle avait tout intérêt à afficher une mine détendue si elle voulait éviter que des soupçons s'insinuent dans l'esprit de ses parents quant à son indiscrétion de la veille. S'ils découvraient la vérité, douze coups de cravache la guetteraient. Elle avait donc intérêt à cesser d'exhiber cette expression tourmentée.

Du pain tartiné de confiture et de beurre ainsi qu'un menu bol de lait l'attendaient. La vache produisait moins depuis quelques jours et les poules ne pondaient plus.

— On ne dit plus bonjour, Alphonsine ? fit Honoré en observant sa fille avec sévérité.

— Oui, pardon à tous.

Elle se tourna vers les membres de sa famille et les salua.

— Tu es bien pâle, sœurette. Tu n'es pas malade, j'espère, exprima Cécilia, en esquissant un sourire en coin.

Liduvine préféra se taire plutôt que de risquer de mettre Alphonsine dans un éventuel embarras. Léonce enfournait sa tartine. Anna considérait Alphonsine d'un œil attentif. Affectant une expression soudainement joviale, cette dernière répondit à son inquisitrice de sœur :

— Le vent et la pluie ont un peu perturbé ma nuit, c'est tout.

Honoré échangea un regard complice avec sa femme. Puis, il se leva de table et déclara :

— Nous partons dans dix minutes. Pas une de plus.

— Dix minutes ? répéta Alphonsine, qui consulta immédiatement l'horloge. Mais il n'est même pas sept heures et quart !

— Si tu m'avais bien écouté, hier, tu saurais que j'ai une livraison à faire aujourd'hui. Je dois me rendre en ville.

— Oh... mais je ne serai jamais prête ! craignit la retardataire.

— Eh bien, soit ! Tu n'auras qu'à courir pour rattraper la voiture ! répliqua-t-il.

— Fini ! annonça Cécilia en bondissant sur ses pieds et en repoussant bruyamment sa chaise. Que c'est agréable ! Je disposerai de tout mon temps pour mettre ma broche préférée et pour me coiffer en tresses et en chignons !

Alphonsine s'activa à manger. Avec l'histoire que son père avait rapportée à sa mère la veille, l'enfant frissonnait à l'idée d'arpenter les bois seule. Une main ramassa ses cheveux et entreprit de les peigner. La fillette reconnut la dextérité de Liduvine. Celle-ci porta ses lèvres près de son oreille et murmura :

— Tu seras la plus belle de nous trois, je te l'assure.

Alphonsine leva le menton et arbora un sourire :

— Merci.

— Je t'en prie, princesse.

Arthur fit son rot et descendit prudemment des genoux de sa nourrice. Il trottina maladroitement en direction de la première chaise rencontrée et s'y accrocha pour éviter une chute.

Alphonsine surprit le regard jaloux de Cécilia posé sur elle. Des demi-lunes bleuies soulignaient ses petits yeux clairs. En vérité, la plus jeune la plaignait, car elle pensait qu'il fallait vraiment que sa sœur fut tombée sur une mauvaise âme pour agir d'une manière aussi hostile.

— Ne bouge pas, princesse, lui demanda Liduvine.

Cette dernière, en revanche, avait un visage frais et lumineux et de grands yeux marron. Alphonsine jugeait qu'elle était la plus belle de la fratrie. Pas qu'elle sous-estimait sa propre apparence physique, mais elle aurait aimé hériter d'une pigmentation claire, comme ses sœurs. À ce sujet, personne ne savait d'où provenait sa chevelure d'ébène. Anna était certes foncée, mais pas noire. En fait, la fillette ignorait où se situer par rapport à son héritage génétique. D'ailleurs, Cécilia n'avait pas manqué de la traiter de petite bâtarde, un jour, ce qui lui avait valu une gifle et vingt coups de fouet.

— Voilà, princesse. Il faudra qu'on te coupe un peu de crinière avant que tu ne t'assoies dessus, plaisanta Liduvine, de bon cœur.

Alphonsine tâta sa tête et reconnut sa coiffure préférée : ses cheveux remontés sur les côtés à l'aide de peignes et rassemblés en un arrangement raffiné de tresses. Cécilia maugréa pour elle-même devant le miroir. Elle relevait des imperfections qu'elle seule semblait remarquer. Elle défit ses nattes avec des gestes d'impatience et ébouriffa sa chevelure.

— Les chevaux sont attelés, annonça Léonce en pointant le nez dans l'embrasure de la porte d'entrée.

— Tu ne m'embrasses pas, mon garçon ? lui rappela sa maman.

Elle s'accroupit et étreignit son fils.

— Sois sage, dit-elle, les yeux humides.

— Oui, oui ! répondit-il avant de s'élancer dehors pour grimper dans la calèche.

Liduvine et Alphonsine, cahiers et écritoires sous les bras, emboîtèrent le pas à leur frère, abandonnant Cécilia qui se battait avec sa queue de cheval et son ruban.

Honoré s'installa sur le siège du cocher et s'inclina vers l'avant pour prendre les rênes. Les sœurs ouvrirent la porte de la voiture et elles s'assirent de chaque côté de Léonce. La présence d'une armoire retapée contraignit les passagères à placer leurs jambes en biais. Cécilia surgit de la maison :

— Attends-moi, papa !

— Je ne suis pas encore parti, dit-il.

Moins d'une minute plus tard, l'attelage s'éloigna du foyer sous un ciel ensoleillé. Il s'engagea sur la petite colline et pénétra dans la forêt. Alphonsine se rongeait les ongles.

— Tss-tss ! Ce n'est pas très élégant, pour une fille, l'avertit Liduvine. C'est l'école ou Eusèbe qui te rend nerveuse ?

— Les deux.

Les arbres s'embrasaient de l'éclat du jour. Le gel des dernières nuits avait concouru à colorer les feuilles précocement cette année. Le sentier marquait une élévation, suivie d'une courbe vers la droite. Après ce virage, son père cueillerait Eusèbe.

Les cailloux crachotaient sous les sabots des chevaux qui gravissaient la côte.

Au rythme de l'ascension de l'attelage, la tête d'Eusèbe se dévoilait à Alphonsine. Elle expira de soulagement. En son for intérieur, elle craignait qu'il lui fût arrivé malheur pendant la nuit. Les chevaux s'ébrouèrent en arrêtant à l'endroit habituel.

— Bonjour, mon garçon, le salua Honoré.

— Bonjour, monsieur Gale.

— La nuit s'est bien passée ?

— Oui. Ma mère a dormi jusqu'au petit matin.

— Elle dort encore, apparemment, ajouta Cécilia.

— Au revoir, Mathilda, dit Honoré d'une voix forte.

La femme, recouverte de haillons et de lainage, s'exposa hors de la grotte. Une tignasse mêlée et grisonnante encadrait son visage osseux.

— Je tenais à vous remercier pour hier, monsieur Gale.

— C'est tout naturel. Allez, nous devons filer. À ce soir !

— Oui, c'est ça. (Elle se tourna vers les écoliers) : Bonne journée, les enfants !

Ces derniers lui répondirent tous, sauf Cécilia, qui ne daigna même pas la regarder. Honoré fit claquer sa langue contre son palais et secoua la bride. Alphonsine se pencha vers Eusèbe et lui signifia d'un mouvement de l'index d'approcher.

— J'ai appris des choses, hier, susurra-t-elle à l'oreille de son ami.

Le garçon l'observa d'un air grave.

— Moi aussi.

— Qu'est-ce que vous marmonnez donc, tous les deux ? lança Cécilia sur un ton railleur.

— Ça ne te regarde pas, rétorqua Eusèbe en la fixant avec des yeux mécontents.

— Laisse-les tranquilles ! Tu ennuies tout le monde ! dit Liduvine en agrippant les plis de sa robe.

— Les filles ! Pas de chamailles dans ma voiture ! Vous connaissez la règle ? admonesta Honoré.

— Oui, répondit Liduvine.

— Tu peux la rappeler à Cécilia ? demanda monsieur Gale, tandis que son corps subissait les soubresauts des roues sur la chaussée.

— Oui, papa : s'il y a une dispute dans la voiture, les sujets concernés feront le reste du chemin à pied.

— Bien, conclut le cocher. J'espère que vous vous tairez jusqu'à notre arrivée à l'école.

— Je peux parler, moi, papa ? interrogea Léonce, coincé entre ses sœurs.

— Mais oui, fiston. Mais oui.

Alphonsine et Eusèbe se penchèrent à nouveau l'un vers l'autre, jusqu'à se trouver nez à nez.

— J'ai écouté à la porte de mes parents, hier, lui confia-t-elle à voix basse, de sorte que les occupants de la calèche ne captent rien de la discussion.

La petite Gale lui raconta la situation de la ville détruite par une tempête de sable mystérieuse et dont la population y avait soit perdu la vie ou la vue. Elle n'oublia pas de spécifier l'existence de certains grains, plus brillants, qui avaient fait fondre les semelles de son père. Eusèbe approuva d'un hochement de tête rapide, comme s'il était déjà au courant de l'histoire.

— Ma mère a vu la fin de notre monde, annonça-t-il, toujours en chuchotant.

Alphonsine écarquilla de grands yeux et ouvrit la bouche, stupéfaite.

— Elle a dit que ce ne sera pas l'œuvre de la nature, ajouta-t-il.

— Mais... si ce n'est pas le vent, ni les torrents, ni la terre qui tremble, ce sera quoi ?

— *Qui*, tu veux dire, la corrigea Eusèbe. (Il la regardait de ses yeux verts aux cils recourbés et aux paupières enflées de fatigue.) Maman a vu un homme.

À l'instant où Eusèbe prononçait ces paroles, Fury, l'étalon brun sombre, se cabra en poussant un hennissement. Divine, la jument grise mouchetée, piaffa. Ses pattes arrière se fléchirent en trépignant. La voiture remuait d'avant en arrière, puis de côté, en suivant de brusques mouvements. Alphonsine, se raidissant, se cramponna au banc. Liduvine se retenait en tenant le meuble d'une main et de l'autre, elle agrippait Léonce. Cécilia piaillait et Eusèbe rivait ses prunelles au ciel. Honoré criait des ordres aux chevaux, mais ceux-ci n'en faisaient qu'à leur tête. Fury courba le cou et fonça en avant. Divine, entraînée par la fougue de son compagnon, s'emballa aussi.

Les passagers, malmenés, projetés dans tous les sens, ne répondaient plus à la loi de l'inertie. Alors que les cris se multipliaient, le chargement tanguait et rebondissait, la suspension grinçait. Fury et Divine n'avaient jamais agi ainsi ; d'habitude, ils obéissaient à leur maître et se caractérisaient par leur docilité. Une fresque interminable de teintes chaudes et floues se déroulait de chaque côté du véhicule. Lorsque la roue arrière de la voiture frappa une pierre, Alphonsine passa par-dessus bord.

— Alphonsine ! Papa ! Papa ! s'égosilla Liduvine, tandis que s'éloignait le visage de sa sœur.

La petite fille roula sur le sol accidenté. Le tronc d'un pin l'arrêta abruptement. Elle émit une plainte sourde en ôtant son nez de la surface poussiéreuse. Alphonsine distinguait encore les martèlements de sabots qui s'évanouissaient sur le sentier de la forêt. Elle ressentit une imminente envie de pleurer, mais ravala ses larmes. Sa robe déchirée exhibait un coude ensanglanté, dont les gouttes noircissaient la terre de mouchetures. D'abord, elle craignit que l'os de son bras perçât sa peau, mais elle se rendit bien vite compte de l'exagération de sa peur.

Grimaçant de douleur, la fillette entreprit de se relever. Elle jeta un coup d'œil au chemin. La distance qu'il lui restait à parcourir pour atteindre l'école était inférieure à celle qui la séparait de la maison. Elle amorça donc une longue marche vers le village. « J'arriverai en retard, c'est certain... et sœur Maria me punira », pensa Alphonsine en ne pouvant réprimer un sanglot. Sa blessure lancinait et une vive sensation de brûlure déclencha en elle une douleur handicapante. Elle espérait que sa robe souillée, ses cheveux en bataille, son visage barbouillé de saleté et sa plaie justifieraient, à eux seuls, son retard. Un craquement, là où les feuillus et les conifères se resserraient en une agglomération sombre, se fit entendre.

Alphonsine tourna la tête dans la direction du bruit. Elle ne voyait rien. Cependant, son imagination lui présentait des loups affamés, des renards malicieux et des ours furieux. Elle accéléra la cadence.

Le son régulier de pas écrasant des brindilles sèches l'amena, cette fois, à tourner la tête vers la gauche. Son souffle court découlait davantage de la peur que du rythme de sa marche. « On m'encercle, on m'encercle ! », songea-t-elle. Elle se lança dans une course affolée en balayant les alentours du regard, sans porter attention à ce qui se trouvait devant. Un obstacle, dur et brûlant comme du feu, freina abruptement sa galopade. L'impact la fit basculer vers l'arrière.

Une grosse paire de bottes de cuir usée attendait, immobile. Elle était trop terrifiée pour se mettre debout. Ses yeux bifurquèrent légèrement à gauche ; les bras d'une charrette en bois reposaient sur le sol. Alphonsine détailla l'habillement de l'étranger qui se tenait devant elle.

Un pantalon rapiécé aux teintes terreuses épousait le contour de jambes robustes dont la longueur lui paraissait interminable. L'homme portait un manteau recouvert de carrés de fourrure provenant de différents animaux. Sa large cape ondulait dans le vent comme les nageoires d'une raie géante. Ses mains faisaient le double de celles de son père. Un capuchon se rabattait sur son visage, de sorte qu'Alphonsine ne put discerner que des lèvres minces tirées vers le bas, éclairées par une étrange lueur dorée. L'homme ne parlait pas, mais il respirait comme un bœuf.

Le cœur de la fillette palpitait. Appuyée sur ses paumes, elle recula à l'aide de ses talons.

— Qui… qui êtes-vous ? articula-t-elle en parvenant enfin à se lever.

Ce ne fut qu'une fois debout qu'elle réalisa que la taille et la charpente de l'homme lui rappelaient celle d'un ogre. Elle continua de marcher à reculons, les bras raides de chaque côté de son corps. Jetant un œil du côté de la charrette, elle y remarqua la présence d'un gros sac de jute bourré. L'étranger expira une bouffée d'air par ses nasaux et plongea la main dans sa veste. Il en ressortit un sablier.

À l'intérieur, le sable, qu'on eût dit constitué de grains d'or, s'écoulait. Quelque peu aveuglée, Alphonsine sentit ses paupières s'endolorir. Séduite par les particules étincelantes de cette matière riche, elle cessa de se distancer de l'inconnu. Obnubilée par la beauté de la chose, elle s'avança d'une démarche lente pour la voir de plus près.

Les vases ovoïdes du sablier étaient insérés entre deux cercles de bois, eux-mêmes vissés à quatre tiges torsadées. Le reflet de la fine substance pailletait de jaune le visage émerveillé d'Alphonsine. Ses doigts, comme magnétisés par l'objet, effleurèrent la vitre. Dans l'intervalle, des cyclones se formèrent dans les petits vases et une chaleur ardente émana du verre.

La fillette subit un haut-le-corps, ce qui rompit sa fascination sur-le-champ. L'homme éclata d'un rire caverneux. Il rejoignit sa charrette, qu'il souleva. Les roues émirent un grincement strident, tandis que l'étranger s'éloignait en sifflant.

Les bouts des doigts de l'enfant brûlaient. Elle regarda sa main ; des cloques palpitaient au niveau des empreintes digitales, comme si le liquide en dessous bouillait. Si cela lui parut fort étrange, elle ne se questionna cependant pas plus longuement, car elle venait de réaliser qu'au moment où l'ogre l'avait quittée, il se dirigeait droit vers sa maison. Elle dut réfléchir vite : elle devait courir en direction de l'école pour avertir les habitants du village et revenir au galop avec des volontaires pour arrêter ce mystérieux intrus avant qu'il ne parvienne au domicile des Gale.

L'initiative d'Alphonsine se tarit quelque peu lorsqu'elle se rendit compte, en détournant son attention de ses blessures, que l'homme avait disparu, et cela malgré que la vue fut dégagée. Pantelante, elle fouilla la forêt du regard. Les bois étaient trop accidentés pour qu'un individu s'y aventure avec une charrette. Avait-il seulement existé ?

L'enfant retourna alors sa main agitée de tremblements pour l'examiner à nouveau. Les cloques s'étaient mystérieusement éclipsées, elles aussi.

En tendant l'oreille, elle put cependant entendre un grincement généré par un mouvement giratoire issu… de roues mal huilées.

CHAPITRE 4

Le bris

Le docteur du village, Edwin Garrison, attacha son cheval à une branche et s'élança au secours d'Alphonsine qui courait, le corps et le visage portés vers l'avant, hors d'haleine.

— Du calme, du calme, petite, dit l'homme fluet en épiant les alentours. Viens là. Viens là.

Il enleva son veston et le fit endosser à la jeune Gale. Penchée vers l'avant, les mains sur les cuisses, la fillette tentait de reprendre son souffle.

— Ton père, tes sœurs, ton frère et ton ami vont bien. Par chance, le boucher, l'épicier et le forgeron ont réussi à maîtriser les bêtes ! Il faudra soit les abattre, soit les vendre.

— Non, elles ont ressenti quelque chose, déclara Alphonsine en levant des yeux persuasifs vers le médecin.

À travers ses verres ronds, et d'un air dubitatif, monsieur Garrison l'observa.

— Oui, peut-être bien, mais ces chevaux ont tout de même failli vous tuer, rétorqua-t-il. Bon, montre-moi ton bras. Est-ce seulement ton coude qui te fait souffrir?

— Oui.

L'homme examina la blessure et conclut à une déchirure.

— Il te faudra des points. Je n'ai pas ma trousse avec moi. J'ai dû la confier à sœur Gaëlle, la nouvelle institutrice.

— Elle me grondera sûrement...

— Non, elle compatira. Qui plus est, elle paraît très gentille, pour ne pas dire débonnaire... Oh! Je suis désolé, je n'aurais pas dû émettre de tels propos.

— Sœur Maria est absente?

Le docteur souleva la blessée et l'installa sur la selle.

— Malencontreusement, oui. Elle avait à faire à Havelock.

Le cœur de l'enfant défaillit.

— Pourquoi? Il est arrivé quelque chose de grave là-bas?

Monsieur Garrison délia les brides de la branche et invita sa bête à avancer.

— Tu es trop curieuse, petite. Ta maman ne t'a donc jamais appris que la curiosité conduit à l'imprudence et que l'imprudence mène aux dangers les plus mortels?

— Non, pas vraiment, répondit la fillette, légèrement embarrassée.

— Eh bien, je serai le premier adulte à te l'enseigner. Fais confiance à Dieu. Il décidera des choses que tu dois savoir et de celles que tu dois ignorer.

« Notre Seigneur a décidé de mettre un monstre sur mon chemin, pensa Alphonsine. Quoique les coups à la tête peuvent parfois faire voir des choses qui n'existent pas... » Puis, en songeant à sa mère et à Arthur seuls au bout du sentier, mais aussi à Mathilda qui courait autant de risques qu'eux, elle ne put retenir sa langue.

— Monsieur Garrison, arrêtez s'il vous plaît.

Ce dernier se retourna, une expression à la fois curieuse et contrariée plaquée au visage.

— Peu de temps avant votre arrivée, j'ai croisé un étranger. En ce moment, il marche en direction de ma maison.

— Un étranger, dis-tu ? Tu ne l'as jamais vu au village ?

— Non.

— De quoi avait-il l'air ?

— D'un ogre. Un mangeur d'enfants. Il... il possédait un sablier avec du sable doré à l'intérieur. Il portait des vêtements sales et rapiécés de fourrure.

La figure de la petite fille s'éclaira quand elle constata que l'adulte l'écoutait. Elle s'était imaginé que le médecin négligerait sa déclaration, mais celui-ci paraissait avide d'en apprendre davantage sur la mystérieuse rencontre.

— Parlait-il ? T'a-t-il dit quelque chose ?

Alphonsine hésita à lui révéler l'apparition des cloques sur ses bouts de doigts au simple effleurement du sablier.

— Parlait-il ? insista Edwin d'un ton impatient.

— Non, finit-elle par répondre.

— D'accord. Je t'amène à l'école et je retournerai pour visiter Anna et Arthur. Par la même occasion, j'examinerai ta mère pour m'assurer que sa grossesse se déroule bien.

— Merci, docteur Garrison. Et mes points ?

— Ah, oui ! s'exclama-t-il, distrait. Tes points. Deux ou trois seront nécessaires. Ça ne prendra que quelques minutes.

— Ils peuvent attendre, vous savez, dit Alphonsine, qui, en vérité, s'inquiétait pour sa mère, Arthur et Mathilda.

— Et risquer que l'infection s'en mêle ? Pas question, trancha-t-il.

Il s'arrêta de marcher, enfila un pied dans l'étrier et enfourcha l'animal, juste derrière la fillette.

— Nous serons un peu serrés, mais tant pis ! Tiens bien le pommeau.

Il manœuvra sa monture à bride abattue.

Sur le flanc de la colline, le cheval et ses cavaliers apparurent. La porte de la chapelle désaffectée, qui servait maintenant d'école, était close ; l'enseignement avait débuté. Une rue jalonnée de magasins et de maisons composait le cœur du village de Green Valley. La localité, comportant tout juste cent habitants, nichait dans le creux d'un vallon. Seule la résidence des Gale occupait la portion ouest de la forêt. Le père d'Honoré l'avait construite, et ce dernier, miraculeux survivant d'une pandémie qui avait emporté les membres de sa famille, en avait hérité.

La majorité des ménages préféraient se blottir près de l'église. Les plus aventureux ou, peut-être, les plus désespérés, migraient vers Trinity, la ville voisine située à deux lieues de Green Valley, à l'est. Les Gale auraient pu quitter la campagne pour la vie citadine, mais ils tenaient à élever leurs enfants dans un endroit éloigné de l'influence des agglomérations.

Un jour, le frère d'Anna, qui était en visite à Green Valley, participait à un repas chez les Gale. Il avait dépeint sa conception de l'environnement dans lequel il demeurait : « Dans cette mer d'immondices, les pauvres gens vivent entassés comme dans une fosse commune. Ils urinent et défèquent dans la cour du voisin parce que la rue est le terrain de tous. Ils arborent un visage long, dont les traits blasés ravinent leurs faces grises et s'intoxiquent l'esprit par le rythme effréné et le bruit incessant à rendre fou le diable. Tout ça à cause de leur soif d'argent. La laideur des monuments et l'absence de verdure enlaidissent la ville et exacerbent la misère. » Il était décédé d'ivresse moins de trois mois plus tard.

Le cheval s'arrêta devant le portail de la chapelle. Alphonsine reconnut son père, qui s'entretenait à voix basse avec un autre homme. Ils se trouvaient sur le côté du bâtiment. Edwin signifia à l'enfant de patienter, descendit d'abord puis tendit les bras pour l'attraper.

— Je vais prendre ma trousse médicale et je reviens, lui signala-t-il.

La fillette acquiesça. Toutefois, elle prêtait davantage attention à la discussion intime qui se déroulait à l'abri des regards. Soudain, la monture du médecin piaffa, ce qui alerta monsieur Gale. L'observatrice se distança du coin du mur, au moment même où Honoré jetait un coup d'œil.

— Alphonsine ! s'exclama-t-il en se précipitant vers elle. Tout va bien ? Je ne pensais pas que le docteur Garrison te ramènerait aussi rapidement !

La petite en voulait à son père de leur cacher, à elle et à ses frères et sœurs, le fléau qui frappait le comté, « la fin du monde » comme l'avait prédit la mère d'Eusèbe. Ainsi, elle se contenta de le fixer d'un regard furieux. Monsieur Brook, le boucher, se manifesta dans le dos de son père. Il s'essuyait les mains convulsivement avec un torchon bruni de sang.

— Il faudra nettoyer tout ça avant d'entrer en classe, dit monsieur Gale.

— Tu n'avais pas une livraison pressante ? questionna son enfant, d'un ton sceptique.

Honoré croisa les bras, se campa sur ses jambes, et la considéra d'un air suspicieux.

— Apparemment, cette chute t'a ébranlée, ma fille. Tu t'exprimes avec une effronterie qui me rappelle Cécilia.

Alphonsine pointa le nez au sol, regrettant sitôt son insolence.

— Viens un peu par ici, l'invita-t-il.

La fillette, qui craignait que son père déboucle sa ceinture, resta un moment sur place. Ce dernier se courrouça :

— Mais allez, qu'est-ce que tu attends ?

— Bon, j'ai du boulot au magasin, annonça le boucher à l'ébéniste, mal à l'aise. Tu passeras me voir.

— Je n'y manquerai pas, le salua son ami en happant le poignet d'Alphonsine.

Il l'entraîna sans ménagement sur le flanc de la chapelle. Les bottines de l'enfant dérapaient sur les cailloux en suivant le pas furibond de l'homme.

— Tiens, regarde ! Regarde ! s'écria-t-il.

Alphonsine obtempéra, effrayée. La voiture, qui avait bravé les pires intempéries et surmonté d'innombrables obstacles, était à présent bancale. L'armature était tordue et deux des roues avaient dévié de leur axe.

La petite se sentit déroutée. L'armoire paraissait intacte, mais à quoi bon si son père ne pouvait l'apporter à bon port ? Non seulement il perdrait de l'argent, mais la réparation de la calèche les ruinerait. Submergée par un trop-plein d'émotions, Alphonsine mit ses mains devant son visage et fut secouée de sanglots. Honoré l'enlaça :

— Oui, je sais. Je pleure autant que toi à l'intérieur. Cependant, Dieu nous a envoyé cette épreuve. Nous Lui montrerons que les Gale sont résistants, sans quoi la mort reniflera notre faiblesse.

Le médecin attendait que les pleurs de sa patiente se tarissent pour sortir son fil et son aiguille. De son côté, Alphonsine, évaluant l'état émotif de son père, décida qu'elle ne confierait qu'au docteur — et seulement à celui-ci — la charge de surveiller Mathilda, Anna et Arthur.

— Fille, l'appela Honoré en repoussant gentiment sa tête de sa poitrine, il vous faudra, à toi, à ton frère et à tes sœurs, revenir au bercail à pied. Dis à ta mère que je ne partirai pas d'ici avant d'avoir trouvé un moyen de réparer la voiture.

L'enfant déglutit avec difficulté. Avec l'étranger qui rôdait dans les bois, elle ne sentait pas les membres de sa famille en sécurité.

— Papa, est-ce qu'Eusèbe et Mathilda pourront dormir à la maison, ce soir ?

— Quelle curieuse question ! Pourquoi donc ? Nous avons à peine de quoi satisfaire notre panse, observa-t-il. Où coucheraient-ils ? Et puis leur logis n'est pas si loin ! À quoi servirait-il de passer la nuit chez nous ?

— À rien.

Honoré secoua la tête de confusion et annonça à sa fille qu'il s'attellerait à sa tâche sans différer, qu'il ne comptait pas y écouler la nuit. Alphonsine appela tous ses vœux pour que ce ne soit pas le cas...

La petite chirurgie à son coude s'était déroulée dans les cris, les pleurs et le soulagement de la voir enfin terminée.

Sœur Gaëlle professait la matière avec doigté. Elle ne recourait pas à la correction et répondait aux questions de ses élèves sans bafouiller. Alphonsine n'avait pas pu parler à Eusèbe puisqu'aux récréations, il se pressait à l'extérieur pour aider Honoré au mieux de ses capacités. On aurait dit qu'il s'ajoutait, à son esprit d'initiative habituel, une précipitation fiévreuse ; il ne voulait sûrement pas retourner chez lui à pied ni abandonner monsieur Gale au village.

L'heure de la fin des classes ayant sonné, Liduvine, Cécilia, Alphonsine, Léonce et Eusèbe souhaitèrent bon courage à Honoré et lui insufflèrent de l'optimisme. Puis, ils s'attelèrent à une heure et demie de marche pour atteindre leur foyer. Par chance, la température usait de clémence. Alphonsine, rongée par l'inquiétude, n'avait pas reçu de nouvelles du docteur Garrison. Des scénarios horribles se présentaient à son esprit et multipliaient des espèces de vers dans son abdomen. Elle n'en pouvait plus de garder son secret à l'intérieur. Il lui fallait s'en libérer au risque de voir Cécilia se moquer d'elle.

— Avez-vous vu le médecin, aujourd'hui ? demanda Alphonsine pour engager le sujet.

Ils répondirent tous par la négative.

— Pourquoi ? interrogea Liduvine.

— Il devait rendre visite à maman et revenir ensuite, expliqua Alphonsine.

— Quoi ? Il lui est arrivé quelque chose de grave ? s'inquiéta Liduvine.

— J'espère que non, sous-entendit son interlocutrice.

— Hé ! Arrête de jouer les mystérieuses ! Il est question de maman, idiote ! Allez, parle ! s'impatienta Cécilia.

Pour une des rares fois, Liduvine ne la défendit pas.

— Si j'ai peur de parler, c'est à cause de toi, Cécilia ! s'écria Alphonsine, les poings serrés et la gorge enflée. Tu es tellement méchante et sournoise que je ne te dis jamais de secrets justement parce que j'ai peur que tu ries de moi ou que tu mouches tout à papa et maman !

Sur ces mots, Alphonsine éclata en sanglots. Eusèbe l'enveloppa de ses bras et toisa Cécilia. Liduvine observait sa benjamine d'un air interdit tandis que Cécilia restait coite. Quant à Léonce, il regardait la scène, ébahi. Il n'avait jamais vu Alphonsine céder à la colère ni aux pleurs avec autant d'intensité.

— C'est ton bobo qui te fait mal, Phonsine ? voulut-il savoir.

Cécilia inspirait tant d'antipathie à Eusèbe que la question de Léonce demeura sans écho.

— Tu n'as aucune idée de ce que ma mère a vu, l'avisa-t-il, ni de ce que ta sœur a entendu. Tu devrais ouvrir ton esprit, sinon tu mourras aveugle !

— C'est une menace, petite larve ? répliqua Cécilia en s'apprêtant à le gifler.

Liduvine happa son poignet de justesse, avant que la main ne s'écrase sur la joue d'Eusèbe.

— Ils disent vrai, Cécilia, lança Liduvine. Si la haine ne noircissait pas autant ton cœur, tu écouterais mieux et tu jugerais moins. Je suggère que l'on prenne quelques minutes pour discuter. Ainsi, nous pourrons nous entraider au lieu de nous désunir. Dois-je ajouter qu'à l'heure actuelle, papa se donne corps et âme pour fournir du pain à sa famille ? Un malheur nous a frappés et quand le malheur nous frappe, il faut resserrer les liens qui nous unissent. C'est ce que nous enseignent nos parents.

Cécilia, tout à coup, afficha une mine repentante. Se radoucissant, sa grande sœur enchaîna :

— Lorsque je partirai pour la grande école, l'an prochain, il te reviendra le rôle d'aînée, Cécilia. Tes tâches s'accroîtront. Maman est inquiète, car elle craint que ton caractère soit inapproprié pour entourer la fratrie de l'amour et de la vigilance qu'implique le fait de devenir la plus vieille. Elle a peur de ne pouvoir te faire confiance. Elle me l'a dit. Pas en ces mots, mais j'ai lu entre les lignes. J'ignore ce qui te tourmente et je n'ai pas à le savoir. Toutefois, tes agissements créent beaucoup de tourments à notre mère et de la tristesse aux plus jeunes. Es-tu prête à changer ?

La principale concernée, honteuse et vexée, opina du bonnet.

— Bien, enchaîna Liduvine. Alors écoutons leurs confessions.

Alphonsine gratifia sa grande sœur d'un sourire reconnaissant, mais invita Eusèbe à prendre la parole en premier.

— Léonce, je ne suis pas certain que tu devrais entendre tout ça…, fit le garçon.

— Viens là, Léonce, dit Liduvine.

Elle rapprocha la tête du garçon de sa poitrine et appliqua ses paumes sur ses petites oreilles froides. D'un signe de tête, elle signifia à Eusèbe de commencer.

— Comme je vous l'ai rapporté hier, maman vous a tous vus morts dans des conditions assez atroces. Votre maison était détruite aussi. Ce matin, elle m'a appris autre chose : elle a vu la fin du monde, mais pas une fin du monde naturelle. Non. C'était plutôt l'action d'un homme. Elle décrivait un être méchant, aux pouvoirs surnaturels, qui n'avait rien d'un humain. C'est ton tour, Alphonsine.

Tous la regardaient avec grande attention, dans l'attente qu'elle s'exprime. Bien entendu, Cécilia l'observait d'un œil malveillant.

Les menottes d'Alphonsine se crispaient sur le tissu de sa robe. Le souvenir de sa rencontre avec l'étranger générait une accélération de son rythme cardiaque. De plus, l'idée même d'avouer qu'elle avait esgourdé à la porte de ses parents déclenchait en elle un trac paralysant. Néanmoins, la fillette trouva le cran nécessaire dans la conviction qu'elle leur rendrait service en leur dévoilant son récit ; un homme averti en vaut deux.

— Ne me jugez pas ; j'ai fait quelque chose de très mal, hier soir, commença-t-elle d'entrée de jeu.

Tous se turent dans l'attente qu'elle parle enfin. Depuis qu'elle le connaissait, il lui semblait puiser dans les yeux d'Eusèbe l'assurance nécessaire pour s'affirmer. Liduvine croyait que Dieu les avait faits âmes sœurs.

— J'ai écouté à la porte de nos parents, à la suite du retour de papa.

Elle leur relata l'expérience de son père à Havelock.

— C'est terrible ! Les malheureux étaient soit aveugles soit morts ? s'exclama Liduvine.

— Oui, ou les deux... et leurs maisons, détruites. Papa a dit que les chevaux peinaient à se déplacer dans les rues...

— C'est long ! se plaignit Léonce.

Les sourcils de Cécilia se froncèrent. Se méfiait-elle ? Réfléchissait-elle ? Nul ne la connaissait assez pour détecter son expression du moment.

— Le pire est survenu, ce matin, après ma chute, continua Alphonsine.

Elle s'avisa de sa voix chevrotante, de son cœur palpitant. Ressentant la nervosité de sa copine, Eusèbe posa sa main sur son épaule. Son soutien l'encouragea à poursuivre :

— Je marchais et j'ai entendu des branches qui craquaient dans la forêt. Au début, ça provenait d'un côté et après, les craquements arrivaient de partout. Ça m'a effrayée, alors je me suis mise à courir très vite. Je ne devais pas regarder devant moi ou je ne sais pas... mais j'ai foncé dans un homme.

— Quoi ? fit Liduvine qui, sans s'en apercevoir, détendait ses mains sur les oreilles de Léonce.

— Tu le connaissais ? demanda Cécilia, à présent sensible aux dires de sa sœur.

— Oh, non ! répliqua Alphonsine en frissonnant. Il... il était... il était grand et robuste. Son corps était dur comme de la pierre et chaud comme le feu.

— Qu'est-ce qu'il portait ? s'enquit Eusèbe.

— De vieux vêtements aux couleurs terre. Sa veste, elle, était rapiécée de fourrure. Ah ! Et il avait aussi une cape.

— Sûrement un mendiant, argua Cécilia.

— Non, rétorqua Alphonsine. Un mendiant n'a pas d'or sur lui.

— De l'or ? répéta Léonce, dont le visage s'illumina.

Liduvine sursauta et reboucha immédiatement ses oreilles. Le petit maugréa et fit la moue.

— Il m'a montré un sablier à l'intérieur duquel il y avait du sable d'or.

— Qu'est-ce que c'est que ce malade ? pensa Cécilia à voix haute en consultant ses sœurs et Eusèbe du regard. Tu es sûre de ce que tu as vu ?

Alphonsine hocha la tête avec insistance :

— C'était si beau que pendant que je le regardais, plus rien ne semblait exister, pas même la peur que cet étranger m'inspirait. J'ai alors tendu la main pour toucher le sablier et le sable s'est mis à tourbillonner. Mes doigts ont été brûlés à travers le verre.

— Montre ! Montre ! réclama Eusèbe en empoignant les bras de sa camarade.

— Les brûlures ont disparu en même temps qu'il est parti, répondit Alphonsine.

— Bien sûr, réagit Cécilia, incrédule. À quoi ressemblait-il, ton maniaque ?

— Je n'ai pas pu voir à cause de son capuchon.

Cécilia roula les yeux au ciel.

— Bon, moi, j'y vais, décida-t-elle.

— Non, attends ! Attends-nous ! cria Alphonsine.

— Tant pis pour elle, conclut Eusèbe. Tu auras essayé. Mais dis, as-tu remarqué si la quantité de sable dans le haut et dans le bas du sablier différait ?

Elle s'efforça de visualiser l'objet en question et elle se souvint que les compartiments ovoïdes contenaient à peu près un volume égal de substance, quoiqu'à bien y réfléchir, celui du bas en comprenait légèrement plus.

— Je crois qu'il y en avait un peu plus dans celui du bas.

— On n'a pas une minute à perdre alors ! s'exclama-t-il.

— Pourquoi ? Qu'est-ce qu'il y a, Eusèbe ? interrogea Liduvine.

— Le sablier comptabilise le temps. C'est sûrement le même grain que votre père a découvert à Havelock. J'ai l'impression que quand le sable se sera écoulé en entier, un autre massacre surviendra. Ce type, c'est le diable !

— Oh, mon Dieu ! s'écria Liduvine. C'est pour cette raison que tu as envoyé le docteur chez nous ? Tu craignais pour la sécurité de maman et d'Arthur ?

— Oui.

Liduvine s'élança sur le chemin en faisant presque voler de terre Léonce, qui ne comprenait rien à l'excès de panique de sa sœur.

Ils dépassèrent Cécilia à toute allure. Au passage, Eusèbe lui conseilla de les imiter et ajouta sans s'arrêter de courir :

— À moins que tu ne tiennes à tomber sur l'étranger !

CHAPITRE 5

La mise en garde

Mathilda émergea de la grotte. Elle claudiqua jusqu'au bord du sentier en s'appuyant sur son bâton crochu.

— Vous faites bien de courir, dit-elle en les observant d'un œil sagace.

— Maman ! Tu vas bien ? s'alarma Eusèbe, la respiration haletante.

Passant outre la préoccupation de son fils, la femme annonça :

— À partir de ce soir, nous devrons tous respecter un couvre-feu. À vingt heures, toutes torches ou lampes seront éteintes.

— Tu as eu une autre vision, maman ? devina son garçon.

Les iris émeraude de Mathilda se rivèrent au ciel ardoise. Son expression démontrait que son esprit errait par-delà l'intelligible. Sa bouche ridée s'entrouvrit :

— Une vague, un raz-de-marée se lève. Le diable s'est emparé de Havelock, il bifurquera à l'est pour ravager Trinity et quand il en aura terminé avec elle, il foncera sur Green Valley. Le couvre-feu est impératif.

— Je l'ai vu, admit Alphonsine sans détour. Ce matin, j'ai vu le diable dont vous parlez. Celui qui hante vos songes.

— Je sais, trancha-t-elle de sa voix rêche en se tournant vers la fillette, qui ne s'attendait certes pas à cette réponse. Il renifle la forêt telle une bête. Il connaît à présent l'existence de la grotte et celle de votre maison. Croyez-moi, les enfants ; mes visions ne m'ont jamais trompée.

— Oui, nous vous écouterons, promit Liduvine.

— Liduvine ! protesta Cécilia en chuchotant. Réfléchis ! Si nous rapportons cette histoire de diable à maman, elle mourra d'anxiété et elle accouchera d'un prématuré !

L'aînée ne put dissimuler sa surprise ; entendre sa cadette se préoccuper du bien-être d'autrui l'époustouflait. Elle leva un sourcil, redressa la tête et retrouva son aplomb :

— Elle n'en saura rien. Je veillerai à orchestrer l'heure du coucher.

Ainsi, les Gale dirent au revoir à Mathilda, tandis que son fils lui signifia qu'il ne tarderait pas. Il tenait à être présent advenant le cas où ses amis découvriraient le pire...

Léonce, dont la grande sœur avait omis de lui couvrir les oreilles, demanda à Cécilia si la maman d'Eusèbe était folle. Celle-ci répondit : « Peut-être pas autant que je le croyais, finalement. Il semble, frérot, que l'esprit des sorcières visite des mondes secrets. Parfois, il rapporte des informations qui coïncident avec notre univers. Et là, la vérité prend forme... »

À la résidence des Gale, aucun indice ne montrait que l'étranger était passé. En revanche, les enfants s'inquiétèrent parce que normalement, à cette heure, la lampe à pétrole brûlait. Or, aucune fenêtre ne révélait l'existence d'une vacillation lumineuse. Qui plus est, ils n'avaient pas croisé le médecin en chemin. Où était-il donc allé ?

— Laisse-moi entrer d'abord, dit Liduvine à son frère.

Tandis que les enfants se massaient derrière elle, sur le seuil, elle fit pivoter la poignée sur son axe et poussa l'huis grinçant.

En s'ouvrant, la porte balaya l'intérieur silencieux du foyer. Les jeunes se taisaient, leurs cœurs battant en cadence au rythme de leurs angoisses. Enfin, un homme assis à la table se révéla dans la pénombre. Liduvine reconnut le reflet des verres ronds d'Edwin Garrison.

— On ne s'annonce pas quand on entre, les enfants ? réprimanda gentiment Anna, qui allaitait Arthur sur la chaise à bascule.

— Que faites-vous dans le noir ? Vous n'allumez pas ? interrogea Cécilia.

— On manque d'huile. Lorsque monsieur Garrison retournera au village, il demandera à votre père d'en ramener. Le pauvre, je prie Dieu pour qu'il revienne sous peu...

Les enfants pénétrèrent dans la maison, rassurés que leur mère se porte bien. Elle ne paraissait pas nerveuse, si ce ne fut que pour le sort qui menaçait de s'abattre sur leur famille. Le docteur — dont le visage émacié était étiré par la pénombre, comme si des doigts fantômes se plaisaient à déformer sa nature — détailla les compagnons avant de se lever.

— Bon, je dois me rendre au village tout de suite. Sans quoi la noirceur me surprendra.

— Où est votre cheval ? Nous ne l'avons pas vu, dehors, remarqua Liduvine.

— Comme je ne savais pas combien de temps il resterait, je lui ai offert de le mettre dans la grange, expliqua Anna. Alphonsine ? Viens là, ma chérie, et montre-moi la vilaine blessure à ton coude.

Pendant que madame Gale et les plus jeunes discutaient de la mésaventure du matin, Edwin prit Liduvine à part.

— J'imagine que votre sœur vous a raconté ?

La demoiselle approuva du chef.

— Pas un mot à votre mère. Pas d'insinuation. Le bébé est bas. Nous ne voudrions pas d'un prématuré chez les Gale, n'est-ce pas ?

— Non, monsieur Garrison.

— Je compte sur vous. Puis, de toute façon, tant que nous n'en connaissons pas plus sur l'affaire, il ne sert à rien de déclencher l'alerte générale.

En élevant le ton, il souhaita une bonne soirée à tous. Eusèbe profita de la compagnie de l'homme pour rentrer chez lui.

Une fois le souper terminé, Anna annonça aux enfants qu'en raison du manque d'éclairage, la période du conte serait coupée et que, par conséquent, l'heure du coucher serait précoce. Ils ne protestèrent guère. Certes, la journée mouvementée et éprouvante les avait épuisés, mais il y avait aussi l'importance de ce fameux couvre-feu.

À peine sa tête avait-elle effleuré l'oreiller de plume que Léonce s'était mis à ronfler. Cécilia et Liduvine discutèrent brièvement entre elles et s'endormirent. Quant à elle, Alphonsine suivit après de courtes minutes. Quand bien même aurait-elle voulu combattre le sommeil pour entendre son père arriver, ses paupières se fermèrent sur toutes cogitations.

Son inquiétude ressurgit cependant en plein milieu de la nuit. Elle ignorait si Honoré avait réintégré le foyer. Quoi qu'il en soit, elle espérait se rendormir, car c'était la seule façon de ne penser à rien, mais son cerveau lui refusait ce privilège. Elle comprit par un inconfort dans le bas-ventre qu'elle avait besoin d'uriner. Si elle se retenait, elle resterait éveillée jusqu'au lever du jour. Or, elle ne pouvait connaître deux mauvaises nuits d'affilée. Sa santé s'en ressentirait et elle détestait aller à l'école mal en point.

À travers un soupir, elle s'assit sur le bord du lit, face à la fenêtre, et enfila les sabots confectionnés par son père.

Il en avait conçu pour chaque taille, et année après année, les enfants Gale se les échangeaient. Alphonsine tituba de fatigue en sortant à l'extérieur.

La fraîcheur nocturne la réveilla. Elle jeta un œil au ciel clair et étoilé, de même qu'aux bois environnants. Il lui fallait longer la façade de la maison puis tourner à droite pour accéder aux cabinets, localisés à côté du jardin. Les enfants se plaignaient souvent à Honoré de l'éloignement des toilettes, qui les incommodait. Bien souvent, Léonce requérait la présence d'un aîné pour se rendre au petit coin. Quant à Alphonsine, elle craignait, la nuit, que des loups se terrent à l'orée de la forêt, guettant la moindre occasion de sauter à la gorge d'un des siens.

La fillette se déplaçait par petits pas rapides devant la maison qui lui paraissait si chaleureuse. Elle se disait que ses yeux de braise devaient luire comme ceux d'une bête pourchassée. Ses cheveux voletaient à sa suite, se soulevant faiblement, comme s'ils dansaient avec la brise.

— Plus qu'un mètre, murmura-t-elle pour s'encourager.

Elle agrippa la clenche de la porte des latrines, l'abaissa et s'engouffra dans le minuscule espace. Son père avait installé un crochet en guise de loquet. Il avait récupéré cette vieille toilette dans les immondices de richissimes clients au cours de la livraison d'un de ses produits. L'ébéniste l'avait rapportée à son domicile et avait érigé autour une caisse en bois pour préserver l'intimité et contrer les désagréments de la nature. Avant de bénéficier d'un cabinet d'aisances, les Gale s'accommodaient de pots de chambre, qu'ils vidaient plusieurs fois par jour à quelques mètres de la résidence, dans une fosse qu'avaient creusée leurs ancêtres.

Au moment où Alphonsine s'assit sur le siège, elle entendit des crépitements, tout près, dans le jardin. Elle écarquilla les yeux d'horreur et retint son urine. Le couinement familier de roues mal huilées lui parvint. «Il est là! C'est lui! C'est lui! Oh, non! Pitié! Pitié… non!» s'effraya-t-elle, tandis que l'effroi la statufiait. Elle avait peur que sa respiration pantelante n'alerte l'étranger. Elle écrasa sa bouche de ses mains et tendit l'oreille, les sourcils arqués et la vue embuée.

Ce qu'elle identifiait comme étant la charrette se remit à avancer. Le bruit s'éloignait d'elle. «Il se dirige vers la maison! Il va les tuer! Il va les tuer!», s'affola-t-elle.

Elle se mit à visualiser le terrain et rechercha par mémoire photographique une bêche, un râteau, une scie, une hache, bref, un outil dont elle pourrait se munir pour se défendre. Hélas, son père avait le défaut d'être ordonné. Il rangeait tout à mesure dans la grange ou le hangar. Or, ces bâtiments se situaient à l'opposé des cabinets, face au chemin menant vers Green Valley.

«Tant pis! Je ne peux pas rester là sans rien faire!», pensa la petite fille en remontant ses culottes. D'un geste lent et tremblotant, elle frôla le crochet, puis interrompit son mouvement. Elle révisa l'action qu'elle s'apprêtait à faire : «Si je sors, il me tuera et si je ne sors pas, il *les* tuera.»

L'enfant frémissait à l'idée de monter au ciel. En revanche, elle sanglotait en imaginant sa famille anéantie. En même temps, elle repensait à la prédiction de Mathilda : ils mourraient tous. Que perdrait-elle alors à tenter de sauver ses proches ? Elle était sur le point de soulever le crochet quand elle se ravisa.

Alphonsine recula et reprit place sur le siège fermé des toilettes. Elle ramena ses jambes contre sa poitrine et les entoura de ses bras. Enfouissant son visage dans le creux de ses genoux, elle étouffait ses sanglots en se berçant anxieusement. Les pleurs d'Arthur retentirent de manière aussi foudroyante que si une détonation avait éclaté à même l'oreille de la fillette. « Oh, non ! Non, non, non ! » Soudain, les latrines oscillèrent, comme si quelqu'un les secouait.

Alphonsine plaqua ses paumes sur les murs latéraux. Un vent subit et puissant sévissait. Au lugubre mugissement se mêlait un son cristallin qui évoquait des morceaux de vitre qui s'entrechoquent. Alphonsine se crut au milieu d'une tempête de verre. Son hurlement se confondit au mystérieux souffle argentin.

Elle comprit que si elle survivait à cette nuit, elle ne reverrait plus jamais sa famille vivante.

CHAPITRE 6

Les spectres de brume

Une corneille, perchée sur les latrines, crailla. Alphonsine se réveilla en sursaut. Elle s'était endormie assise, une tempe contre le mur, le cou tordu par une inconfortable position. La fillette se redressa avec un vague souvenir de la nuit précédente. L'odeur pestilentielle d'urine et d'excréments vieillis lui souleva le cœur au point qu'elle crut qu'elle allait être malade. Elle fit sauter le crochet de son œillet; dès que l'air automnal pénétra ses narines, la nausée disparut.

La mémoire lui revint lorsqu'elle s'avisa qu'un tapis d'or scintillant recouvrait le terrain. Elle se rappelait le grincement des roues; elle se rappelait que des rafales violentes avaient agité les cabinets; elle se rappelait les pleurs d'Arthur, mais elle se rappelait surtout qu'elle n'avait pas eu le courage de défendre sa famille...

Les yeux écarquillés d'effarouchement, elle enjamba le seuil élevé de l'exigu bâtiment et posa un premier sabot sur une des rares zones herbeuses non ravagées de sable jaune. Transie de froid, l'enfant osa regarder la maison. Un vertige l'assaillit quand elle constata son état ; la tempête avait arraché une partie de la toiture et la structure s'inclinait d'un côté. Ce logis, construit par son grand-père, charpentier de métier, avait attesté sa solidité plus d'une fois en faisant face aux colères de la nature, et voilà que maintenant, il n'en restait qu'un misérable entassement de planches, de clous et de vitres.

En s'accélérant, la respiration d'Alphonsine se mua en sifflement. Sa peur pour ses proches lui fit oublier qu'elle foulait probablement les mêmes grains de sable qui avaient grugé les semelles de son père lors de son passage à Havelock. Le vent, en poussant des nuées de bruine, engendrait des formes diaphanes aux allures fantomatiques.

Dans sa course, la fillette manqua de trébucher. Un de ses sabots se posa sur le bas de sa robe de nuit, la déséquilibrant. Toutefois, elle se rattrapa de justesse en portant son poids sur son autre jambe. La substance sableuse avait consumé le tissu qui avait touché le sol. Alphonsine ne s'en préoccupa guère, toute concentrée qu'elle était sur sa famille. Elle pénétra par la porte d'entrée à moitié tombée, que les gonds inférieurs soutenaient tant bien que mal.

Un lourd silence planait dans le foyer. La clarté filtrait par des lattes de bois manquantes. La table était renversée, les quatre pattes en l'air, tandis que les chaises traînaient à différents endroits, comme si un être en colère les avait lancées. La berceuse était ensevelie sous des débris de bois et des éclats de vitre. La poussière sablonneuse, mélange d'or et de teintes brunâtres, parsemait le plancher ainsi que la surface des meubles et des étagères. L'horloge, en basculant, avait éclaté sur le parquet. Quant au poêle, une planche de bois provenant du toit l'avait endommagé.

Alphonsine pivota vers les chambres. En proie à un mauvais pressentiment, elle sentit son pouls s'accélérer. Elle hésitait entre pénétrer dans la pièce de droite — où Arthur et Anna avaient dormi (ainsi qu'Honoré... s'il était revenu au cours de la nuit) — et entrer dans celle de gauche, qui tenait lieu de dortoir aux plus grands enfants. Elle opta pour celle de droite.

D'une main moite, elle tourna la poignée froide et poussa prudemment la porte. La chambre de ses parents ressemblait à un champ de bataille. Les couvertures étaient tombées à terre, au pied du lit ; le rideau déchiqueté volait devant la fenêtre brisée dont les morceaux jonchaient le sol ; des grains sablonneux saupoudraient l'endroit, de même que le berceau vide.

Alphonsine fit demi-tour. Peut-être que sa mère et son frère se trouvaient dans la pièce restante, celle où la petite fille appréhendait de jeter un coup d'œil ?

Les fragments de vitre et de sable crachotaient sous ses sabots, ce qui amena Alphonsine à se questionner sur l'état de ses chaussures. Elle s'arrêta devant l'armoire qui se dressait entre les deux chambres, se retint à une cloison, et en observa le dessous. Nul rongement n'avait altéré ses souliers. Elle fronça les sourcils et réfléchit un bref moment, mais son appréhension reprit toute la place dans son esprit lorsque ses yeux se posèrent sur la chambre close. L'imminence d'un malheur l'agrippait à la gorge. Craintive, elle avança à pas lents et ouvrit la porte.

Alphonsine poussa un hurlement en voyant le visage de Liduvine à l'envers, alors que son tronc, fléchi vers l'arrière, sortait du lit. Des coulisses de sang, évoquant des larmes, avaient séché sur son front. Ses paupières et ses globes oculaires absents ne faisaient pas penser à une énucléation, mais à deux plaies à vif.

Une sueur froide glaça l'échine d'Alphonsine. Elle émit des gémissements que son ouïe engourdie ne captait pas. Elle s'enfonça dans la chambre et découvrit Arthur lové dans les bras de sa nourrice livide. La bouche de la petite fille se crispa et ses lèvres se mirent à trembler, notamment quand elle remarqua la tenue de nuit de sa mère imbibée de sang à la hauteur du ventre et de l'entrejambe.

Dans sa virée barbare, le démon n'avait épargné personne. Pas même le petit à naître. La témoin secoua la tête en signe de refus brutal à ce cauchemar. Elle repoussait l'idée que Dieu put lui infliger une épreuve aussi douloureuse. Un raclement sur le plancher se fit entendre. Alphonsine fit volte-face.

Une main potelée, écorchée et agitée de tremblements, apparut sous le lit. Alphonsine eut un soubresaut, puis s'affala sur ses genoux pour l'examiner de plus près. Un dessus de crâne bouclé se matérialisa dans les ténèbres.

— Léonce ! s'exclama Alphonsine en s'élançant vers lui.

— Phonsine ? se risqua-t-il d'une voix enrouée.

La petite fille saisit ses avant-bras et le tira vers elle. En apercevant la figure de son frère, elle fondit en sanglots désespérés. Elle ramena son corps fragilisé et recroquevillé sur ses cuisses fléchies.

Les yeux du garçon montraient deux zones carminées. Le globe oculaire semblait à demi rongé, si bien que la partie restante se mouvait comme un œil encore intact. Sa pommette avait subi de graves brûlures. Quant à ses lèvres, sa grande sœur les reconnaissait pour les avoir vues pendues au mamelon de sa mère à une époque pas si éloignée. Léonce se mit à pleurer lui aussi, la face blottie contre la poitrine d'Alphonsine.

— Je ne verrai plus jamais… Je ne verrai plus jamais rien, geignait le malheureux.

Alphonsine, trop éplorée pour le consoler, s'avisa d'un cercle rouge qui s'étendait sur le tissu de sa robe de nuit, au niveau de son buste. Elle sursauta, se croyant elle-même blessée.

— Quoi ? Quoi ? Quoi ? s'effraya le garçonnet. Qu'est-ce qu'il y a ? Qu'est-ce qu'il y a ? Il est là ? Il est revenu ?

— Oh, mon Dieu ! Léonce ! s'écria son aînée.

— Quoi ? Quoi ?

— Tu… tes larmes.

— Quoi ? Qu...

— Tu pleures du sang, déclara Alphonsine, qui devint toute pâle.

Un bruit de succion attira l'attention des survivants.

— C'est quoi ? articula Léonce.

— Je ne sais pas, susurra Alphonsine, qui balayait la chambre du regard.

Le bras d'Anna remua, bien qu'il demeurât mou. Le temps d'un fugitif espoir, la fillette pensa que sa mère se réveillait. Mais, hélas, une telle immobilité n'a d'autre complice que la mort.

— Attends, ne bouge pas, Léonce, indiqua Alphonsine, en se dégageant du poids de celui-ci.

— Ne me laisse pas seul ! protesta le garçon. Ne me laisse pas !

— Tout va bien, le rassura-t-elle. Je reste ici. Je crois que...

Au son de succion se mêla un essoufflement qui rappelait le début d'un sanglot de nourrisson. Alphonsine en identifia sans délai l'auteur et se pressa de réagir à son appel.

— C'est Arthur ! remarqua Léonce avec une joie fébrile.

— Oui, c'est Arthur, confirma Alphonsine d'une voix brisée. Sauf que lui aussi, il verse des larmes rouges.

CHAPITRE 7

Les adieux

Après avoir dégagé la brouette des décombres de l'écurie, Alphonsine y avait installé un drap plié. Elle s'en servit pour transporter Arthur. Elle fourra miche de pain, gourde d'eau, couverture de laine et marteau (ne savait-on jamais ?) dans la musette d'Anna, qu'elle passa à Léonce. Ce dernier trottait au côté de sa sœur en accordant son pas au sien. La fillette se questionnait sur Cécilia. Où était-elle ? Pour la première fois, sa présence lui manquait viscéralement. Quand elle avait interrogé Léonce à ce sujet, il avait raconté que le vacarme était si épouvantable qu'il l'ignorait. Alphonsine avait fouillé la maison et les bâtiments alentour sans toutefois s'éterniser, car elle redoutait la survenue de l'ogre.

— Où on va ? s'informa Léonce.

— Chercher Eusèbe et ensuite papa, répondit-elle avec fermeté.

— Mais si… s'ils sont morts, eux aussi ? bredouilla-t-il.

— Ils ne le sont pas.

— Mais si…

— Tais-toi, rétorqua Alphonsine avec une sécheresse qui ne lui ressemblait pas. L'étranger pourrait nous entendre !

Le bébé se mit à hurler. Il tournait la tête de tous côtés, sans voir, sans ressentir la chaleur réconfortante de sa mère. Il moulinait des jambes, cambrait le dos, rougissait d'angoisse, luttait contre la pression qu'exerçait Alphonsine sur sa poitrine pour l'empêcher de se lever. Son estomac broyait de l'air. Le sang coulait sur ses grosses joues.

L'impatience d'Alphonsine atteignit son apogée. Cette créature n'était plus son frère, ni ce garçon prénommé Léonce. Le crâne de la petite fille chuintait et un écran noir obstrua sa vue. Elle empoigna les cheveux du poupon et le fixa. Du coup, le flegme qu'elle s'efforçait de conserver se volatilisa :

— Il nous fera tuer, dit-elle entre ses dents.

— Donne-lui de l'eau, suggéra Léonce, apeuré par l'état de sa sœur.

— Ça n'y changera rien ! cria-t-elle.

Elle aperçut une silhouette qui surgit de la côte sinueuse. L'ange noir, qui avait tenté de dépraver le cœur de la fillette, s'était évaporé, fracassant par le même coup l'armure de cristal qui, croyait-elle, la protégeait contre la peur.

— Eusèbe ! s'exclama-t-elle en versant des larmes de joie.

L'agression de sa famille avait ravagé tout espoir de le retrouver vivant.

— Alphonsine ! Léonce ! héla-t-il au loin.

À première vue, le garçon ne portait aucune marque. Les camarades s'enlacèrent éperdument, heureux de se retrouver, mais affligés par le cruel destin.

— Ta mère, Liduvine, Cécilia, ton père..., amorça Eusèbe en tenant les mains de sa copine.

— Morts. Mais je ne suis pas encore sûre pour papa et Cécilia…, articula-t-elle en se remettant à sangloter.

Eusèbe, les yeux brillants de compassion, se tourna vers Arthur, à présent calmé. Il caressa ensuite le visage abîmé de Léonce.

— Je suis désolé, vieux. On va se battre. On le tuera. Je te le promets.

— Et toi, ta mère ? interrogea Alphonsine, en poursuivant la marche.

Son ami entreprit de prendre les brancards.

— Morte, répondit-il, dépité.

— Oh, non… Je suis désolée, dit-elle en basculant une autre fois du côté de la tristesse. Comment as-tu fait pour t'en sortir ?

Quand j'ai entendu le vent, j'ai compris qu'un truc pas normal se préparait. Ma mère aussi l'a senti, la pauvre. Elle disait de la nature que quand elle est très en colère, elle peine à cacher ses intentions.

— Et ensuite, que s'est-il passé?

— Il y a eu un grincement. On savait qu'il ne provenait pas d'une simple calèche. Elle m'a dit : «Dépêche-toi! Cours te cacher, mon fils!» «Et toi, maman? Et toi?», lui ai-je demandé. «Ne t'inquiète pas pour moi. J'ai l'habitude de côtoyer les choses qui ne se voient pas.» Je suis sorti de la grotte et j'ai grimpé dans un sapin, abandonnant ma mère qui récitait une incantation. Elle n'aura jamais eu le temps de me révéler laquelle...

Eusèbe s'interrompit en secouant la tête, un air d'amertume plaqué au visage. Il poursuivit son récit :

— D'où j'étais, je pouvais voir le monstre. Il avançait à travers les bourrasques sablonneuses en poussant une charrette dans laquelle se trouvait une grosse poche. Il me faisait penser à un seigneur, un seigneur des sables. Rien ne semblait le perturber. Puis, il est entré dans la grotte. Un combat de gerbes lumineuses se déchaînait chez nous. Je priais Dieu pour que maman gagne. Hélas, elle a perdu son combat.

— Crois-tu qu'elle avait choisi la bonne formule? interrogea Alphonsine.

— Elle me répétait sans cesse qu'il existait une formule magique pour toute présence indésirable. (Sa mine s'éclaira soudain, tandis qu'il plongeait son regard dans celui d'Alphonsine.) Elle comparait cela à l'amour. Elle disait qu'il y avait un amour fusionnel pour combler le cœur de chaque mortel. C'était ce qu'elle appelait «la synchronicité des âmes».

Alphonsine rougit, baissa les yeux et esquissa un sourire.

— C'était une romantique, ta mère.

Alors que la petite fille prononçait ces mots, ils arrivèrent à la hauteur de la grotte.

— Oui. Très. Mais je pense qu'elle avait raison, renchérit-il, ses lèvres charnues esquissèrent un sourire chargé de regrets. Je dois prendre quelques affaires.

— Nous t'attendons, lui signifia Alphonsine qui tenait à préserver l'infime zone de son cerveau encore blanche, non entachée de visions sanglantes.

Mathilda serait une des défuntes de qui elle conserverait une image vivante.

— Apporte le plus de nourriture possible, lui rappela-t-elle.

Durant l'absence d'Eusèbe, des craquements secs, ainsi qu'une respiration oppressée et flûtée parvinrent jusqu'à eux.

— Cécilia ? hasarda Léonce qui tâtonnait à l'aveuglette afin d'accrocher le bras d'Alphonsine.

Cette dernière fouilla les environs du regard. Son unique grande sœur encore vivante émergea d'entre les ronces et les branches enchevêtrées. Elle progressait au bas d'une pente, en contrebas du sentier, les paumes vers l'avant, les doigts écartésquillléstillés. La distance qui séparait Alphonsine de son aînée lui permit de distinguer deux taches foncées au niveau des yeux, se découpant sur un visage barbouillé.

— Prends ça, Léonce, et reste là ! C'est elle ! s'écria la fillette en posant la menotte de son frère sur un des manches de la brouette. C'est Cécilia !

Alerté par les cris de sa copine, Eusèbe s'élança hors de son logis. Une besace ouverte dans les mains, il assista à la scène du haut du talus.

La cadette se précipita à la rencontre de l'adolescente égarée :

— C'est moi, Alphonsine ! Je vais t'aider, Cécilia. Je vais t'aider.

Sa sœur, épuisée, s'écroula de tout son long en poussant des plaintes déchirantes. La fillette dérapa sur le relief escarpé, puis s'agenouilla auprès de Cécilia qui reposait face contre terre. Alphonsine secoua son aînée avec insistance, espérant, par ce geste, chasser son délire. Comme Cécilia ne réagissait pas, Eusèbe, qui arrivait derrière, se pencha, saisit l'épaule de la malportante et la retourna vers eux.

La jeune fille dévoilait des sourcils froncés, une peau maculée de sang séché ainsi que deux plaies, suintant à la fois de pus et de fines gouttelettes rouges. Dans le creux de sa bouche mi-ouverte, quelque chose qui ressemblait à une masse charbonneuse remuait.

— Qu'est-ce que tu as dans la bouche ? voulut savoir Eusèbe.

L'interrogée referma son antre buccal et plissa les lèvres comme si un sentiment de honte les eurent soudées. Elle tendit une main contractée vers le visage de sa petite sœur, rencontrant en chemin sa familière chevelure soyeuse.

— Parle ! exigea le garçon.

— Arrête ! protesta Alphonsine. Tu la terrorises ! Tu vois bien que…

L'expression attristée de Cécilia se mua en faciès agressif. Elle écarta les lèvres pour tirer la langue, mais à la place, un moignon de chair carbonisée en surgit. Une violente émotion fit perdre l'équilibre à Alphonsine, qui bascula vers l'arrière.

Les traits de Cécilia se radoucirent. Elle essaya de s'exprimer, mais sa tentative avorta en râles étranglés. L'attention d'Alphonsine se porta sur les oreilles de la victime. Les conduits auditifs révélaient un amoncellement de croûtes noires. Aveugle, sourde, muette.

— Ma pauvre sœur, gémit Alphonsine en l'aidant à se remettre debout.

— On dirait que ce monstre blesse ou tue tous ceux qui lui causent des embûches, argua Eusèbe, que ce soit par des mots ou par des coups. Concernant Liduvine, poursuivit-il pour lui-même parce qu'en arrière-plan, Alphonsine réconfortait Cécilia, elle était du genre à se dresser devant quiconque voulait du mal à sa famille. Anna, eh bien, elle a sûrement tenté de défendre ses enfants. Quant à Léonce, il a dû protéger son visage ou repousser son agresseur, ce qui expliquerait ses blessures à la main et à la pommette. Puis, Arthur, on n'en parle pas, c'est un bébé.

Les trois camarades atteignirent la déclivité. Léonce montrait une posture crispée, à l'affût des bruits suspects. Le poupon s'était remis à piauler, la faim le tirant périodiquement de son sommeil.

— Il faudra trouver une vache ou une chèvre pour le nourrir, annonça Alphonsine.

— Ouais, reste à savoir dans quel état se trouve Green Valley, commenta Eusèbe.

— Et notre père, précisa Alphonsine avec appréhension.

Au lointain, les survivants entendirent un galop effréné, assourdi par le sol battu. À ces foulées s'en superposaient d'autres.

— Cachons-nous ! lança Eusèbe en se saisissant de la brouette. Passe devant, Alphonsine ! Occupe-toi de Léonce et de Cécilia !

— Où vais-je ? s'écria l'interpellée.

— Derrière la grotte ! indiqua le garçon.

Après s'être échiné un moment pour faire avancer la brouette sur la surface accidentée et broussailleuse de la forêt, il décida de l'abandonner sur le bord du chemin et de prendre le bébé dans ses bras. Il crapahuta en transportant le petit bout d'homme vers ses compagnons.

Quelques secondes plus tard, deux chevaux, un brun foncé et un gris, filaient, les naseaux évasés et les yeux effarouchés. Ils promenaient une voiture accidentée et mal attelée, qui décrivait de périlleux zigzags.

— Hé ! C'est Fury et Divine ! s'exclama Eusèbe.

La réalité frappa Alphonsine si violemment qu'elle la tétanisa.

Pour avoir participé au dressage de ces animaux avec son père, elle les connaissait et elle savait qu'ils avaient dû vivre un grave traumatisme pour s'emballer de la sorte, hormis leur comportement de la veille...

— Rattrapons-les, lança Eusèbe.

— Oui, car je crains qu'il n'y ait guère plus d'espoir à Green Valley, ajouta-t-elle en suivant son ami.

CHAPITRE 8

Le voleur

Il avait pris au moins trois bonnes heures à Alphonsine et à Eusèbe pour rattraper les chevaux et les calmer. Le garçon avait eu la brillante idée de les amadouer avec des pommes faisant partie des provisions qu'il avait rapportées de chez lui. Honoré était parvenu à réparer la roue défectueuse. Cependant, la charpente de la calèche manquait de solidité. Le meuble qu'il avait chargé pour ses clients ne se trouvait plus à l'intérieur de la voiture. Avec la course impétueuse qu'avaient livrée Fury et Divine, il avait dû être éjecté.

Les brûlures de Cécilia et de Léonce commençaient à les faire souffrir le martyre. La quiétude avait un prix ; quand l'adrénaline tombait, la douleur renaissait. Les malheureux gémissaient. Le seul qui pouvait s'exprimer avec des mots décrivait son mal ainsi : « C'est comme si le feu nous mangeait. »

Pour sa part, Arthur se lamentait depuis longtemps. Alphonsine le berça, essayant de le sécuriser, mais elle se rendait bien compte que devant son assurance fragile et sa nervosité palpable, la panique de son petit frère ne faisait qu'empirer. Sa robe de nuit était imbibée du sang que versait l'enfant, dont les plaintes aiguës déchiraient les tympans.

— Je n'en peux plus ! se plaignit la jeune fille à Eusèbe qui, assis sur le siège du cocher, guidait l'attelage.

— Nous arrivons au village dans quelques minutes, l'encouragea-t-il d'une voix forte pour contrer les lamentations qui s'élevaient à l'arrière.

— Tu as des pièces dans ton sac ? demanda-t-elle.

— Tu crois que maman était assez fortunée pour avoir des pièces ? Comment penses-tu que nous vivions, que nous nous procurions des allumettes, des vêtements et du savon ?

Tandis que le bébé s'agitait en donnant de brusques coups de talon et que ses petites mains potelées tentaient d'agripper les cheveux d'Alphonsine, celle-ci, en s'adressant davantage au dos de son compagnon qu'à son visage, répondit dans un soupir :

— Je n'en sais rien.

— On allait soit à Havelock ou à Trinity et on volait, avoua-t-il.

Alphonsine poussa une exclamation indignée :

— Je n'en reviens pas ! Papa te croyait juste et bon, et toi, tu volais d'honnêtes gens !

— Du calme, du calme. À ton avis, que ferons-nous pour subsister ? Personne n'engagera des gamins, à moins de nous exploiter. Le monde est pervers, disait ma mère. Il faut donc être plus pervers qu'autrui pour survivre.

Alphonsine, qui réfléchissait à la déclaration d'Eusèbe, n'émit pas de commentaires.

— Le lait pour ton petit frère, on ne le traira pas d'une vache. On le prendra du marchand. La morphine et l'aloès, nous ne la fabriquerons ni ne la cueillerons. On se servira chez l'apothicaire de Trinity.

— De la morphine ? Tu es tombé sur la tête ! s'exclama Alphonsine, dépassée par les révélations choquantes de son copain.

— Nerveux comme nous sommes, je ne crois pas que nous trouverons le sommeil pour le couvre-feu de ce maniaque, qui n'est pas, soit dit en passant, à partir de vingt heures, mais à partir de dix-neuf heures. Ma mère s'était trompée, vraisemblablement.

— Tu veux dire que l'étranger n'apparaît pas nécessairement à dix-neuf heures tapantes, mais à toute heure de la nuit ?

— Apparemment, les carnages débutent dès que les sept coups du soir ont sonné et s'échelonnent jusqu'à l'aube.

Ils arrivaient au sommet de la colline, où se trouvait le village.

— Comment sais-tu cela ? s'informa Alphonsine, qui avait oublié la morphine.

— Jette un œil dans ma besace.

Alphonsine libéra de la poigne colérique d'Arthur une mèche de ses cheveux d'ébène. Elle étira la main entre les jambes de Cécilia et de Léonce, blottis l'un contre l'autre sur le banc faisant face au sien.

— Il pèse lourd, ce sac, commenta-t-elle en le traînant jusqu'à ses pieds.

Elle desserra les lacets qui refermaient l'ouverture et découvrit un tas de pommes, une boîte d'allumettes, le bout du bâton brisé de Mathilda et, tout au fond, un vieux livre muni d'une serrure. Il n'était pas verrouillé.

— Ça alors ! Il date de l'Antiquité, on dirait, fit remarquer la fille, dont le visage s'illumina de fascination.

— Ma mère a tu son existence… jusqu'à sa récente mort.

— Pourquoi ? Elle te l'a donné avant que l'étranger n'arrive ?

— En fait, il semble que le vent et la bataille aient déplacé des roches dans la grotte, dont une qui servait à camoufler ce manuscrit. Je t'en dirai plus tout à l'heure... Cache-le ! ordonna soudain Eusèbe, visiblement en proie à une vive panique.

Alphonsine saisit l'urgence dans le ton de voix de son ami, lorsqu'elle s'avisa des villageois, tous aveugles, alignés sur le bord du chemin. Leurs faces, défigurées et couvertes de sang, les regardaient sans regarder, respiraient sans respirer et savaient sans savoir. Ils évoquaient des spectateurs fantomatiques, et l'attelage, un défilé de miraculés. En arrière-plan, des habitations rasées par la tempête gisaient sous le sable.

Le bébé se lamentait de plus belle. Les citoyens de Green Valley ne bougeaient pas d'un iota.

— Ils sont devenus fous ou quoi ? s'interrogea Eusèbe.

Sœur Gaëlle se signa au passage des chevaux et de la voiture.

— Que Dieu vous protège, qui que vous soyez, dit-elle.

Elle ressemblait à la Sainte Vierge pleurant à l'approche de l'apocalypse. Le cœur d'Alphonsine se gonfla de chagrin à l'idée que l'étranger n'avait pas épargné cette brave religieuse.

— Puissiez-vous combattre le démon qui nous a dérobé notre organe le plus précieux, siège des jouissances terrestres, clama le libraire qui, sans le savoir, avait posé les pieds sur les cheveux d'un bambin mort, à moitié étendu sur un homme inerte.

— Qui êtes-vous, vous qui avez des yeux pour conduire ces bêtes ? interrogea une femme.

— Quel ventre a porté cet affamé que j'entends ? réclama une seconde citoyenne sur le côté opposé de la rue en entendant Arthur hurler à s'en rompre les cordes vocales.

Les enfants, intimidés par la transformation des habitants, s'abstinrent de répondre. Eusèbe se retourna et signifia à Alphonsine, d'un mouvement de tête, d'approcher. Elle comprit qu'il voulait qu'elle prenne les brides à sa place, le marché d'alimentation se situant à une maison de leur position. Elle déposa Arthur dans le fond de la voiture et espéra, en son for intérieur, qu'il ne tenterait pas de se mettre debout. Elle supposa que la souffrance oculaire du petit le maintiendrait cloué au plancher.

Alors que la fillette conduisait les chevaux, son ami s'aventura sur ce terrain devenu inconnu pour s'emparer de lait et de nourriture.

— Qui va là ? Qui va là ? questionna monsieur Douglas, l'épicier.

Le petit homme chauve et replet, écartant les bras et les jambes, se mit à chercher l'intrus à tâtons. Eusèbe l'évita de justesse. Le commerçant agrippa un bâton et se mit à frapper dans le vide, se guidant au son. Le garçon se pencha pour esquiver un coup, puis il s'engouffra dans le magasin endommagé.

Fury tourna la tête à gauche et continua sa marche. Inconsciemment, Alphonsine suivit la trajectoire visuelle de l'étalon. Elle aperçut la dépouille de son père, déchiquetée par l'impétuosité du vent et du sable, baignant au milieu d'une mare rouge. La mort avait modelé sa bouche dans une distorsion qui témoignait de l'atrocité de ses derniers instants. Aussitôt, elle éclata en sanglots.

— Qu'est-ce qu'il y a ? s'enquit Léonce, d'un murmure rauque, souffrant.

— Rien, petit frère. Rien, mentit-elle avec un trémolo dans la voix.

Elle supposa qu'il valait mieux attendre que ses blessures physiques se résorbent avant de lui annoncer le décès de son héros.

Eusèbe reparut, encombré d'articles, avec l'épicier brandissant le bâton à ses trousses.

— Pilleurs ! Voyous ! Revenez ici ! Revenez !

Flairant le mécontentement de monsieur Douglas, les villageois s'élancèrent à la poursuite de l'attelage. Eusèbe lança les provisions dans la voiture, gardant le pot de lait contre lui, pour éviter qu'il n'éclate. Il tricota des jambes et espéra, en fixant la calèche, s'agripper à sa paroi, mais dès qu'il étirait les doigts, ceux-ci ne parvenaient qu'à l'effleurer.

Son cœur tambourinait dans sa poitrine. Il lui fallait multiplier ses enjambées pour égaler le rythme de ses poursuivants, qui toutefois étaient désavantagés par la cécité. Cependant, il semblait à Eusèbe que l'ouïe constituait un sens quasi aussi aiguisé que la vision. D'autre part, il lui tardait de dépasser le commerce du boucher, qui était un homme athlétique, au caractère dur.

Entendant Eusèbe haleter, Alphonsine prit un risque et commanda aux chevaux de s'arrêter. Elle lâcha les brides, sauta dans le compartiment des passagers et tendit la main à son ami pour l'aider à monter. À cet instant, l'épicier abattit le bâton à deux centimètres du crâne de sa cible. Entraîné dans son élan, l'aveugle tomba vers l'avant et atterrit à quatre pattes.

— Ordure ! Je paierais cher pour retrouver ma vue ! Je paierais cher, je paierais si cher…

Sa voix se brisa dans des sanglots et le marchand, le corps prostré dans la rue poussiéreuse, nourrit la terre de gouttes rouges.

Le regard triste d'Eusèbe ne put se détacher des villageois qui s'attroupèrent autour du malheureux. Il se figurait un noyau d'âmes défaites. De son côté, Alphonsine sentait des spasmes d'affliction lui traverser le cœur telles des décharges électriques.

Elle parvint à la hauteur de la boucherie tout en redoutant de voir surgir son propriétaire, un hercule respecté de tous. Ses yeux accrochèrent une dépouille disloquée réduite en charpie de la manière la plus barbare observée jusqu'à présent : ses bras et ses jambes s'apparentaient à des chiffons torsadés. Un fémur cassé en deux avait déchiré sa chair. Quant à sa tête, elle n'était pas dans les parages.

Visiblement, sa hache s'était retournée contre lui…

CHAPITRE 9

De soie et de rugosité

Environ une lieue les séparait encore de Trinity quand Alphonsine termina de verser du lait dans la bouche d'Arthur. Cécilia, quant à elle, ne pouvait s'alimenter, à cause de sa langue douloureuse. Léonce, lui, grignotait du pain. Ils devaient se rationner en nourriture étant donné qu'ils ne savaient pas combien de temps il leur faudrait pour atteindre la grande ville.

Eusèbe avait repris le contrôle des rênes. Il avait appris pour le décès d'Honoré. Il ressentait beaucoup de tristesse, mais il devait se montrer fort pour Alphonsine, accablée de trois deuils en une matinée. D'autre part, le meurtre de sa mère lui avait injecté un sang-froid étonnant. Ainsi, il ne visualisait pas le jour futur où son âme se ratatinerait assez pour qu'il redevienne le petit bâtard timide, fragile et pauvre comme Job qu'il était autrefois.

— Trinity aussi aura été dévastée, se souvint Alphonsine. Tu te rappelles ce que ta mère a dit ?

— Oui. Elle aurait été attaquée avant Green Valley. Si c'est le cas, je prendrai le nécessaire dans la pharmacie et nous déguerpirons. Aïe ! Aïe !

L'apprenti conducteur de calèche ordonna à Fury et à Divine de s'immobiliser et lança ses chaussures à bout de bras.

— Qu'est-ce qu'il y a ? s'enquit Léonce en tournant ses « demi-lunes oculaires » dans toutes les directions.

À l'affût des vibrations, Cécilia se raidit. Alphonsine déposa Arthur, assoupi, dans la brouette calée entre les bancs, puis elle s'empressa auprès de son copain.

— Ce sable de malheur a bouffé mes souliers et même une partie de mon pied ! Regarde, dit-il en présentant la plante de son membre à la fillette.

Les grains d'or pénétraient lentement par les minuscules orifices que décrivaient les pores. Alphonsine voulut les gratter avec son ongle pour les déloger avant qu'ils n'entament davantage le pied ; elle s'abstint cependant de commettre une imprudence qui aurait pu la blesser elle aussi.

— Ça fait mal ! se lamenta le garçon en grimaçant.

— Tout va bien, dit Alphonsine aux occupants de la voiture. C'est le sable qui a rongé les chaussures d'Eusèbe, ajouta-t-elle d'un ton qui dévoilait une certaine panique. Léonce, tu peux flatter les cheveux de Cécilia pour la réconforter…

Alphonsine sauta hors de la calèche et ramassa une fine branche. Elle remonta et s'en servit pour désincruster les particules de la peau du blessé.

— Mes sabots sont intacts, de même que ceux de mon frère et de ma sœur. Il t'en faudra une paire. On volera ça également à Trinity, décida Alphonsine.

— Est-ce à dire que le sable maudit n'a aucun pouvoir sur le bois ? interrogea Eusèbe, les dents serrées, les traits distordus.

— Tu as tout compris, répondit la petite fille en libérant le pied du dernier grain jaune. Je viens de réaliser que la forêt est le seul endroit que la tempête a épargné.

— Oui, tu as raison. C'est le vent qui a démoli les habitations et non le sable qui les a fait fondre. C'est donc les gens qu'il veut détruire, et non pas les maisons.

— Exact. Les personnes qui ne respectent pas le couvre-feu, compléta Alphonsine.

Un ricanement sinistre qui s'éleva dans l'atmosphère embrumée du sentier et des alentours boisés mit fin à leur discussion. Gémissant de peur, Léonce happa l'avant-bras de Cécilia, geste qui fit haleter et blêmir d'appréhension cette dernière. Pour sa part, Alphonsine se dressa et vit Edwin Garrison, trousse à la main, qui titubait sur le chemin.

— C'est le médecin, chuchota Eusèbe.

— Taisons-nous, souffla Alphonsine.

Les petites lunettes rondes d'Edwin reposaient de travers sur l'arête de son nez. Un des verres formait une étoile écarlate, car il se superposait à une orbite à vif. Lorsqu'il passa à côté de la voiture, Fury s'ébroua. Le bruit métallique de son mors suscita une réaction chez le marcheur. Celui-ci pivota vers les enfants, tel un fantoche désarticulé dont les mouvements manquent de synchronisme. Eusèbe ouvrit tout grand les yeux. Il ne se risqua pas à détourner son attention de l'homme pour regarder Alphonsine, qui lui adressait, à cet instant, une expression terrifiée.

Soudain, Edwin retira ses lunettes et fit rouler ses sphères amputées. Alphonsine se rappela qu'elle s'était pourvue d'un marteau. Discrètement, elle se déplaça vers la brouette installée au centre de la calèche. Elle se pencha et délia les cordelettes de son sac pour s'emparer de l'outil. La tête de la fillette émergea tranquillement de la calèche. Elle observa, avec un mélange d'horreur et de chagrin, le docteur devenu fou. Sa poigne s'affaiblit sur le manche du marteau, qui glissa de ses mains tremblotantes et ricocha sur la base de la voiture.

L'homme laissa tomber sa mallette, dressa un index pour tâter sa joue dont il racla frénétiquement la plaie.

— Que ça chatouille ! C'est dément ! exprima-t-il en éclatant d'un gloussement nerveux.

Alors qu'il écorchait ses lésions, des parcelles de chair s'incrustaient sous ses ongles. Un petit écoulement sanguin s'amorça. Mal à l'aise dans son rôle de spectateur, Eusèbe lança un coup d'œil furtif dans la direction de son amie. Pour sa part, Léonce, qui endiguait ses pleurs, s'efforça de ne pas hurler.

— Monsieur Garrison, vous vous blessez ! Arrêtez ! Arrêtez ! s'écria Eusèbe qui s'apprêtait à descendre pour l'aider.

— Non ! Non ! lui défendit Alphonsine à travers un murmure flûté.

Le sang se mêlait à une substance glaireuse, de la consistance d'un blanc d'œuf. Eusèbe désigna avec insistance la trousse médicale à sa copine, mais celle-ci avait déjà reporté son attention sur le médecin.

La première phalange de l'index du docteur s'enfonça dans le trou qu'il avait creusé à force de grattements. Alphonsine, révulsée, peinée pour cet homme juste qui l'avait tirée des entrailles de sa mère, se détourna. De la cavité nouvellement formée s'écoulait une matière gélatineuse et transparente. Edwin y plongea son doigt puis, agité par de violents spasmes, il lança :

— Dieu que ça me gratouille, hi, hi, hi, hi ! Le cerveau… le cerveau me pique ! Le cerveau me pique… Oh ! j'ai touché… j'ai touché à… J'Y AI TOUCHÉ ! J'AI TOUCHÉ À MON SAVOIR ! Ha !

La bouche de monsieur Garrison se tordit en un rictus inquiétant. Il fourra son poing dans la profondeur orbitaire. Un craquement d'os, assourdi par une purée de chair, d'organe et de liquides, vibra jusqu'à soulever le cœur d'Alphonsine, même si elle ne regardait pas. L'expression exaltée de monsieur Garrison mourut et son corps trémula, comme s'il encaissait un haut voltage. Enfin, l'énergie le déserta et il s'écroula.

Ce ne fut qu'à ce moment qu'Eusèbe, l'esprit engourdi par la scène horrifiante à laquelle il venait d'assister, prit conscience des sanglotements d'Alphonsine. Dans son coin, Léonce fondit en larmes, incapable de supporter son angoisse plus longtemps. Pour sa part, le visage neutre de Cécilia évoquait celui d'une espèce de poupée de porcelaine empoussiérée sur une tablette.

Les traits tendus, Eusèbe entreprit de quitter son siège pour s'emparer de la mallette. Sans qu'il le veuille, son regard bifurqua sur le bras du médecin, enfoncé jusqu'au poignet dans l'ouverture. Il entendit de petits pétillements à peine audibles. Il en déduisit que le sable était en train de gruger son cerveau.

La mallette à la main, Eusèbe réintégra sa place de cocher et commanda aux chevaux d'avancer. Il daigna déranger Alphonsine, qui dissimulait sa figure inondée de pleurs derrière ses mains. Sa détresse dégageait de poignantes vibrations et arriva à briser l'aplomb du garçon d'un coup de massue. Les ouïes les plus fines auraient pu discerner un bris cristallin résonner en lui.

Le contenu de la trousse médicale — la morphine, l'aloès — ainsi que les sabots étaient des préoccupations qui se dissipaient dans un brouillard de fatalisme. D'un coup, les souvenirs déboulèrent devant Eusèbe. Il dut arrêter la voiture : la perte de sa mère, cette guerre lumineuse vue lâchement du haut d'un sapin; sa chère amie éplorée et ses petits «frères» infirmes; l'apparition de la pauvre Cécilia, jadis fantasque et perspicace, transmutée en spectre; la rencontre des villageois métamorphosés en fantômes ; le décès d'Honoré, et finalement, la démence de l'un des hommes les plus influents et dévoués de Green Valley, noyaient ses yeux de larmes.

Une légère pression sur son épaule le fit se retourner. Il aperçut le visage angélique et apaisant d'Alphonsine. Son regard de braise luisant de souffrance exprima plus qu'une simple sympathie. Il signifiait : « Je suis avec toi. Je ne pourrai affronter les obstacles sans toi. Je t'en prie, reste avec moi pour toujours. » Puis, ses sourcils s'abaissèrent et Eusèbe y lut une volonté vengeresse qui semblait signifier : « Nous tuerons cette ordure pour tout ce qu'il a fait ! Je verserai mon sang et délivrerai mon âme pour qu'il crève ! »

Eusèbe colla son front au sien et l'observa avec autant d'obstination. Il encadra son visage de soie de ses mains calleuses et souffla :

— Nous aurons sa peau. Coûte que coûte.

CHAPITRE 10

L'issue inéluctable

Le clocher de l'église de Trinity carillonna midi. Une ambiance mouvementée régnait dans la ville, comme dans le souvenir d'Alphonsine — lorsqu'elle s'y était rendue en compagnie de Liduvine et de son père pour livrer une armoire à porcelaine. Il y flottait des relents d'urine et de déjections, tel que l'avait dépeint son défunt oncle. Des enfants sales, vêtus de haillons, chahutaient dans les rues. Les femmes étendaient leur linge sur une corde dont l'extrémité s'accrochait au mur du bâtiment d'en face. Les arbres étaient rares, et le gris, un roi outrancier. Personne ne regardait personne. Chacun marchait sans se préoccuper de l'autre.

— Bienvenue à Trinity ! s'exclama Eusèbe d'un ton énergique qui témoignait de son soulagement à traverser un endroit vierge de sable. Il semble que maman se soit encore trompée !

— Oui ! renchérit Alphonsine. Je crois que je n'ai jamais autant apprécié la ville !

— Les gens n'ont pas de bobos, ici ? s'informa Léonce.

— Non, petit frère, répondit Alphonsine, enthousiaste. Nous rebâtirons notre vie en ce lieu même !

— Un instant ! Tu es trop emballée, la raisonna Eusèbe. Le monstre passera sûrement à Trinity quand il la découvrira...

— Peut-être, mais pour l'instant, j'aime bien respirer sans avoir peur de...

— Hé ! D'où viennent-ils, ceux-là ? s'écria un jeune homme maigrelet en décochant un coup de coude dans les flancs de son ami un peu dodu.

Le maigrichon et son acolyte grassouillet, coiffés d'une casquette feutrée, dévisageaient Cécilia et Léonce, couverts de sang et défigurés. Ils firent pivoter leur tête dans la direction d'Alphonsine, qui portait une robe de nuit blanche, elle aussi tachée. Eusèbe murmura à sa copine de les ignorer et lui demanda de lui tendre discrètement son sac en prétendant qu'il avait un truc à y prendre. Son amie obéit sans poser de questions, préoccupée par les voyous qui prenaient un malin plaisir à les talonner.

— Vous êtes des mendiants ? Où avez-vous pris ces chevaux ? interrogea tout en les poursuivant celui qui avait une physionomie de rat. Et cette calèche ? Vous les avez volés, hein ?

Alphonsine fronça les sourcils. Elle voulut répliquer, mais se contenta de les fixer d'un air malcommode. Eusèbe continuait son chemin.

— Je vais tout balancer au préfet et vous moisirez derrière les barreaux, menaça le plus bavard.

Eusèbe se renfrogna. Il se trouvait à un cheveu de descendre et de lui envoyer un coup de poing dans la figure, mais il n'était pas encore tout à fait de taille contre des gars de cet âge.

— Tout compte fait, lança le joufflu d'une voix d'idiot, ça leur rendrait service ! Au moins, ils auraient de quoi bouffer !

— Ouais, approuva son compère, dont les lèvres s'arquaient en un sourire goguenard en même temps qu'il redoublait le rythme de sa foulée.

Eusèbe fit trotter Fury et Divine. Bientôt, il perdrait les deux nigauds de vue, se disait-il. Cependant, l'allure des bêtes — emportées maintenant dans un galop furieux –, conjuguée à sa conduite périlleuse, ne concourait qu'à aggraver leur situation. En effet, les piétons s'écartaient à leur passage, certains poussant même des cris d'alarme. Les citoyens se retournaient et observaient d'un air ahuri les manœuvres téméraires du cocher, qui se distançait.

Des regards suspicieux s'attardaient sur les passagers. Un policier se planta au centre de la rue en agitant les bras, mais Eusèbe ordonna aux animaux d'accélérer la cadence. L'agent de la paix s'élança au dernier moment à l'extérieur de la zone de course de la calèche qui grinçait et montrait un léger déséquilibre. Cécilia accrocha ses mains au bord de la voiture et émit des hurlements hystériques. Léonce, pour sa part, se jeta à quatre pattes sur le plancher tandis qu'Arthur se réveillait en pleurs. Eusèbe s'efforçait de manier l'attelage de façon à éviter de piétiner les inconscients qui se mettaient sur leur trajectoire. Alphonsine somma son ami de s'arrêter.

— Il est trop tard pour reculer ! Je ne peux pas ! cria-t-il, aussi paniqué que Fury et Divine.

Soudain, des tonneaux traversèrent la rue en effectuant des bonds. Les chevaux s'immobilisèrent abruptement et se cabrèrent en poussant des hennissements. Des gens se saisirent des brides et essayèrent de maîtriser les bêtes. Pendant ce temps, un groupe de personnes prit la calèche d'assaut. Cécilia, Léonce et Arthur s'égosillaient ; Alphonsine protestait en se débattant dans les bras du policier qui tentait de la maîtriser. Eusèbe se défendit à l'aide de coups de pied et de coups de poing, mais le rustaud qui l'emmenait se moquait de lui.

— Nos parents ont été tués par le diable, affirmait l'enfant.

— Laissez-nous vous expliquer ! Je vous en prie ! Je vous en prie ! supplia Alphonsine.

Cette dernière ne pouvait détacher son regard de Léonce, perclus de peur, coincé entre les flancs et le bras du type gras qui le traînait. La violente crise qui secouait Cécilia nécessitait deux hommes pour la maîtriser, alors qu'un troisième les serrait de près. Une femme portait Arthur qui révélait un visage caractérisé par une paire d'yeux cramoisis et des traits affreusement crispés. Alphonsine ressentait un sentiment d'injustice, de désespoir et de chagrin à la vue de ses cadets et de son aînée, dont le traumatisme s'aggravait.

— Hé ! Regardez ! Regardez, tous ! insista une dame en montrant du doigt Arthur dans le dos de la femme qui le transportait. Ses larmes !

La foule, qui suivait les fugitifs et les policiers, se tut. Des murmures étonnés fusèrent de toutes parts. Une personne, cachée par les badauds, s'écria :

— C'est un ange ! Dieu nous a envoyé un ange !

Alertés par le bourdonnement soudainement paisible qui traversait l'attroupement de citadins, les individus qui tenaient les autres enfants se retournèrent. Seules les lamentations des aveugles résonnaient dans la ville. La population s'exclama de plus belle, mais cette fois, l'admiration était tangible.

— Eux aussi ! Ils versent des larmes rouges !

— Ces anonymes nous ont amené trois anges !

— Dieu m'a entendu ! proclama un mendiant. Dieu m'a entendu !

— Ces disciples ne méritent pas le châtiment ! protesta une femme.

— Silence, s'il vous plaît ! intima un homme fort bien habillé qui surgit d'on ne sait où. Je propose que nous fassions examiner les infirmes par un médecin avant de crier au Messie ! Pour ce qui est des voyants, le garçon et la fille, ils passeront une nuit ou deux au cachot, du moins le temps d'obtenir une expertise médicale quant à la cause des mystérieuses larmes de ces jeunes gens. Par la suite, nous aurons les idées claires sur l'identité, et la cause du passage de ces étrangers dans notre commune.

Des discussions, plutôt calmes, s'élevaient de l'attroupement de citoyens.

— Maintenant, vaquez à vos occupations, conclut l'orateur en se retournant et en balayant du revers de la main l'inertie des policiers.

On conduisit Eusèbe et Alphonsine au haut-commissariat, on les menotta, puis on les entraîna dans la cave de l'établissement. Une odeur humide et viciée submergeait l'endroit enténébré que le gardien éclairait au moyen d'une lanterne.

La lueur vacillante révéla un couloir jalonné de portes de bois massives percées de guichets. Des chants, dont les vibrations se répercutaient sur les murs de pierre, engendraient une ambiance lugubre. L'écho d'un sifflement gai paraissait provenir de partout. La fillette frissonna.

— Vous n'avez pas le droit d'enfermer des enfants ici ! lança-t-elle à l'agent.

— Tu n'es pas en mesure de me dire quoi faire ou ne pas faire, ma jolie.

— Où sont nos affaires ? demanda-t-elle, d'un ton accusateur. Où les avez-vous mises ?

— Elles sont dans le bureau du commissaire. Vous les retrouverez seulement si vous sortez d'ici.

— Et nos chevaux ? interrogea Eusèbe, qui fit rouler ses épaules afin de se dégager de la main du gardien.

— Ce sont de bien belles bêtes. Fortes aussi, et jeunes !

— Ces chevaux sont à nous ! se gendarma Alphonsine, en repensant aux efforts qu'elle et son père avaient investis pour dresser Fury et Divine, naguère indociles.

— Oui, rétorqua le cerbère. (Il décrocha un impressionnant trousseau de clés de son pantalon, tandis qu'il pivotait devant une pièce close.) Ils l'étaient jusqu'à ce qu'on apprenne que vous êtes des mômes sanguinaires et dépravés.

Il ouvrit la porte et poussa le couple d'enfants sur le sol terreux et rocailleux en éclatant d'un rire gras. Il la referma ensuite derrière lui.

Les prisonniers devinèrent une barre de fer qui glissa contre le pan de bois et une serrure verrouillée.

Alphonsine se persuada que si l'étranger visitait Trinity aux sept coups du soir, il n'y aurait pas d'autre issue pour eux que la mort.

CHAPITRE 11

Le souffle d'or

De l'étroit soupirail grillagé, haut et inatteignable, les enfants voyaient passer des souliers, de hideux rongeurs ou des feuilles sèches qui se déplaçaient au gré du vent. Ce petit rectangle pourvoyait la cellule d'un minimum de clarté. En ce moment, les rais de lumière raccourcissaient, comme si le soleil disait à tous : « Bon, je remballe mes rayons, à présent. J'ai assez brillé pour aujourd'hui ! » Pour Alphonsine et Eusèbe, la venue imminente de l'obscurité signifiait qu'ils se retrouveraient plongés dans des ténèbres opaques et que le couvre-feu approchait…

— Je ne savais pas que Trinity était composée de gens aussi sans-cœur ! se plaignit Alphonsine, que la faim tenaillait. Tu crois qu'ils nous donneront à manger ?

— Aucune idée, répondit Eusèbe. Mais en tout cas, j'aurais bien aimé avoir le grimoire avec nous pour que nous puissions, à tout le moins, nous informer sur le diable.

— Je croyais que tu en connaissais un peu plus sur lui, maintenant...

— Non. Après l'attaque de maman, j'ai écoulé la nuit, juché dans un sapin. Je n'ai eu le courage de descendre que lorsque j'ai vu le soleil se lever. J'ai fouillé, à la recherche du chapitre qui parlait de lui, et quand j'ai cru l'avoir trouvé, je n'ai réussi qu'à en survoler la première page. Je n'avais pas le cœur de le lire.

— On est dans de beaux draps, maintenant. Qu'est-ce qu'on va faire ?

— Qu'a-t-on d'autre à faire que d'attendre ? répliqua Eusèbe. Regarde ces fichus barreaux ! Et regarde cette fichue porte ! Et ce sol, plus froid et plus inconfortable que la grotte. J'ai les pieds complètement gelés.

— Approche, je vais te les réchauffer, proposa Alphonsine qui s'agenouilla. Brrr ! C'est vrai que c'est très froid, admit-elle.

Le garçon s'assit et présenta un pied à son amie. Elle le frictionna de ses mains, également glacées.

— On n'a même pas de morphine, réalisa Eusèbe. Si le diable frappe ici cette nuit, on n'est pas mieux que morts... ou aveugles.

— Je préférerais mourir que de subir le même sort que mes frères et ma sœur.

— Écoute, j'ai quelque chose à te dire, commença Eusèbe en rivant son attention au sol.

— Quoi ? demanda Alphonsine en cherchant le regard de son ami.

Ce dernier attendait, les yeux dans le vague, l'air grave.

— Mais parle ! Tu m'inquiètes, insista Alphonsine.

En guise de réponse, il glissa sa main dans la poche de son pantalon et en sortit une feuille de papier pliée en quatre. Il la lui tendit :

— Lis ceci. Il y a un moment que je voulais te le dire, mais il arrivait toujours quelque chose qui m'en empêchait.

La fillette, intriguée, déplia la lettre et en fit la lecture.

« Mon cher fils,

Si un jour tu lis cette lettre, c'est que tu auras trouvé le grimoire avant le Marchand de Sable. Je le tenais caché, car je savais qu'il reviendrait pour Alphonsine. À sa naissance, c'est moi qui fus sur les lieux avant le docteur Garrison. C'est moi qui ai sorti la petite des entrailles de mon amie Anna. Dès que je l'ai vue, j'ai su qui elle était, l'espoir qu'elle représentait pour l'humanité.

Mais comme le flair de ce diable est plus fort que celui des sorciers, il a deviné que je savais qui elle était. Quand j'ai eu ma première vision, j'ai essayé de prévenir Anna et Honoré, mais ma réputation de sorcière ne faisait que ternir mon image. Je me suis donc tue et résignée à la nouvelle de sa venue. J'espérais tellement qu'il ne trouve jamais Alphonsine !

Ce soir, mon fils, à l'instant où je couche ces mots sur papier, je le sens venir. Il me tuera parce que je t'assure que je ne lui révélerai pas qui elle est vraiment, même s'il s'en doute grandement. Même s'il m'a promis une montagne d'or.

Je t'aime pour l'éternité et j'espère que vous réussirez.

Mathilda »

— Oh, mon Dieu ! s'exclama Alphonsine. Ceci explique beaucoup de choses, mais en même temps, trop peu. Ta pauvre mère. Elle avait pourtant essayé de nous le dire, ce fameux soir où mon père est allé te reconduire chez toi après sa vision.

— Oui. Elle gardait ce secret en elle. Je pense qu'elle a fait ce qui était le mieux. Tu imagines l'angoisse que ta famille et toi auriez vécue ?

— J'en conviens. Cependant, l'angoisse a fini par rattraper le temps perdu. Et aujourd'hui, après la lecture de cette lettre, je ne sais toujours pas qui je suis.

Ils entendirent la barre de métal frotter contre la porte, ainsi qu'une clé pénétrer dans la serrure. Les charnières grincèrent et une main velue fit glisser deux écuelles fumantes par terre. L'une d'elles faillit se renverser. La porte se rabattit avec un bruit aussi décisif qu'assourdissant.

— Monsieur ! Monsieur ! s'écria Alphonsine en se jetant avec son camarade sur la nourriture.

Des yeux strabiques apparurent derrière le guichet :

— Quoi donc ? demanda-t-il, d'une voix grave et impatiente.

— Des couvertures, s'il vous plaît ! Nous gelons, réclama la fillette.

— Jamais à première nuit, rétorqua-t-il.

— Pourquoi ? voulut savoir Eusèbe.

— Parce qu'elle sert à rafraîchir les idées.

— Mais on n'a rien fait ! protesta Alphonsine.

— Ça, ça n'me regarde pas.

Sur ce, il referma la petite ouverture d'un geste brusque.

— Et si je vous dis qu'on ne passera pas la nuit, que le diable viendra tous nous tuer ce soir ! Si je vous dis qu'une horrible tempête de sable vous dérobera la vue… ou l'ouïe ! Qu'il pourrait bien vous manger la langue, est-ce que vous…

— Ferme-la, ou j'vous sépare et vous gèlerez encore plus ! aboya-t-il à travers la porte.

— Vous verrez bien, murmura Eusèbe pour lui-même, alors que les récriminations d'autres prisonniers résonnaient dans les geôles souterraines.

Les compagnons terminèrent leur plat, aspirant jusqu'à la dernière goutte de sauce.

— Si ceci était un mets pour forçats, eh bien, ma foi, nous étions bien pauvres chez nous ! ne put s'empêcher de raisonner Alphonsine à voix haute.

— Ouais. Ce n'est pas tous les jours qu'on peut manger du bœuf et autant de légumes.

— J'ai soif.

— N'espère pas trop. Je ne crois pas qu'on nous offre à boire, et, de toute façon, où nous soulagerions-nous ?

— Tu as raison. (Et elle ajouta pour elle-même, d'une voix ténue) : Tu as toujours raison.

Alphonsine soupira. Ses yeux brillaient dans la noirceur.

— Nous devrions en profiter pour nous assoupir.

— Dormir, tu veux dire. Je ne souhaite pas être la cible du diable.

— Non, moi non plus.

Les enfants s'adossèrent au mur sous la fenêtre, puis Alphonsine, épuisée, posa sa tête sur les cuisses d'Eusèbe.

— Tu imagines, débuta-t-elle d'un ton paisible, si tout le monde mourait et que nous restions pris ici ?

— Non. Je n'ose pas l'imaginer. Mais au moins, on serait ensemble, fit-il d'un air pensif en repoussant d'un geste délicat les cheveux du front d'Alphonsine.

— Oui. Ensemble…

Eusèbe somnolait, la nuque appuyée contre la fondation de pierre et le postérieur engourdi. Une goutte éclata sur son crâne tandis que le mugissement du vent le réveilla en sursaut. C'était une lamentation lente et lugubre, un chant des ténèbres qui appâtait les esprits pour les éloigner de la raison. Le cœur d'Eusèbe battait fort. Ses yeux s'écarquillaient dans la pénombre, mais il ne distinguait aucun contour. Il ne savait plus où il était. Sa main accrocha une chevelure, un visage. Il prit peur et se rappela qu'Alphonsine s'était endormie sur ses jambes. Il poussa un soupir de soulagement puis, pour ne pas effrayer sa copine, il se défendit de bouger, même si sa position lui engourdissait les membres. « Le couvre-feu ! Le diable est-il passé ? », pensait-il en léchant ses lèvres sèches.

Dehors, une forte pluie tombait. Il entendait l'eau se précipiter dans les rigoles. Des pas de course clapotaient dans des flaques. Un cri déchira l'atmosphère et se confondit au torrent qui sévissait. Eusèbe n'arrivait pas à en définir la nature. S'agissait-il d'un hennissement, du couinement d'un rat ou... d'un hurlement humain ? L'averse et les effroyables bourrasques conspiraient à fausser la réalité.

Eusèbe fut alors témoin d'une scène fabuleusement mortelle : de la poussière d'or s'infiltra par la fenêtre en tourbillonnant, telle une bruine de lucioles dansantes. Elle se déposa en toute légèreté sur le sol terreux. Les particules créaient une surface étincelante sur les zones où elles s'étaient accumulées, si bien que le garçon discernait la silhouette fuligineuse de sa compagne.

Son pouls s'accéléra. Il devait tirer Alphonsine du sommeil. Des gouttes commencèrent à atterrir sur sa tête à intervalles rapprochés. Un crissement issu d'un mouvement rotatif lui fit l'effet d'une entaille au tympan. « C'est lui ! », se dit-il en sentant un filet de sueur chatouiller son échine.

— Réveille-toi ! chuchota-t-il à Alphonsine. Il est là ! Il est ici !

La cloche du beffroi sonna l'alarme. Des échos de citoyens paniqués vibraient par-delà la cellule. Le cri d'un homme se transforma en pleurs d'agonie. Le glapissement d'un chien se termina en une plainte rauque. Des vitres se brisèrent. Des sabots claquèrent sur le pavé. Un grincement monstre suivi d'un vacarme assourdissant renvoyait l'image d'un bâtiment qui s'écroule.

Le poids sur les cuisses d'Eusèbe s'enleva ; Alphonsine s'était redressée. Le garçon entendait la respiration bruyante de son amie, qui venait de découvrir l'éclat doré devant elle. Elle se retourna, la figure hagarde, espérant ne pas découvrir la même expression de peur imprimée sur le visage de son camarade. La jeune fille remarqua cependant quelque chose d'encore plus abominable sur le front de son fidèle compagnon, duquel elle ne put détacher le regard. Celui-ci fronça les sourcils et, comprenant ce que fixaient les pupilles d'Alphonsine, porta la main à son front. Dehors, des hurlements lugubres éclataient, mouraient en résonances funestes aussitôt remplacées par d'autres tonalités apeurées et bestiales. Eusèbe observa sa main et tout de suite, il se rendit compte qu'elle avait essuyé un liquide rouge.

— Mais... mais comment se fait-il... ça ne peut pas être mon sang ! C'est impossible ! ânonna-t-il en cherchant une explication.

Alphonsine porta ses yeux plus hauts, au-dessus de la tête d'Eusèbe, et se mit à blêmir à vue d'œil. Ce dernier renversa le visage vers l'arrière pour regarder à la fenêtre.

Son angle de vision lui permit de voir une chose immobile saillir du châssis de pierre, d'où dégouttait la substance.

Sur le mur glissait une épaisse traînée sombre. En état de choc, Alphonsine émit un faible gémissement, se leva et chancela en reculant. Les jambes d'Eusèbe picotaient et chatouillaient de l'intérieur. De plus, elles lui paraissaient incroyablement enflées. Toutefois, l'urgence de connaître la cause de l'affolement de son amie banalisa son inconfort. Il se distança de la paroi. Quand il aperçut l'image en question, il sut qu'elle s'ancrerait pour toujours dans la mémoire de son âme.

Ce qui ressemblait à un ventre coupé en deux empiétait sur les barreaux. La chose qui dépassait du chambranle était en fait un bout de tripe dégoulinant. Un mélange ragoûtant d'organes s'exposait aux yeux des enfants. Alphonsine se retourna pour rendre son repas. Eusèbe ravala un filet de bile qui brûlait sa gorge. La cellule replongea dans une profonde noirceur à mesure que les grains d'or pénétraient dans le sol de terre.

— Collons-nous avant de ne plus nous voir, suggéra Eusèbe qui tout à coup, n'entendait plus les ravages de la tempête.

La fille se releva et pivota vers son interlocuteur, en s'essuyant la bouche du revers de la manche.

— C'est fini ? s'enquit-elle, le regard rempli d'espoir.

— Oui, répondit-il sans réfléchir à priori à la question.

Alphonsine s'élança dans les bras de son ami, enfouit son visage au creux de son cou et pleura à chaudes larmes.

Le soleil tardait à se manifester. Les compagnons décidèrent d'attendre le lever du jour pour établir un plan d'action afin de se sortir de ce lieu sordide, empestant maintenant les déjections et l'urine. Tandis qu'ils restaient silencieux, blottis dans la noirceur, un cri d'horreur retentit dans le souterrain. Le souffle d'Eusèbe se suspendit ; la respiration d'Alphonsine s'accéléra. Des supplications — plus près cette fois — se transformèrent en hurlements d'effroi, forts, perçants et interminables. Elles imprégnaient le sous-sol de l'empreinte de la mort. Puis, il y eut un autre bruit. Sourd, sec, irrémédiable. La victime ne criait plus. Et voilà que les enfants entendirent le grincement strident des roues de bois qui cheminaient dans le couloir. Le son aigu arrêta *là*. Juste devant leur porte.

Les ongles d'Alphonsine se resserrèrent sur l'avant-bras d'Eusèbe. Il lui chuchota à l'oreille de longer le mur afin de se déplacer au coin adjacent à la porte. Comme il craignait que la respiration bruyante de son amie n'alertât le diable, il lui bloqua la bouche de sa main et tous deux se dépêchèrent à croupetons jusqu'au lieu visé. Ils se dressèrent debout, collés contre le pan, de façon à réduire les risques que l'étranger les vît, à supposer qu'il jetât un regard en biais par le guichet.

Eusèbe se rappela que les bols de nourriture traînaient quelque part devant l'entrée. Si le tueur les remarquait, il se douterait bien que des personnes occupaient la cellule. Le garçon courut ventre à terre, au pif, dans l'obscurité. Sentant son copain se distancer, Alphonsine émit un faible gémissement.

Eusèbe tressaillit, palpa le vide et toucha enfin les récipients. Le petit rectangle du guichet glissa tranquillement. Alors qu'il reculait pour rejoindre Alphonsine, le garçon heurta le corps raide, tremblotant et humide de cette dernière. Il lui couvrit d'une main les voies respiratoires.

Un grognement guttural, menaçant, se fit entendre. La peur paralysa les enfants. Une jetée de poudre diffusa un éclairage scintillant dans la pièce. Eusèbe lança un regard paniqué à Alphonsine ; ses joues tremblaient et sa figure perlait de sueur. Les barreaux du guichet fondirent. Des gouttes métalliques coulèrent le long de la porte et se solidifièrent avant d'embrasser le sol. Les narines palpitantes d'Alphonsine sifflaient et généraient plus de bruit que si Eusèbe n'y avait pas collé sa paume.

Maintenant, la serrure se liquéfiait. L'étranger les avait repérés. Eusèbe maudit la maladresse d'Alphonsine, mais son pragmatisme dissipa sitôt sa colère. La porte s'ouvrit à la volée, laissant entrer l'intrus, qui tourna sur-le-champ sa face encapuchonnée vers eux.

Il portait une énorme poche sur son épaule. D'un pas décidé, il se dirigea vers eux, la terre frémissant sous ses lourdes bottes. Il fit halte devant le couple accroupi qui protégeait leurs yeux, leurs nez et leurs bouches avec les écuelles de bois.

— Ne fais rien ! Ne lutte pas ! cria Eusèbe à Alphonsine, juste avant que le diable plonge sa main dans son contenant de jute.

L'assaillant grommela d'inintelligibles paroles et projeta le bol du garçon du revers de la main. L'objet ricocha contre le roc. L'homme jeta au visage d'Eusèbe une poignée de sable maudit. Celui-ci poussa un long cri et s'écroula par terre. Les mains au visage, il se tortillait de douleur.

Alphonsine frissonnait en silence. Sa protection de bois tremblait au bout de ses bras dépliés. Elle regardait le monstre piger dans son sac. Il en ressortit une paluche trapue et sale qu'il déploya devant le nez de la jeune fille. Sa bouche mince s'arqua. Les grains d'or pailletaient les prunelles de la victime. L'étranger chassa le sable de sa paume d'un souffle doux.

Alphonsine ressentit une atroce brûlure qui lui creusait les yeux. Elle eut l'impression que de microscopiques rongeurs dévoraient sa figure et n'arrêteraient pas tant que leurs incisives n'auraient pas atteint les os.

Elle criait avec tant de force qu'elle n'entendit pas le couinement infernal de la charrette s'évanouir dans le couloir. Couloir où des spectres erraient déjà en pleurant leur mort.

CHAPITRE 12

La chaussure cirée

Le jour renaquit. Alphonsine se réveilla d'un sommeil comateux. Des pleurs étouffés lui parvinrent. Elle battit des paupières, puis tout à coup, son cerveau lui remémora le terrible assaut qui les avait terrassés, Eusèbe et elle. « Je suis aveugle ! », se dit-elle dans un état de panique.

Elle cligna des yeux comme pour chasser l'écran noir qui obstruait sa vue.

— Je ne vois plus rien ! Je ne vois rien ! lança-t-elle, en même temps que sa vision lui revenait.

L'enfant, pantelante, arrondit les lèvres, et, sans réfléchir, tâta ses joues, son menton, son front, sa bouche, le contour de ses yeux ainsi que son cou. Elle explora le reste de son corps avec la même minutie. Ce ne fut qu'après l'examen de sa chair qu'elle songea au sort de son ami. Elle se rappelait la tragédie, la visite; elle se souvenait de tout.

Eusèbe était tapi en position fœtale dans un coin de la cellule. Ses pleurs n'avaient rien de superficiel, n'avaient rien à voir avec ce qu'Alphonsine connaissait de lui. Ceux-ci provenaient d'une fissure aux entrailles. C'étaient des geignements las et résignés, à ébrécher l'âme.

Alphonsine se leva en chancelant, légèrement déséquilibrée. Elle était épuisée. À ses deux nuits blanches consécutives se mêlaient angoisses et terreurs. Ses longs cheveux noirs retombaient, non pas en fils de soie souple sur son dos, mais en amas de nœuds poussiéreux. Elle avança d'un pas vacillant vers Eusèbe puis tomba à genoux devant lui, les membres aussi mous que sa volonté.

Le garçon avait enfoui son visage contre ses genoux, ceints de ses bras. Alphonsine inclina la tête d'un air fort triste. Elle se disait : « S'il pleure, c'est qu'on mourra. » Puis, elle réfléchit en considérant la fenêtre, sans penser a priori qu'un cadavre y déversait ses viscères la veille. Dès que son œil accrocha les vestiges du massacre, elle se détourna, révulsée, effrayée, et regarda en direction de la porte.

Du métal liquéfié se substituait à la serrure. Ils étaient libres. Elle toucha à l'épaule agitée de spasmes d'Eusèbe.

— Nous pouvons nous en aller, susurra-t-elle.

Eusèbe continuait de s'enfoncer dans sa peine.

— Eusèbe, Eusèbe ? Tu m'entends ? Regarde-moi ! insista-t-elle, en élevant le ton. Regarde-moi !

Il dégagea sa figure de son refuge, humide et… rouge.

— Oh ! Mon pauvre Eusèbe ! Que t'a-t-il fait ? Que t'a-t-il fait ! s'écria-t-elle crescendo.

Le garçon fondit en pleurs de plus belle. Un œil produisait des gouttes cramoisies, le second, des larmes translucides. Il éclata en un cri colérique, rageur. Seule la vengeance remédierait à sa fulmination. Alphonsine le savait ; Eusèbe était un jeune homme ambitieux et dévoué, certes, mais sujet à l'emportement.

— Je me fous d'être libre ! riposta-t-il. Ce monstre m'a défiguré ! Je serai laid et à moitié aveugle pour l'éternité ! Je n'ai plus d'avenir ! Je n'ai plus d'autre avenir que d'être laid !

Sa hargne s'effondra d'un coup. Une houle de chagrin, interminable et véloce, le souleva, le roula sur une crête vertigineuse, pour ensuite déferler doucement contre son cœur.

— Au moins, il te reste encore un œil, disait Alphonsine en lui flattant le dos.

— Et pourquoi, toi, n'as-tu rien ? Tu n'as absolument rien ! explosa-t-il.

Son questionnement exprimait plus le reproche que la joie. La petite fille ébranlée sentit l'embarras lui rougir les joues.

— Si tu n'avais pas couiné, on n'en serait pas là ! la blâma-t-il. Il ne nous aurait jamais vus ! C'est de ta faute ! De ta faute !

À ses postillons, se mêlait le sang de son œil qui avait coulé sur ses lèvres.

— Si j'avais été seul, je ne serais pas comme ça! poursuivit-il.

Cette fois, la persécutée ne pouvait continuer d'encaisser les accusations du garçon :

— Quoi? Tu aurais souhaité que je sois plus défigurée que toi? Aveugle, impotente, coupée en deux, ou tiens (elle désigna le type éventré à l'extérieur d'un index tremblant), comme ce malheureux?

Elle qui n'avait pas l'habitude de se courroucer termina en tournant les talons et en prenant la porte.

— C'est ça! Va-t'en! Toi, tu n'auras qu'à cligner des yeux pour qu'on t'adopte! lâcha Eusèbe dans son dos.

« Fous le camp! Je ne veux plus jamais te revoir! Poltronne! », l'entendit-elle crier tandis qu'elle s'éloignait. En arpentant le couloir souterrain, ses épaules se voûtèrent et elle étouffa ses pleurs dans le creux de ses mains.

Elle avait peur. Peur du lendemain. Peur pour Eusèbe. Peur pour la vie de ses frères et de sa sœur. Peur que la prochaine fois, le monstre ne l'épargne pas. D'ailleurs, elle n'arrivait pas à expliquer pourquoi ses tissus s'étaient régénérés. En réalité, il n'avait pas eu l'intention de l'épargner. « Si seulement la confession de Mathilda sur ma réelle nature avait été plus précise », pensa-t-elle à regret. D'ailleurs, la lettre elle aussi avait été détruite.

Un voile de mystère planait sur cette affaire, mais pour l'instant, la jeune « miraculée » ressentait le vide qui se resserrait sur elle, qui l'oppressait. Encore une fois, son imagination ésotérique façonnait dans son esprit l'idée que des spectres glissaient contre elles, l'effleuraient en douceur, subrepticement. Ils l'adjuraient de les venger, implorant cette petite fille fragile comme les pétales d'une rose qui s'effeuillent au vent de mettre fin au règne de ce Belzébuth ambulant.

Un frisson lui parcourut l'échine tandis qu'elle croisait des portes de cellules entrebâillées aux serrures absentes. Elle se doutait bien que par-delà ces subtiles ouvertures gisaient des atrocités que les murs avaient transmuées en empreintes indélébiles.

Alphonsine évoluait dans l'obscurité des escaliers de pierre. Elle espérait qu'ils débouchent sur le bureau du commissaire, car elle se rappelait que leurs effets personnels s'y trouvaient. Ses sabots claquaient sur les paliers à un rythme lent, appesantis par le défaitisme. L'enfant finit par aboutir à un monticule de sable près duquel traînaient des débris de roc, des poutres tombées et des macchabées, qu'elle s'interdisait de regarder. Elle ne se hasardait même pas à respirer, de peur que l'odeur s'amarre à sa mémoire olfactive.

Au bout de périlleuses enjambées, la jeune fille découvrit enfin un bureau ministre enseveli sous les décombres. Elle venait de se rendre compte qu'elle avait oublié de respirer.

Sa tension émotive lui faisait perdre la réalité. On aurait dit que le sort de l'humanité reposait sur ses frêles épaules.

Plus elle se rapprochait du bureau, plus l'effluve lui chatouillait la luette. Elle stoppa net et chassa sa nausée avant qu'elle ne s'amplifie. Elle continua à fouiller la pièce du regard. En contournant un madrier, elle remarqua une chaussure cirée qui sortait de dessous le meuble de travail, celle d'une victime n'ayant pas échappé au flair du monstre.

Derrière le fauteuil pivotant, près d'une bibliothèque aux vitres brisées et aux livres tombés, s'encastrait une armoire cadenassée. Leurs affaires devaient y être entreposées. Encore fallait-il qu'elle trouve les clés…

La pestilence présentait au moins l'avantage de stimuler la recherche d'Alphonsine, qui était loin d'être aussi facile qu'elle se l'imaginait. Elle déplaçait le plâtras, se risquait à frôler des grains d'or, ouvrait des tiroirs, renversait des étagères… Bref, elle fourgonnait dans la pièce — sans en négliger les coins les plus inusités — pour y trouver les clés. Elle s'activait à côté du macchabée telle une mouche voltigeant autour d'un grain de sucre. L'effluve de cadavre, à l'inverse de celle qui circule dans une écurie ou une étable, constituait une odeur à laquelle elle ne s'accommoderait jamais. Plus elle s'en approchait, plus son visage se désagrégeait dans un brouillard vicié qui l'amenait incontestablement à reculer. Son aversion agissait sur elle à la manière d'un instrument de torture.

Elle s'attarda à la chaussure cirée, et, après un moment, elle décida de s'aventurer dans la pénombre. Avec difficulté, son attention dévia du soulier immobile. Elle s'accroupit et entrevit, du coin de l'œil, deux grosses plaies sombres sur le visage du macchabée. Elle s'efforça d'en faire fi, mais un haut-le-cœur la força à se détourner. Se ressaisissant, elle entreprit de palper le corps raide. Une sensation d'étrangeté au contact de la dépouille électrocuta ses nerfs. Elle avait touché la mort ! Le bout de ses doigts en portait désormais la marque. Par la suite, ils rencontrèrent du froid. Du dur. Du métallique. Les clés !

Un tapotement sur son épaule la fit hurler. En faisant volte-face, elle aperçut des pieds nus, cambrés dans des écuelles de bois, elles-mêmes fixées par des lambeaux de tissu. Elle ne put s'empêcher de sourire en voyant l'accoutrement de son ami, mais son visage reprit un air sérieux lorsqu'elle se souvint de leur dernier entretien. Elle se redressa, le trousseau à la main, et se déchaussa :

— Tiens. Ils te seront plus utiles qu'à moi.

— Mais…

— Ce sable m'indiffère, trancha-t-elle, sèchement. Tu le sais.

L'inconfort du garçon le força à accepter l'offre. Il prit les mains de la jeune fille en affichant une expression navrée :

— Si tu me jures que tu ne m'aimeras pas moins à cause de ma laideur, si tu me jures que le serment de nos huit ans tient toujours, alors, je retirerai les mauvais mots que j'ai dits à ton propos, affirma-t-il en se couvrant les voies respiratoires avec son collet. À condition, bien entendu, que tu veuilles me pardonner...

— Mariés pour l'éternité. Ni la haine, ni la mort, ni la méchanceté du perfide Satan... (et tous deux poursuivirent à l'unisson :) «... ne rompront l'amour que nous nous portons. Ne nous laissons pas détruire par l'ange noir. Ne le laissons pas exaucer son Maître et associons nos fluides pour les siècles à venir. Ainsi, rien ne pourra nous séparer. »

Le rituel se termina par une accolade émouvante scellant une résolution nouvelle et prometteuse.

Après une dizaine d'essais et erreurs, Alphonsine entra la clé compatible à la serrure de l'armoire. Ils constatèrent avec soulagement que leurs effets personnels s'y trouvaient. Eusèbe délia les cordes de son sac et un parfum fruitier pénétra ses narines. Il compta ses pommes, déplia le paquet d'allumettes pour s'assurer qu'il n'en manquait pas et, ô alléluia !, parcourut avec des doigts fébriles la reliure de cuir du grimoire. De son côté, Alphonsine se réjouissait de retrouver sa miche de pain, sa gourde d'eau et son marteau. De plus, la mallette du docteur Garrison semblait intacte. Eusèbe se jeta sur l'onguent d'aloès. Il s'en appliqua sur l'œil et sur des parties abîmées de son visage. Ils constatèrent que d'autres objets s'amassaient dans le casier, mais la puanteur prenant le dessus sur leur curiosité, ils s'enfuirent avec leurs affaires.

Cependant, en passant vis-à-vis du bureau, le regard d'Alphonsine croisa à nouveau le pied chaussé de cuir noir impeccablement frotté. Sans mot dire, elle laissa Eusèbe continuer à travers les décombres et bifurqua vers le défunt. Elle s'accroupit à ses côtés.

Son index frôla la chaussure, osa même remonter le long de la jambe. Sa main tremblait, mais son cœur lui disait de ne pas renoncer à sa tentation d'inspecter le mort, de manière plus attentive, cette fois. Elle se pencha et examina les traits de l'homme, voilés par la zone sombre du bureau. Elle s'arrêta aux yeux, à ces brûlures épouvantables.

Elle les contempla en arborant la mine éplorée d'un ange. Une larme, solitaire, coula le long de sa joue. Et alors, elle fut témoin d'une scène fabuleuse, baume au monde cauchemardesque qui les enveloppait : une lumière surnaturelle éblouit l'enfant, la submergea. Une énergie se répandit sous forme de pétillements ardents sur sa peau. Ceux-ci pénétrèrent ses pores en écoulant un fluide aux propriétés azotiques, un mariage entre la glace et la lave.

À travers la chair de son bras, là où les réseaux sanguins tracent des ramifications bleutées, s'échappait une fumerolle. Si la vision de son membre enfumé excitait sa frayeur, la sensation salutaire qui s'ensuivit apaisa ses craintes. Elle ne savait pas qu'il existait une telle chaleur miraculeuse, capable de ressouder les bribes de sa bravoure.

Les faisceaux lumineux s'éclipsèrent comme s'ils avaient été avalés par des âmes. En fait, la fillette avait la certitude qu'en considérant le malheureux sans tenir compte de son hideuse défiguration, elle avait facilité la libération de son âme. Alphonsine se redressa, changée. Elle avait l'impression d'être devenue une autre. Et quand Eusèbe, revenu sur ses pas, lui demanda :

— Allez, viens. Tu ne disais pas que tu trouvais l'odeur insupportable ?

La jeune fille répondit, comme pour elle-même :

— Cela, c'était *avant*.

CHAPITRE 13

L'instinct

Les relents de la mort infectaient l'atmosphère de la ville annihilée par le passage du monstre. Un brouillard brunâtre flottait sur des épaves champagne, étendant ses lambeaux vaporeux sur des reliefs architecturaux défaits et des contours humains inertes. Les enfants cheminaient dans un univers apocalyptique où la subtilité de la vie — un gazouillis, un bourdonnement, une poulie qui couine, ou un tapis battu — prenait tout son sens dans l'épaisseur du silence.

Alphonsine et Eusèbe ressentirent leur vitalité qui se consumait à mesure qu'ils constataient la gravité du fléau, au milieu duquel ils avaient l'impression de marcher sur place. La fillette imaginait les entités qui les enviaient de haut, et qui les pressuraient afin d'extraire leur essence profonde. Les rescapés se sentaient surchargés, envahis, harcelés, comme si l'Intangible lui-même refusait de périr. Le poids de toutes ces âmes, sauvagement chassées de leur refuge, versait du plomb sur le cœur de la petite fille.

Sans s'en rendre compte, les deux compagnons étaient demeurés plantés devant le sinistre tableau. Alphonsine se tourna vers Eusèbe et brisa leur moment de scrutation :

— C'est la fin du monde, déclara-t-elle. Cet homme, c'est le diable.

— Oui, répondit Eusèbe, l'esprit ailleurs. Mais je ne crois pas que ce soit le diable. C'est autre chose... J'ai juste envie de mettre les voiles pour feuilleter le grimoire de ma mère.

— Moi aussi. Mais avant tout, je dois absolument trouver Arthur, Léonce et Cécilia.

— Tu espères vraiment les retrouver? lui demanda-t-il en la regardant d'un air attristé.

Alphonsine plissa les paupières et balaya les environs des yeux.

— Je n'en sais rien, avoua-t-elle avec froideur. Toutefois, si nous n'essayons pas, nous ne pourrons rien espérer.

Ils arpentèrent les lieux en hélant les prénoms des disparus. Le silence gourmand parvenait même à absorber l'écho de leurs appels. Ils évoluaient dans un cauchemar où courir et crier ne leur servait plus. Tout se réduisait à la mort et à l'irréalisme. Après de longues minutes à chercher, à miser sur l'espoir d'entendre des voix familières leur répondre, la jeune fille cessa de s'illusionner. Cependant, pas une larme, à la grande surprise d'Eusèbe, ne dégringola sur ses joues hâves.

— C'est la décision de Dieu, dit-elle sans s'émouvoir.

— Comme il a décidé de t'immuniser contre le sable maudit, lança le garçon.

Elle se tourna vers lui, les traits contractés par la réflexion :

— J'ai peut-être rêvé, argua-t-elle. Peut-être que je me suis évanouie quand tu es tombé, et croyant que je dormais, il m'a laissée tranquille.

Eusèbe roula son œil valide vers elle, puis il considéra ses pieds intouchés, une expression incrédule plaquée au visage :

— Mon flair m'indique que tu n'as pas rêvé. On en apprendra sûrement plus quand on lira le bouquin.

— Oui. Notre savoir sera notre arme.

Les gamins franchirent les portails de Trinity, réduits à d'abstraites sculptures ferreuses. Les survivants contournèrent le rempart effrité, étincelants de particules dorées. Ils entendirent le souffle d'une bête, une grande quantité d'air rejetée par des narines évasées. Des naseaux. Le son tirait son origine par-delà l'enceinte de pierres encerclant la cité. Leurs vues s'ouvraient sur un horizon paisible de verdure et de clarté, mais aussi sur deux chevaux liés à une voiture qui paissaient dans les champs.

— Fury ! Divine ! s'exclama Alphonsine qui, tout à coup, retrouva sa candeur et sa fragilité.

Elle se délesta de sa besace et courut à toutes jambes vers les animaux. Si déroutante soit-elle, la mort possède au moins la générosité de transformer, pour qui souffre de son passage, la chance en merveille, et le hasard en signe.

« Ces bêtes sont incroyables », se dit Eusèbe en ramassant le sac de sa copine.

Il la rejoignit d'un pas lent. Aux yeux d'Alphonsine, la calèche, quoique endommagée, ondulait comme un mirage dans le Sahara. Le pelage des braves quadrupèdes chatoyait de poussières argentées et leurs crins renvoyaient une légèreté soyeuse.

Fury agita la tête de haut en bas en s'avisant de la présence de sa maîtresse. Alphonsine enlaça son encolure chaude et robuste, et y colla sa joue amoureusement. L'odeur chevaline bombarda son crâne de réminiscences douloureuses.

— Leurs sabots ont été rongés, remarqua Eusèbe en posant une main sur le derrière de Fury. Par chance, ton père ne les avait pas fait tailler depuis un bon moment, on dirait.

L'étalon releva le museau avec brusquerie et hennit. Alphonsine le lâcha et bondit vers l'arrière, étonnée par la réaction intempestive de son animal. Ensuite, ce fut au tour de Divine de s'énerver. La beauté grise piaffa, courba le cou et émit un petit cri de nervosité. Eusèbe s'écarta.

— Oh ! Du calme, du calme, dit Alphonsine en saisissant leurs brides.

Eusèbe recula encore, encore et encore. Les bêtes se calmèrent. La jeune fille observa son ami et fronça les sourcils.

— Ils doivent être nerveux, lança Alphonsine qui, en son for intérieur, se doutait bien que ses compagnons quadrupèdes avaient détecté un danger en Eusèbe, mais lequel ?

— Non, reconnut-il, il y a quelque chose en moi qu'ils n'aiment pas.

— Mais non, mais non. Allez ! Nous devrions monter. Je serai cochère, ne manqua-t-elle pas de préciser.

Alphonsine fit faire un demi-tour aux chevaux pour regagner le chemin. Elle jeta un regard sur la ville de Trinity, sur la désolation inexprimable qu'elle reflétait. Elle abandonnait ses frères et sa sœur dans ce grand tombeau commun. Sans dignité. Oubliés. Elle se trouvait immonde de ne pas les avoir cherchés plus longtemps.

— Qu'est-ce qu'il y a après Trinity ? interrogea Eusèbe, qui creva d'un coup d'aiguille la bulle d'angoisse de la conductrice.

— Quoi ?

— J'ai dit que je ne sais pas ce qu'il y a après Trinity. Ma mère ne m'a jamais emmené au-delà de cette ville. Je la voyais comme le bout du monde, expliqua-t-il. Toi, tu as sûrement été plus loin avec le travail de ton père.

— Non. Le plus loin que j'ai été, c'est à Havelock, au sud-est de Green Valley.

— Je me demande où les ravages de ce monstre cesseront. En tout cas, on devrait avoir de la morphine pour… je ne sais pas, deux ou trois nuits ?

— Et si on dosait mal la seringue ? souleva-t-elle en révélant légèrement son profil.

— Si on ne se drogue pas assez, une mort barbare nous attend. Si on se drogue trop, on mourra d'une mort possiblement plus douce que si on tombe sous la main du monstre.

— Oui, tu as raison. Moi, j'ai hâte qu'on s'arrête pour se préparer un feu de camp et dormir. Et puis, je commence vraiment à geler des pieds. Il y a un bon moment qu'on roule...

— Fais demi-tour ! lança Eusèbe, soudainement. Demi-tour !

— Quoi ? Mais pourquoi ? On n'a pas fait tout ce chemin pour rien !

— Les tonneaux ! Tu te souviens qu'ils avaient déboulé devant les chevaux à notre arrivée à Trinity ?

Alphonsine descendit de la calèche, car elle ne savait pas trop comment s'y prendre avec des guides pour effectuer une telle manœuvre.

— Je me le rappelle, oui, répondit-elle, concentrée sur sa tâche.

— Ce sera notre armure, décida Eusèbe.

— D'accord, mais quand je pense à « armure », je pense « armée ». Or, deux soldats ne valent pas un clou. Surtout pas contre un géant ! (Elle s'impatienta de l'opiniâtreté de la jument) : Par là, Divine ! Là !

— Une armée, ça se bâtit. On n'a qu'à trouver des survivants, comme nous. Même s'ils sont brûlés, aveugles, muets, amputés ou sourds, ils peuvent constituer de bons guerriers !

— J'avoue que nous pouvons faire un tas de choses avec le bois, admit Alphonsine en réintégrant son petit siège. Mais je n'en ai pas vu, moi, des tonneaux quand nous marchions tout à l'heure.

— Moi, si.

— Très bien, alors... Qui sait où nous mènera ce détour ?

« Peut-être à Cécilia, Léonce et Arthur... », compléta-t-elle en pensée.

— Allez, en avant ! commanda-t-elle aux chevaux en faisant claquer les rênes sur leurs dos.

CHAPITRE 14

Le caméléon

Pour préserver les soles des chevaux, Alphonsine gara la voiture à l'orée de la forêt. Elle attacha les brides à un pin sylvestre. Eusèbe débarrassa la calèche du tas de ferraille que la brouette méconnaissable évoquait. Le ciel se couvrait de nuages anthracite effilochés, façonnés en sortes de vagues déferlantes. La température descendait tranquillement pour préparer la venue de l'hiver prochain. Les plantes de pieds d'Alphonsine lui donnaient l'impression d'encaisser à elles seules la froideur de la terre tout entière. Il leur faudrait détrousser les morts, les dépouiller de leurs vêtements pour survivre à la saison rigoureuse qui s'installerait quand les bêtes fouleraient un tapis de feuilles plus haut que leurs sabots.

Déjà, le vent — ayant balayé le sable des rues et découvert des parties de cadavres — avait permis à Alphonsine de trouver la dépouille d'un enfant sous l'auvent tombé d'un commerce. Le jeune homme portait un manteau de sa taille et reposait visage face au sol, os broyés par des madriers et par toutes sortes de matériaux de construction hétéroclites. Alphonsine dut lever son bras raide et le ramener vers l'arrière afin de lui enlever la manche. Elle répéta l'action pour le côté inverse. Deux heures auparavant, elle n'aurait pas eu le cran de toucher à un macchabée, et voilà qu'à présent, elle volait ce malheureux. Son attention bifurqua sur ses bottes. Il chaussait une paire trouée. Elle ne lui servirait à rien, désormais.

— Je vous demande pardon, s'excusa-t-elle en enfilant la redingote de laine bouffée par les mites.

Elle considéra son propriétaire une ultime fois, et partit.

Pendant qu'Alphonsine traînait dans les décombres, à l'écoute d'un pleur, d'une voix, d'un signe de vie, Eusèbe roulait des tonneaux deux par deux jusqu'à la calèche. Il se brûla les paumes à plusieurs reprises, mais de façon superficielle. Les grains néfastes avaient disparu, pour la plupart, car ils s'incrustaient dans les choses sur lesquelles ils s'étaient déposés. Ainsi, l'homme à la poche de sable abandonnait derrière lui des villes ensablées de particules inoffensives, comme on en retrouve sur les rivages ou dans les déserts.

Un tonneau debout au milieu de ce capharnaüm attira le regard d'Alphonsine. Elle jeta un œil par-dessus son épaule, question de voir où en était Eusèbe avec son chargement et ses recherches de barils. Justement, elle discerna son visage, tache beige pastel qui se tournait dans différentes directions. Il cherchait.

— Hé ! Eusèbe ! cria-t-elle en plaçant ses mains en porte-voix.

— Quoi ? lui retourna son écho.

— Il y a un autre tonneau, ici !

— J'arrive.

Alphonsine reporta son attention sur le baril de bois et à l'instant où elle mit un pied devant pour poursuivre sa quête, elle l'aperçut osciller du coin de l'œil. Elle se figea, son cœur bondissant dans sa poitrine. Le couvercle se souleva. La pointe d'une lame émergea, puis un mystérieux chapeau. Il s'agissait d'un casque métallique noir, percé d'une baïonnette qui s'érigeait en son centre. Une monture de lunettes apparut. Les verres laissaient voir de grands yeux d'un bleu très clair, un nez éclipsé par le pourtour de plastique, et des lèvres pointues de curiosité. Alphonsine évalua l'âge du gamin à onze ans. Des gouttes de sueur s'échappaient de son front couvert. En souriant, le garçon découvrit une dentition avancée, aux dents jaunes et crochues.

— Salut. Ze croyais que vous étiez des méssants, dit-il en postillonnant.

Son accent trahissait des origines germaniques. Qui plus est, il hurlait presque quand il parlait. Alphonsine remarqua qu'il n'avait aucune blessure au visage.

— Qui c'est, celui-là ? s'informa Eusèbe avec méfiance, lorsqu'il arriva derrière sa copine.

— Alexander Freiszmuth, se nomma-t-il fièrement. Survivant de cataclysmes !

Il tendit la main devant le nez d'Alphonsine, qui dut se reculer pour éviter qu'il le lui accroche. Eusèbe plissa les yeux d'un air qui se voulait méprisant. Il offrit à Alexander Freiszmuth une poigne molle, sans consistance.

— Eusèbe Epars.

— Et moi, c'est Alphonsine Gale, se présenta-t-elle d'un ton aimable, en serrant la main au petit soldat.

— Enssanté, monsieur Epars et mademoiselle Gale. (Il tourna vivement la tête vers Eusèbe.) Ze suis désolé pour votre œil et votre visaze, répondit-il en lui envoyant une pluie de météores salivaires à la figure. Mais les blessures, c'est ce qui construit les vrais guerriers !

— On peut se tutoyer, merci, maugréa le borgne à voix basse.

— Euh, vous pouvez m'aider à sortir de là, s'il vous plaît ? Ze suis, comme qui dirait, coincé..., fit-il, droit comme un piquet dans le cylindre.

Son casque, trop grand pour lui, penchait d'un côté.

— Pas avant que tu nous expliques ce que tu fabriques avec ce... truc, rétorqua Eusèbe en pointant le couvre-chef.

— Il a été conçu par un roi, spécifia Alexander avec fierté et solennité. Dont z'ignore le nom cependant, avoua-t-il d'une faible voix.

— Oui, mais encore ? Comment t'es-tu procuré ce casque... euh, disons, original ?

— Arrête avec tes questions, murmura Alphonsine, furieuse, en s'approchant de l'oreille de son copain. (Son attitude suspicieuse commençait à l'irriter.) C'est toi-même qui voulais une armée!

— Non. Je ne fais confiance à personne, sauf à toi, bien sûr, précisa-t-il en adressant un regard radouci à la jeune fille.

— Je ne te reconnais plus, ne put s'empêcher de lui reprocher la jeune Gale.

Le garçon à lunettes regarda Eusèbe, le visage détendu, dépourvu de malice :

— Règle numéro un : un valeureux soldat ne vole zamais autrui, expliqua l'Allemand, le dos droit et les bras plaqués au corps. Le frère cadet de feu, le roi *dont ze ne me souviens plus le nom*, m'en a fait cadeau. En me le remettant, il m'a dit : « Pour te témoigner ma gratitude, ze t'offre ce casque, inventé par mon regretté frère. Il te mènera sur des routes peuplées d'aventures, comme tu sembles les affectionner. Tant que tu sssériras ce présent, il fera de toi un illustre combattant », rapporta-t-il en prenant une grosse voix.

— Je ne crois pas un mot de ce qu'il raconte, lança Eusèbe en tournant les talons. Alphonsine, je finis d'empiler les tonneaux et je t'attends avec l'attelage.

— Moi, je la trouve fabuleuse, ton histoire, répliqua la fille en accordant un sourire aimable au nouveau venu.

— Pff! maugréa Eusèbe en s'éloignant d'une démarche raide et quelque peu maladroite en raison de ses pieds qui dépassaient la pointure des sabots d'Alphonsine.

— Laisse-le faire, dit cette dernière à Alexander. Je ne sais pas ce qui lui arrive. Je ne le reconnais plus. Avant, il était le garçon le plus doux, compréhensif et avenant que je connaissais. Mais depuis que sa mère est morte, il se comporte bizarrement.

— C'est normal. Tu ne peux pas lui en vouloir.

— Non, admit-elle, pensive.

Elle entoura les épaules d'Alexander et essaya de le dégager de l'espace restreint.

— Ça ne fonctionnera pas, réalisa le petit soldat en se tortillant. Tu n'es pas assez grande.

— Je vais te faire basculer, alors, proposa-t-elle.

— Tiens-moi !

— Oui, t'inquiète.

Alexander s'accroupit, les genoux compressant sa cage thoracique, et se laissa verser sur le côté. En rampant, il put se dépêtrer de son inconfortable position. Alphonsine lui tendit la main pour l'aider à se relever.

— Mais dis-moi, qu'as-tu fait pour que le successeur du roi X te démontre autant de reconnaissance ?

— Z'ai surpris un groupe d'anarssistes qui complotaient son assassinat dans les bois. Donc, z'ai tout rapporté au commissaire du roi. Ils ont déployé une armée dans la direction que z'avais indiquée et ils ont mis le grappin sur les fautifs. Après le procès, ils z'ont reconnu mes dires comme étant zustes.

— Comment se fait-il que tu viennes de si loin ? Je veux dire... tu as un accent d'ailleurs. Je me trompe ?

— Ze suis zermanique et fier de l'être ! Mais ze suis aussi un sans-lozis, ajouta-t-il avec regret. Ze voyaze comme ze le peux.

— Mais avant, qui prenait soin de toi ?

— L'orphelinat.

— Où ?

— À Berlin.

— Ah ! Tu t'es sauvé ? présuma Alphonsine.

— Non, il a été détruit. Un vrai saccaze. Les relizieuses et mes copains sont tous morts.

— Détruit ? Et par quoi ?

— L'homme à la posse de sable.

Alphonsine sentit sa gorge se resserrer. Parlait-il du même monstre ? Oui, évidemment. La poche de sable constituait l'indicateur clé. Elle suffoquait. Elle n'avait jamais imaginé que l'ogre pût étendre ses carnages sur un si vaste périmètre !

— Nous n'avons plus aucun espoir, dit-elle, pâle d'émotion. Ce diable a un flair maléfique. Il nous repérera, j'en suis sûre.

Alors qu'elle avait l'impression d'être en train de perdre son sang-froid, des rumeurs se mirent à enfler dans son crâne. Un murmure confus pétillait dans ses oreilles. Elle entendait des paroles d'outre-tombe qui se chevauchaient. Elles pénétraient son âme de leurs effluves glacials, et traduisaient :

« Tue la Légende… »

« … et le sable maudit… »

« … se transformera en or… »

« … ainsi… »

« … ainsi… »

« … la fortune brillera sous les pieds des nouvelles… »

« … générations… »

« … et le monde redeviendra monde… »

« … un monde de paix… »

« … mais attention ! »

« Oui, oui, oui… Attention ! »

« Le sable noir ! »

« Crains-le ! »

« Le sable noir… »

« Le venin de ton sang ! »

Alphonsine sentit une froideur interne et subite l'envahir, sclérosant tous ses organes. Comme englacés, ses poumons bloquèrent sa respiration. Une pince serra son cœur. Ses yeux se révulsèrent, son dos se cabra en même temps que sa bouche béa et évacua une violente bouffée diaphane bleuâtre. Une inspiration profonde et intense préluda à une brutale reprise de conscience. Un visage flou se mirait devant elle. Deux mirettes de caméléon ! Des lunettes ! Des dents affreuses !

— Un monstre ! Aaah ! Aaaaaaah ! hurla-t-elle, en faisant volte-face.

Elle comprit qu'elle se déplaçait à quatre pattes. Quelqu'un prononçait son prénom dans son dos, mais son esprit confus ne reconnaissait nul mot. Elle ne voulait pas entendre les monstres. Le monstre ! On lui touchait l'épaule. Elle parvint à se remettre debout et se mit à courir. Elle était aveugle. Elle ne voyait plus que des taches colorées dispersées. Une forme noire, en travers de son chemin, l'attrapa. Elle cria, se débattit comme une hystérique. Puis, une voix, qui semblait provenir de très loin, s'adressa à elle :

— Arrête ! Arrête, Alphonsine. C'est moi ! C'est moi ! C'est Eusèbe !

Haletante, la jeune fille se retourna. Elle discerna des cheveux foncés, une paire d'yeux incongrus, une bouche charnue…

— Eusèbe ! Oh ! mon Dieu ! Oh, mon Dieu ! s'écria-t-elle, terrorisée, en étreignant son ami et en sanglotant. Le sable noir ! Le sable noir ! Je dois tuer la Légende.

— Attends, attends, fit Eusèbe. Calme-toi et recommence du début.

Alphonsine, le visage blotti dans le cou de son copain, répondit :

— Les morts m'ont parlé, annonça Alphonsine, qui s'exprimait à présent d'un ton égal. Ceux que l'homme à la poche de sable a tués. Ils m'ont dit de tuer la Légende. Mais je dois prendre garde au sable noir. *Sable noir, sable noir, venin de ton sang,* finit-elle en récitant ces derniers mots comme si les fantômes communiquaient à travers elle.

Eusèbe la décolla de son épaule et la regarda droit dans les yeux. La plaie de son œil manquant suintait d'infection. Alphonsine se concentra sur son iris vert émeraude. Alexander, alias le caméléon à lunettes, apparut dans son champ de vision, l'expression curieuse et anxieuse.

— J'ai bien peur que Dieu t'ait élue pour éliminer le monstre au sable, argua Eusèbe, dont la physionomie s'assombrit.

— Et nous, Eusèbe Epars et Alexander Freiszmuth, survivants de cataclysmes, zourons le rôle d'alliés fidèles.

Alphonsine, inquiète, ouvrit de grands yeux noirs et observa les pieds de ses amis. Tous deux étaient chaussés de sabots. Son regard s'arrêta à ses propres pieds. Ceux-ci, bien que sales, étaient lisses et intacts.

— Allons-nous-en. Je crois que nous avons intérêt à commencer notre mission au plus vite, rétorqua-t-elle, en scrutant les environs une dernière fois.

Les trois camarades marchèrent vers les portails abîmés de Trinity. À présent, un dessein clair les attendait et il ne se résumait pas à fuir.

En revanche, ils se doutaient des dangers et des obstacles que comportait l'affrontement d'une légende. Qu'il fallait se montrer intrépide et légèrement fou pour espérer tuer ce qui était probablement déjà mort !

Par ailleurs, ils connaissaient les risques de cette entreprise : perdre la vue, la raison… et peut-être même la vie.

CHAPITRE 15

L'attraction

Les jeunes guerriers avaient déjà parcouru plusieurs lieues, mais se trouvaient toujours, néanmoins, en forêt. Le paysage était à la fois changeant et toujours semblable. Le soleil montrait sa lassitude en retirant peu à peu l'offrande de clarté nuageuse qu'il pourvoyait aux êtres diurnes. Alexander tenait dans la poche de sa veste kaki, trop ample pour lui, une montre suspendue à une chaîne d'or.

— Il est trois zheures et quart, annonça-t-il à ses nouveaux amis.

— Oh ! Je ne savais pas que tu avais l'heure ! dit Alphonsine, concentrée à regarder l'attelage qui abordait une côte descendante. Vu le temps, il faudrait repérer tout de suite un endroit où nous pourrons passer la nuit.

— Et ça, tu vas me faire avaler que tu ne l'as pas volé ! lança Eusèbe à voix basse pour éviter qu'Alphonsine l'entende.

— Non. Ze ne l'ai pas volé, répondit le garçon à lunettes avec une innocence évidente. C'est un ssef de gare qui me l'a donné.

— Ah, ouais ? Tiens donc !

— Oui, ze te le zure ! affirma-t-il en hochant la tête bêtement. Ze me cassais dans un convoi de marssandise. Z'étais coussé sur le dos au milieu d'épis de maïs. Il n'y avait que mes yeux et mon nez de visibles. Le monsieur en question inspectait les wagons. Quand il est entré dans le mien, z'ai bien vite vu qu'il m'avait remarqué, mais ze continuais de rester immobile. Avant de sortir, il m'a balancé cette montre en pleine figure, et il m'a dit : « Tiens, c'est tout ce que z'ai sur moi. Si tu la vends, tu pourras manzer. Allez ! qu'il a dit, sort tout de suite avant que mes collègues te voient. »

— Je ne sais pas trop si je devrais te croire, mais si ton histoire est vraie, la seule chose que je peux te dire, c'est que tu as de la veine.

— Oui, acquiesça le môme aux palettes croches, et là, vous m'avez trouvé. Ze crois que z'étais fait pour vous rencontrer. On n'a peut-être pas autant de pouvoirs qu'Alphonsine, mais on est ses protecteurs ! Ça, c'est sûr !

— Pouvoirs ? répéta Eusèbe, sceptique. Tu n'y vas pas un peu fort ?

— Ben, appelle ça comme tu veux... En tout cas, elle est la seule qui ne porte pas de marques... Regarde.

Il souleva sa veste et son chandail pour exhiber son flanc blême. Eusèbe observa la cicatrice d'une brûlure qui couvrait son tronc presque en entier. Un vitrail de peaux plissées et brunies enveloppait son corps tel un linceul de martyr. Le regard du borgne à l'égard d'Alexander Freiszmuth changea. Il avait eu tendance à penser qu'il était le seul à porter des marques inguérissables, laides et handicapantes. Il s'était trompé.

— Je... je suis désolé, bredouilla-t-il, légèrement à contrecœur, tandis que le petit garçon à la tronche toujours optimiste rabattait ses couches de tissu.

— Dites donc, fit Alphonsine d'un ton moqueur, il semble que vous aimez tellement échanger que vous oubliez le grimoire ? Nous roulons depuis des heures et je vous entends papoter comme deux grands amis !

Le grimoire. En vérité, Eusèbe était trop préoccupé à toiser Alexander, à l'analyser et à le persécuter d'interrogations suspicieuses. Pendant tout ce temps, il avait gardé son sac entre ses jambes et n'avait pas songé à l'ouvrir.

— Un grimoire ? s'exclama Alexander, frappé d'étonnement. Vous voulez dire, LE grimoire ? Celui des personnazes lézendaires du Nord ?

Eusèbe, perplexe, se gratta la tête :

— Ben... je ne sais pas. C'était à ma mère. J'ai appris son existence quand elle est... enfin, le jour de sa mort.

— Fais-moi voir ! réclama Alexander, les yeux écarquillés d'excitation. Bien entendu, certains ssarlatans ont prétendu à l'orizinal et ont mis en circulation de faux bouquins pour induire les maziciens en erreur.

— Les magiciens? répéta Eusèbe en s'appliquant à défaire les nœuds des lanières de cuir qui refermaient la besace.

— Oui. Des maziciens, des sorciers ou peut-être des gamins qui, comme nous, ont été toussés par une de ces lézendes diaboliques. Tu les connais? Le terrifiant lapin de Pâques, la hideuse fée des dents, le père Noël malfaisant et bien sûr, celui pour qui nous sommes ssoisis : le monstrueux homme à la posse de sable.

— Oui, oui, je les connais, mais… quand j'entendais leurs histoires, elles étaient loin de m'effrayer; elles m'endormaient!

Le petit Freiszmuth le regarda, cette fois avec un sourire en coin teinté de malice :

— Oui. Les adultes eux-mêmes ignorent que des lézendes dansent autour de nous : quand nous perdons une dent, quand nous célébrons la résurrection du Christ ou le zour de notre propre naissance, ou simplement quand nous ne dormons pas la nuit. Ils l'ignorent parce qu'ils se sont fait bercer par ces récits qui se terminent bien. En revansse, il suffit qu'un illuminé invoque une de ces lézendes pour voir celle-ci renaître de ses cendres dans le simple de but de terrifier ou de dérober la vie des zens.

— Nous campons ici, trancha Alphonsine qui captait tous les mots de ce mystérieux Allemand. Je meurs d'envie de parcourir ce livre.

Eusèbe, encore absorbé par les révélations d'Alexander, demeurait pensif, les yeux dans le vague. Ses doigts jouaient avec le nœud, sans vraiment le défaire. Au moment où Freiszmuth se pencha pour replacer son pied dans son sabot, la pointe de la baïonnette s'érigeant sur son casque frétilla à un centimètre de son œil valide. Eusèbe sursauta et se cambra :

— Hé ! Fais attention avec ton truc ! Tu as failli me crever l'œil !

L'interpellé, aveuglé par le grimoire, ne semblait pas avoir entendu son reproche :

— Bon ! On le lit, ce livre ?

Eusèbe l'examina en fronçant les sourcils, furieux de l'étourderie du garçon.

— Oui. Mais avant, il nous faudrait ramasser du bois et camoufler la calèche avec des branches, dit Alphonsine en dételant les chevaux. Qu'est-ce que tu en dis, Eusèbe ?

— J'en dis que c'est une bonne idée. Alexander, tu m'accompagneras. J'ai besoin de toi pour préparer le feu et rapporter de quoi l'allumer.

Freiszmuth, debout dans la voiture, jeta un furtif regard sur le sac qui contenait le manuscrit.

— Ze pourrais parcourir le livre en attendant, proposa-t-il. Ça nous sauverait du temps.

— Pas question, rétorqua Eusèbe si sèchement qu'Alphonsine lui adressa une expression confuse.

Ce dernier lui expédia un clin d'œil complice. Alphonsine, l'air de ne pas trop comprendre le sous-entendu de son ami, se contenta de hocher la tête.

— Ne me laissez pas seule trop longtemps, dit-elle.

— Nous ne serons vraiment pas loin. Ne t'en fais pas, affirma Eusèbe.

Ils partirent tandis qu'Alphonsine observait Fury et Divine, qui se promenaient aux alentours. Ils n'étaient pas du genre à s'éloigner de leurs maîtres. Un peu de liberté leur ferait le plus grand bien et ils pourraient aussi se nourrir plus facilement. La jeune fille essaya d'écarter la voiture du chemin, mais celle-ci était trop lourde. Elle dépendait également de ses camarades pour décharger une triade de tonneaux et ainsi s'y réfugier pour dormir. Elle n'excluait pas la possibilité d'une tempête de sable, même s'ils se terraient dans les bois, en retrait de la civilisation. Pour se rendre utile et surtout, pour s'occuper l'esprit, elle entreprit de chercher des pierres pour le feu.

Les intonations éloignées des garçons lui parvinrent. Elle ne recevait qu'une onde d'échos confus. Elle frissonna. Toutefois, la peur de se retrouver seule dans ce maquis de feuillus colorés et de conifères sombres n'en était pas la principale cause.

Le froid cristallisait son sang dans les ramifications veineuses de ses pieds, et la glaciation montait comme la gangrène à travers ses circuits sanguins. Pendant un bref moment, elle se demanda si elle reverrait l'aurore le lendemain.

Une parole de son père — qui ne cessait de sensibiliser ses rejetons aux bienfaits du soleil — lui revint en mémoire : « Il nous réchauffe le jour, fait pousser nos légumes et nous dispense sa clarté, même en présence de mauvais temps. Le soleil est un dieu. Une providence devant laquelle vous devez vous incliner chaque jour de votre vie. Cependant, la nuit est tout l'opposé. Elle est froide, obscure et fait régner les bêtes voraces. Il faut vous en méfier. »

Le vent se levait. Il se faufilait entre les troncs et engendrait des soupirs sinistres, de connivence avec les arbres ; un grincement par ci, des frétillements secs par là. Des plaintes fantomatiques languissantes se précisaient. Elles fonçaient sur elles, la pénétraient et ressortaient.

La fillette, ébranlée, dirigea ses yeux vers le ciel chargé de nuages gris-bleu. Ils défilaient comme un mobile funeste dans l'espace, où s'épanouissaient des arbres centenaires. Ces fins observateurs se dressaient telles des tiges coriaces.

Le nez pointé en l'air, la nuque calée entre ses omoplates, Alphonsine s'avisa que la ronde nuageuse tournait à un rythme endiablé. Dans son étourdissement, ses pupilles s'ouvraient sur des présages mortels. Bien vite, les couleurs chaudes des feuilles générèrent une Voie lactée colorée. Et soudain, dans son vertige, elle entraperçut une silhouette noire, puis une autre, puis encore une autre, qui semblaient surgir de nulle part. Les ombres se multipliaient et se rapprochaient. Toujours plus proches.

Elle distinguait des formes humaines ténébreuses, malveillantes, désarticulées, et sans traits. Alphonsine n'avait plus conscience de son corps. Elle eut la sensation de reculer. Les spectres se tenaient si près d'elle que leurs constitutions fuligineuses se confondirent aux constellations noires qui embrouillaient son esprit et sa vue. Elle se sentit basculer et son âme transie s'échappa de ce petit habitat froid. Trop froid pour y vivre.

CHAPITRE 16

Le ronflement

Des crépitements éveillèrent son cerveau, comme pour attirer son esprit hors des limbes qui le maintenaient prisonnier. Alphonsine sentait comme des pétillements d'acide éclater sous la peau de ses orteils. La sensation courait sur la surface de ses pieds et remontait ensuite dans ses membres. Elle battit des paupières. Des murmures flous se propageaient dans son oreille. Des taches orangées remuaient, ondulaient devant elle. La vision de la fillette se rétablissait, petit à petit.

Égarée, elle examina les environs. Des arbres se dressaient à la lueur d'un éclairage vacillant. Puis, elle réalisa avec stupeur qu'elle se retrouvait coincée entre des jambes pliées, qu'on la retenait. Elle tressaillit.

— Tu vas mieux ? fit la voix d'Eusèbe dont l'haleine chaude caressait sa nuque.

La jeune fille, déroutée, se redressa en se retournant et aperçut le visage de son ami. Elle réprima un soubresaut intérieur à la vue de cet œil brûlé auquel elle ne s'habituerait jamais. Ce portrait horrifiant lui ramenait indéniablement le souvenir de cette matinée fatidique, où elle avait découvert les membres de sa famille massacrés. Toutefois, elle aimait Eusèbe plus que quiconque, à présent que les siens côtoyaient l'au-delà. Et elle se défendait de lui faire une remarque désobligeante sur son infirmité ou de démontrer le moindre signe de répugnance ou de peur à son égard. Ce serait le tuer.

Elle poursuivit son examen des lieux. Le feu de camp lui rappelait qu'Alexander et Eusèbe s'étaient affairés à chercher du bois dans la forêt. Lui rappelait que le ciel s'était mis à tournoyer à une vitesse vertigineuse. Lui rappelait les silhouettes noires qui avaient surgi de nulle part. «J'ai dû tomber dans les pommes», présuma-t-elle.

Les chevaux, attachés à un arbre, dormaient debout derrière Eusèbe. Alexander, à gauche de son ami, avait le nez plongé dans un gros livre calé entre ses jambes repliées en position du tailleur. Il ne la considéra pas, trop absorbé par sa lecture. De leur emplacement, la calèche et le chemin n'étaient pas visibles.

— Où est la voiture? Et les tonneaux? finit par demander Alphonsine.

— À notre retour de la forêt, nous les avons camouflés.

— Il faut coucher dans les tonneaux, déclara-t-elle. Ils nous protégeront.

— Oui. Mais réglons ça après, suggéra Eusèbe. Qu'est-ce qui s'est passé tout à l'heure ? Alexander t'a trouvé inconsciente. Personne ne t'a fait de mal ?

— Je ne sais pas. Peut-être.

— Comment ça, *peut-être* ?

— J'ai vu des ombres. Des silhouettes toutes noires. Elles avaient l'air menaçantes.

— Je t'assure que ce ne sont pas des êtres malveillants.

— Quoi ? s'indigna Alphonsine en se retournant vers son copain. Qu'est-ce que tu en sais ?

— Bon, très bien, dit-il avec un sourire. J'aurais voulu garder la surprise plus longtemps, mais tant pis !

Il empoigna son bras pour l'aider à se relever et l'invita à venir avec lui. Il lui prêta ses sabots, qu'elle enfila.

— Hé ! Le petit rat de bibliothèque ! Tu pourrais lâcher le bouquin ! Au moins pour cette occasion…

Le Germanique détourna son attention du manuscrit. Il le prit, ouvert contre son torse, et obtempéra à la demande d'Eusèbe. « Ils sont amis, maintenant ? songea Alphonsine, perplexe. Et c'est… mais… »

— Hé ! Vous avez lu le grimoire sans moi ? s'exclama-t-elle, mécontente.

Le garçon à lunettes dégota sa montre de sa poche et consulta l'heure :

— Il est dix-huit heures trois minutes, annonça-t-il. Si nous avions attendu ton réveil, nous n'aurions pas eu le temps de nous documenter.

— Oui. Et en plus, il faudra penser à se piquer bientôt. Dix-neuf heures ne pardonnent pas, renchérit Eusèbe.

— Je vois que vous êtes de très bons copains, à présent ! lança-t-elle, frustrée. Est-ce que c'est l'original ou pas ?

— Le livre ? interrogea son meilleur ami.

— Qu'est-ce que tu crois ? rétorqua la fillette. Et où m'emmènes-tu ? Je viens de m'évanouir ! Jouer dans le bois ne me tente guère !

— Euh… pour répondre à ta première question, se permit de dire Alexander d'un ton hésitant, il semble, zusqu'à maintenant, que c'est l'orizinal.

— Ah, oui ? douta la jeune fille. Et comment vois-tu ça, inspecteur Freismeute ?

— Freiszmuth, la reprit-il fièrement. Mon flair me dit que c'est l'orizinal. Ze le devine par la texture friable des pazes et leurs teintes ocre.

— Bon ! Tant mieux si c'est le vrai, ajouta-t-elle.

— Nous y voilà, annonça Eusèbe, emballé. Attends, ferme tes yeux. Ne regarde pas, surtout !

— D'accord, soupira Alphonsine sans entrain.

Du feuillage remuait. Des bruits de pas lui parvinrent. C'était des gens. D'autres gens ! Craintive, elle repensa aux silhouettes :

— Je peux regarder, maintenant ?

— Pas tout à fait, répondit Eusèbe.

Il marmonna des mots, des messes basses.

— Ça y est ! Ouvre-les !

Les paupières d'Alphonsine se soulevèrent sur deux orbites de chair, agrandies par des grains corrosifs. Elle sursauta en piaillant d'effroi. Des sourcils châtains et minces, surmontant naguère de magnifiques iris bleus et un visage ovale, encadré par de fins cheveux blonds, fit remonter un prénom à la surface de son désordre d'émotions : Cécilia. La blonde demeurait impassible, plantée devant sa cadette.

— Cécilia ! s'exclama-t-elle, euphorique, en l'embrassant. Je croyais que tu étais morte !

Plus tard, Alexander assistait aux retrouvailles, en retrait. Il fut le seul à témoigner de l'expression qu'affichait la grande sœur sur l'épaule de sa benjamine : les flammes étincelaient par intermittence sur sa face rutilante. Face qui, subitement, se fendit d'un large rictus. À cause de ses yeux rongés et de sa bouche béante qui dévoilait un moignon de langue carbonisée, le perspicace Freiszmuth trouva que Cécilia avait les airs d'une citrouille décorée pour la veille de la Toussaint.

Depuis le creux du cou de son aînée, Alphonsine s'émeut de découvrir Arthur endormi dans les bras de Léonce. Ce dernier demeurait immobile dans la pénombre. Le sourire d'Alphonsine s'effaça à demi à la vue de la moue boudeuse qu'affichait son frère. Son visage était penché vers l'avant, et s'il avait eu des yeux pour voir, Alphonsine aurait juré qu'il l'aurait à coup sûr fusillée du regard. « Il doit être jaloux, le pauvre », songea-t-elle en cessant d'étreindre sa sœur pour courir vers lui.

— Heureuse de te revoir aussi, Léonce !

Le petit garçon, comme s'il ne voulait pas qu'Alphonsine surprît sa contraction faciale, arbora soudainement une mine radieuse. La jeune fille éprouva une étrange impression. Un sentiment de faux-semblant. Elle s'arrêta pour regarder par-dessus son épaule, cherchant Eusèbe d'un œil anxieux. Celui-ci remuait la braise à l'aide d'un long bâton trouvé en forêt. Il déchiqueta un morceau de pain, à même la miche. Elle revint à Léonce et intercepta les lunettes d'Alexander pointées sur elle. Ses verres brasillaient à l'ombre d'un tronc.

— Oh, Léonce ! s'écria-t-elle, avec un enthousiasme emprunté, en reprenant sa course vers lui.

Elle répéta la même accolade de tendresse avec ses frères. Étrangement, elle s'y sentait presque forcée...

Alphonsine guida Léonce et Cécilia, et avec Freiszmuth, ils regagnèrent le camp. L'Allemand mentionna l'heure indiquée par les aiguilles de sa montre : dix-huit heures vingt-huit minutes.

— Il faut se piquer au plus vite ! lança Eusèbe d'un ton décisif. Je ne sais pas après combien de temps les effets somnolents de la morphine commencent à se faire ressentir.

— Les tonneaux. Il faudra en ajouter trois, enchaîna Alphonsine.

— Zut ! Avec ce qui t'est arrivé, on a complètement oublié, réalisa Eusèbe. Combien sommes-nous ? s'informa-t-il en se dirigeant de ce pas vers la calèche.

— Attends, dit Alexander en comptant le groupe d'un index sautillant. Six avec moi.

— Je crois que nous n'en avons que cinq...

— On peut dormir dans le même, Arthur et moi, suggéra Léonce.

Aux oreilles d'Alphonsine, la voix enfantine et flûtée de son frère parut provenir d'un autre monde. Elle ne l'avait pas entendu parler avec autant d'aisance depuis leur retour à pied de l'école, ce fameux soir où elle avait vu ses yeux marron pour la toute dernière fois.

— Tu es sûr qu'Arthur ne t'incommodera pas ? voulut-elle s'assurer. Tu sais, il pleure, il gigote...

— Il sera drogué, lui aussi, l'interrompit Eusèbe. Bon, j'y vais. Alexander, tu peux m'aider ? Ça me prendra une éternité, sinon. J'aimerais bien ravoir tes sabots, s'il te plaît, dit-il à son amie.

— Oui, certainement, acquiesça-t-elle.

— Ça remonte à quand la dernière fois que tu as mangé ? s'informa-t-il à sa copine, tandis qu'elle se courbait pour enlever ses chaussures.

— Je ne sais plus. Hier, je crois.

— Profites-en pour reprendre des forces, lui conseilla-t-il en lui tendant un morceau de pain.

Il ne proposa pas de nourriture aux nouveaux arrivants. « Ils doivent avoir faim, eux aussi », songea-t-elle.

— Quelqu'un d'autre veut un morceau de pain ?

Léonce et Cécilia secouèrent la tête à la négative avec une synchronisation qui évoquait celle d'automates. Personne — pas même Alphonsine — ne semblait avoir réalisé que cette dernière avait répondu alors qu'elle était censée être sourde. Alexander réclama une portion. Puis, par des mouvements de lèvres, il tenta de transmettre des paroles à Alphonsine, qu'elle n'arrivait toutefois pas à déchiffrer. L'Allemand se mit debout en soupirant, le grimoire entre les mains. En passant à côté d'elle pour rejoindre Eusèbe, il se pencha et lui chuchota, tout en lui donnant le livre :

— Tu peux le surveiller, s'il te plaît ?

— Oui, bien sûr, répondit-elle, en enfournant une bouchée de pain.

Elle ne put s'empêcher de trouver sa demande curieuse. Cependant, lorsqu'elle se tourna vers Léonce et Cécilia, elle comprit la raison pour laquelle la compagnie de ses frères et de sa sœur tracassait son nouvel ami.

L'œil abîmé d'Eusèbe était une chose. À la limite, elle n'avait qu'à se rabattre sur le second pour se rassasier de l'image rassurante que lui renvoyait l'iris vert aux doux cils tombants. Dans le cas de Léonce, Cécilia et Arthur, leurs blessures altéraient tout genre d'expression. Ainsi, un sourire émerveillé se transformait en rictus effrayant, un air songeur prenait des allures de ruse, des lèvres étirées en coin ne recelaient non plus un esprit finaud, mais suggéraient de perverses machinations et finalement, une mine détendue reflétait l'immobilité énigmatique d'un fantôme.

Néanmoins, quand ils pleuraient du sang, ils montraient leur vulnérabilité, leur fragilité et leur humanité, aurait pu raisonner Alphonsine. Cependant, s'accoutumer à sa «nouvelle» fratrie était au-delà de ses forces et pour ce blocage, elle culpabilisait : «Arrête ! Tu es vraiment ignoble de craindre les tiens», se reprocha-t-elle.

Tandis qu'elle réfléchissait, Eusèbe réapparut en se débrouillant à grand-peine pour se frayer un chemin avec un baril, en contournant les troncs et en enjambant la friche. Alexander le suivait non loin. Plus petit et plus jeune, il peinait, à l'en juger par son essoufflement et ses élévations de sourcils spasmodiques.

Pour briser le lourd silence qui planait autour du feu, Alphonsine prit la parole. Les garçons, eux, retournèrent vers la voiture afin de ramener une paire de tonneaux supplémentaire.

— Quand les gens nous ont séparés à Trinity, que vous est-il arrivé par la suite ?

— Ils nous ont amenés dans une maison où ça sentait les tartes aux pommes de maman, rapporta Léonce.

— Ah, vraiment ? s'exclama Alphonsine, ravie d'entendre son frère partager de si chaleureux souvenirs.

— Oui, même qu'on en a mangé. C'était très bon. Ils nous ont donné un bol de lait aussi ! renchérit-il, tandis que ses lésions circulaires s'écarquillaient monstrueusement.

— Oh, quelle chance ! réagit-elle en essayant de faire abstraction des contorsions faciales de son cadet. Et après, que s'est-il passé ?

— Bien, il y a un monsieur, comme docteur Garrison, qui a regardé nos yeux. Il a dit qu'on n'était pas beaux, raconta-t-il avec une moue boudeuse. Il était méchant.

— Je ne pense pas qu'il ait dit que vous n'étiez pas beaux. Il voulait peut-être dire que vos blessures étaient vilaines, le corrigea Alphonsine.

— Non, il a vraiment dit qu'on n'était pas beaux et que quelqu'un nous avait lancé de… l'a… l'a… Il y avait un i... Oh ! Je ne m'en souviens plus ! fit-il avec contrariété.

— Bon, ce n'est pas grave, conclut la fillette. Ensuite, que s'est-il passé ?

— Il nous a fait une piqûre et Arthur a pleuré. Moi aussi. Un peu. Après, je me souviens plus. Ah, oui ! se remémora-t-il, soudain. Cécilia est venue me réveiller. Il n'y avait personne, parce que je n'entendais rien. Arthur dormait à côté de moi, alors je l'ai pris. C'était difficile de marcher sans voir, parce que tu n'étais pas là. Mais on a marché. Des fois, on trébuchait sur des choses. On suivait le bruit des sabots. On a marché longtemps, mais il faisait froid. Et là, on a entendu vos voix. C'est Eusèbe qui nous a trouvés et… euh…

— Alexander, compléta Alphonsine avec un sourire dans le ton. Tu n'as rien à craindre. C'est un gentil garçon. Il a de grosses lunettes, un casque d'armée assez étrange et une montre extraordinaire.

— Voilà ! Plus qu'un, et nous pourrons enfin dormir, dit Eusèbe en réapparaissant avec un troisième tonneau. Alex, tu voudrais bien alimenter le feu pendant que je fais le dernier voyage ? La température rafraîchit et au rythme où le bois brûle, nous nous réveillerons gelés demain matin.

« Si jamais nous nous réveillons », ajouta Alphonsine pour elle-même.

Alexander disparut dans les ténèbres pour aller ramasser des branches.

Lorsque tous les compagnons furent réunis, Eusèbe préleva une petite quantité de morphine dans la seringue.

— J'ai peur qu'on n'en ait pas assez pour tout le monde, communiqua-t-il.

— Ze privilézierais Alphonsine, puisqu'elle est l'Élue, proposa Alexander.

— C'est quoi, l'Élue ? interrogea Léonce.

Cécilia tourna ses « plaies » en direction de l'Allemand et leva un sourcil suspicieux. Ses lèvres s'arquèrent d'un côté. Alphonsine, qui remarqua son expression, non seulement reconnut la Cécilia frondeuse et mesquine de naguère, mais eut un sursaut intérieur en se questionnant sur sa réelle capacité auditive. Toutefois, elle semblait être la seule à l'avoir remarquée.

— Ben, c'est…, débuta Alexander qui hésitait, vraisemblablement, à livrer des informations à Léonce.

— Elle est immunisée contre le sable maudit, révéla Eusèbe. À son contact, sa peau se régénère.

— Régère-gère ? fit Léonce.

— Ré-gé-nè-re, le reprit Eusèbe. Ça veut dire que sa peau guérit si des grains maudits la touchent, sans laisser de cicatrices.

— Elle a des pouvoirs, alors ! Comme une magicienne?

— Oui. On peut le dire comme ça, approuva Eusèbe en tenant la seringue prête dans sa main.

— Ze... Ze crois que ze vais passer mon tour, balbutia le petit homme à lunettes, pâle comme un drap.

Eusèbe poussa un ricanement moqueur :

— Allons, preux chevalier ! Tu ne vas tout de même pas me dire que tu as peur d'une simple aiguille !

Alexander était pris d'un malaise. Son visage luisait de sueur par-delà les gerbes de feu qui enfantaient des brandons zigzagants. La défaillance du brave garçon troublait Alphonsine. Elle-même éprouva une petite réticence à l'idée de s'injecter de la morphine. Mais avait-elle le choix ?

— On utilisera les brides des chevaux en guise de garrot, l'informa son meilleur ami. Tu viens ?

L'Élue se leva, préoccupée par l'état d'Alexander et par son attitude méfiante envers, principalement, les trois aveugles.

Fury somnolait sur ses pattes. Son corps se balançait faiblement de gauche à droite. Dès qu'il s'avisa qu'on touchait à sa rêne, il donna un coup de tête vers le haut. Sa maîtresse flatta sa joue rêche en le rassurant d'une voix douce. Et tandis qu'Eusèbe noua la lanière de cuir à son bras, elle lui posa une question que seul lui pouvait entendre :

— Qu'est-ce qu'il a, Alexander ?

— Je n'en sais rien. Il doit craindre les aiguilles.

— Non. Il y a autre chose. J'en mettrais ma main au feu, insista-t-elle.

Elle songea au grimoire :

— Vous avez eu suffisamment de temps pour lire pendant mon inconscience ?

— Pour ma part, pas vraiment étant donné que ta sœur et tes frères sont arrivés peu après. Mais c'est vrai qu'Alexander a beaucoup lu. Moi, j'étais plus occupé à entretenir le feu et à parler avec Léonce.

Il s'interrompit :

— Ça y est. Tu es prête ?

— Non. Mais je n'ai pas le choix, répondit-elle.

Eusèbe empoigna la seringue et l'enfonça dans le pli du coude de la jeune fille. Celle-ci serra les dents, alors que son copain terminait de lui injecter la drogue.

— Si l'un de nous ne se réveille pas, lui dit Alphonsine en l'examinant d'un regard attendri, je veux que tu saches que…

Ses yeux de braise pondirent des larmes qui dégringolèrent sur ses joues creuses. Ses lèvres charnues et rouges comme la pelure d'une pomme tremblèrent.

— Moi aussi, lui assura Eusèbe en la prenant dans ses bras. Je le sais et tu le sais.

Par la suite, Alphonsine, nauséeuse et assommée, se glissa dans son tonneau. Elle plia ses jambes afin de faire entrer son corps dans sa couche inconfortable.

Dans l'ordre, Eusèbe appela Alexander, Cécilia, Léonce et Arthur, pour finir avec lui-même. Tout le groupe avait reçu la dose de morphine. Alphonsine avait vaguement entendu les autres s'installer dans leurs barils. Les enfants s'étaient souhaité une bonne nuit à l'unisson, hormis Cécilia.

Un paisible ronflement résonnait dans l'atmosphère. Elle retrancha l'hypothèse qu'il eût pu s'agir d'Eusèbe ou d'Alexander, puisque celui-ci était son voisin immédiat. Le son tirait son origine d'un peu plus loin. La fillette l'attribua à son aînée ou peut-être à Léonce. Prise d'un violent haut-le-cœur, Alphonsine poussa le couvercle de son tonneau et vomit. Elle pouvait percevoir le tic-tac de la montre de son ami étranger, enfermée avec lui dans le cylindre de bois.

— Ça ne va pas, Alphonsine ? murmura-t-il, d'une voix traînante.

— Oui, là ça va mieux, répondit-elle en s'essuyant le menton.

Sa tête tournait. Son regard erra sur les trois autres tonneaux immobiles. Le hululement d'un hibou la fit sursauter. Elle se rebaissa dans sa cache en replaçant l'obturateur au-dessus d'elle.

— Alex, chuchota-t-elle contre la paroi courbée.

— Quoi ?

Sa bouche paraissait molle, et sa mâchoire, décrochée.

— Il disait quoi, commença-t-elle avec une lenteur digne d'un patient à l'article de la mort, le grimoire ?

— Les yeux manzés, articula l'Allemand sans poursuivre.

— Quoi… quoi les yeux mangés ? répéta-t-elle, alors que ses yeux se révulsaient sous ses paupières.

— Ils…

— Ils… quoi, souffla-t-elle.

— … dorment zamais.

Alphonsine inspira, longuement, pesamment, comme si elle exprimait sa surprise. Sa terreur. Elle luttait pour demeurer éveillée, mais ses paupières se fermaient sur ses pupilles. Quand elle voulait les rouvrir, celles-ci bloquaient et descendaient toujours plus, jusqu'à se clore.

Se clore sur le ronflement d'un de ses proches qui feignait de dormir.

CHAPITRE 17

L'altérité

Alphonsine s'éveilla avec une salive pâteuse et un goût amer sur les papilles. Son pouls fouettait sa boîte crânienne. Elle avait froid. Son bras gauche était engourdi au point de lui paraître étranger. Ses jambes fléchies depuis des heures lui procuraient une douleur cuisante, comme si un couteau avait gratté ses rotules. Elle entendait Eusèbe, qui semblait en colère ; il pestait contre quelqu'un. Alphonsine n'en était pas certaine. Des sanglots lui parvinrent.

Au moment où Alphonsine exhiba le bout de son nez, un rayon de soleil d'une blancheur neigeuse l'aveugla. Elle se cacha d'instinct les yeux du revers de la main.

— Ah ! Enfin, tu es réveillée ! s'exclama Eusèbe avec impatience.

Alphonsine essayait de se délivrer de la confusion qui s'emparait de sa mémoire, de sa conscience.

— Quoi ? fit-elle d'un ton lent et confus.

— Z'ai rien fait… Z'ai rien fait…

La jeune fille reconnut la voix entrecoupée d'inspirations convulsives d'Alexander.

— Petit rat ! C'est toi qui avais le nez plongé dedans hier. Tu le tenais contre toi avec un regard obsessif. Ça ne peut être que toi. (Et Eusèbe de s'écrier) : C'était à ma mère ! Ma mère !

Alphonsine fronça les sourcils, les paupières à moitié closes, et redressa le tronc en s'aidant de ses paumes. La silhouette embrouillée d'Eusèbe debout se dédoublait, se superposait tout en se centrant, puis forma à nouveau une image claire.

Elle aperçut Cécilia assise par terre à côté de Léonce. Conservant un visage inexpressif, celle-ci gardait la tête et le menton droits, immobiles. Quant à Arthur, il ne figurait pas dans son champ de vision. Alphonsine se tourna et aperçut l'Allemand, qui pleurait derrière ses lunettes embuées. Le pauvre était ligoté à un arbre.

— Mais qu'est-ce que tu lui fais ? hurla Alphonsine à son ami tandis que l'énervement déclenchait dans son crâne d'horribles élancements.

— Je lui tire les vers du nez ! lui répondit-il avant d'houspiller le Germanique de plus belle. Judas, va ! Je te torturerai, te torturerai jusqu'à ce que tu craches la vérité !

Alphonsine n'avait jamais vu son ami pénétré d'une telle violence. Elle en eut peur, et soudain, elle se rappela sa conversation de la veille avec Freizsmuth, avant qu'elle bascule dans un sommeil amnésique.

Les yeux manzés ne dorment zamais…

Ce souvenir la secoua d'un fugitif frisson. Elle plia un genou et y appuya sa paume pour se lever. Ankylosée, elle se dirigea vers le garçon furieux. Chaque pas engendrait un violent martèlement dans son crâne.

— Il n'est pas question qu'on le torture, s'opposa Alphonsine sur un ton loin d'être convaincant.

Sa douleur lancinante devenait insoutenable. Elle porta sa main à son front. Déséquilibrée, elle s'adossa à un arbre.

— Il a caché le grimoire ! l'accusa Eusèbe.

— Tu l'as vu le faire ?

— Non ! Mais je le sais ! Tu l'as vu autant que moi, d'ailleurs. Tu as vu avec quelle obsession il le gardait pour lui !

Freiszmuth regardait Alphonsine avec des yeux craintifs que ses verres grossissaient. Sa bouche, courbée de tristesse et d'épouvante, accouchait de bulles salivaires. À la façon dont il inclinait la tête en direction de son amie, celle-ci devina qu'il comptait sur elle pour le tirer d'ennui. Et puis, il fallait préciser que la petite fille, avec ses yeux noirs laqués qui évoquaient davantage la fragilité d'une biche que la froideur d'un démon, inspirait à quiconque la croisait une confiance instinctive. Il n'était pas rare que les villageois lui sourissent, simplement parce qu'ils se persuadaient de rencontrer un ange qui panserait leurs blessures. Alexander procédait comme les habitants de Green Valley, quand ces pauvres diables avaient encore des yeux pour voir.

— Laisse-le tranquille, Eusèbe, dit la fillette. Je pense plutôt que quelqu'un nous a rendu visite pendant la nuit.

Eusèbe l'observa d'un œil attentif, presque suspicieux. Expression qui, mariée à son cercle écarlate, donnait la chair de poule à Alphonsine. Elle lança un regard oblique vers Cécilia et Léonce :

— Je n'arrive pas à croire qu'ils ont pu nous rejoindre si vite, marmonna-t-elle, honteuse de suspecter ses proches.

La tête de Cécilia pivota dans leur direction.

— Qu'entends-tu par là ? demanda Eusèbe. Qu'ils ne sont pas vraiment *eux ?*

Alphonsine ruminait toujours les confidences d'Alexander. Elles formaient une ritournelle aliénante dans son esprit, qui la poussa à consulter ce dernier du regard.

Il secouait vivement la tête dans le dos d'Eusèbe. L'air de signifier : « Non, non ! Ne lui dis pas ! Ne lui dis pas ! Ne lui dis rien ! » Eusèbe, conscient que les yeux d'Alphonsine avaient bifurqué sur le captif, jeta un coup d'œil par-dessus son épaule. Il était vrai qu'après tout, son meilleur ami avait été à moitié touché par la cécité et que si, par le fait même, il y avait un maléfice sur les aveugles, Eusèbe n'en était pas totalement épargné.

— Oublions cela, finit-elle par dire. La morphine me fait déraisonner.

— Très bien, alors, répondit-il en examinant l'accusé d'un œil torve. Mais libère-le, parce que moi, je ne lui parle plus.

Le garçon s'éloigna d'un pas furieux. Il détacha les chevaux et les conduisit à travers bois jusqu'à la calèche découverte pour procéder à l'attelage. Durant ce temps, Alphonsine s'accroupit et fixa Alexander avec des yeux avides.

— Qu'est-ce que tu as lu ? Vite ! Dis-moi tout ce que tu as lu, réclama-t-elle, en guettant son frère et sa sœur.

Arthur n'avait pas pleuré depuis leur retour, ce qui était tout de même étrange de la part d'un enfant que sa mère qualifiait de bébé « très exigeant ». Alphonsine s'interrogea à cet égard, mais le temps pressait. Le petit guerrier devait déballer son sac :

— Ceux dont les grains de sable maudit auront manzé les yeux se verront sous l'emprise d'un maléfice : celui de ne pas dormir et de ne zamais ressentir la faim. On les zappelle « les Veilleurs », relata-t-il.

Un frisson parcourut l'échine de l'Élue. Elle hasarda un regard à travers le rideau capillaire que constituait sa longue chevelure. Elle tressaillit. Cécilia et Léonce gardaient leurs visages rivés *précisément* dans leur direction. Les yeux écarquillés de terreur, Alphonsine se retourna vers Alexander, lentement. Très lentement. Les paupières de la jeune fille ne clignèrent pas une fois.

— Et que font-ils, les Veilleurs? susurra-t-elle dans le creux de l'oreille du blondinet tout en détachant ses poignets écorchés.

Le silence qui suivit sa question l'amena à réaliser que son ami ne pouvait mouvoir les lèvres *parce qu'on le surveillait*. Elle se posta donc devant lui, de sorte qu'on ne le voie pas parler. Son regard s'accrocha à la face d'Eusèbe, qui les observait de loin, tandis que ses mains, elles, s'agitaient en harnachant les chevaux.

— Allez ! implora-t-elle. Dépêche-toi !

— Ils sont à l'affût des dormeurs, enchaîna-t-il, des fluctuations respiratoires révélant l'indice d'un réveil imminent. Si c'est le cas, les Veilleurs préviennent le Marssand de Sable et ensuite, Il rapplique.

Bien que les liens ne retenaient plus le jeune Allemand, il demeurait parfaitement immobile. Les larmes montèrent aux yeux d'Alphonsine. Elle ressentait une irrépressible envie de pleurer. En se contractant, son menton tremblotant ressemblait à une peau d'orange.

— C'est… mais c'est horrible, articula-t-elle à travers un souffle saccadé. C'est trop affreux pour être vrai.

Sa boite crânienne élançait au point de donner l'impression de se fissurer à chaque battement.

— Et dans le cas de la perte d'un seul œil? poursuivit-elle d'une voix frémissante. Qu'est-ce que ça dit?

— Ze ne sais pas. Ze ne me suis pas rendu là.

D'un geste inattendu, elle saisit le visage glabre de son ami à lunettes entre son pouce et son index et plongea un regard anormal, injecté de folie, dans le sien. Ses prunelles paraissaient nanties de flèches « perceuses d'âme ». Elle lui demanda :

— Est-ce que tu as caché le livre?

Freiszmuth désapprouva par un mouvement de tête nerveux.

— Alors, où est-il? insista-t-elle, les dents serrées, l'écume à la commissure des lèvres.

— Ze... ze...ze... ze n'en sais rien, bégaya le malheureux.

Alphonsine releva le menton. Elle jeta vers le trio une expression non plus craintive, mais défiante :

— Donc, dans ce cas, il n'y a qu'une explication.

Alphonsine observa le ciel bleu. La cime souple des arbres tourbillonnait à un rythme déroutant. Deux corbeaux se pourchassaient en émettant des craquètements lugubres. Ses perceptions venaient de changer. La méfiance et la peur s'instillaient en elle, s'incrustaient dans sa chair et ses tripes pour générer un nouveau trait de personnalité.

— J'embarque les tonneaux et nous partons, annonça Eusèbe. Surtout, n'oubliez rien, parce que je n'ai pas l'intention de revenir.

— Tu sembles savoir où nous allons, argua Alphonsine en le fixant.

Ce dernier souleva un baril en pointant sa langue hors de sa bouche. Il lui offrit son profil esquinté, alors que daignant la regarder, il répondit :

— Qu'insinues-tu?

— Que tu sais où nous conduire! rétorqua-t-elle sans ambages.

— Pourquoi le saurais-je?

Léonce et Cécilia — enfants statufiés par la mire d'un mauvais œil — se taisaient. Alexander se leva à la manière résolue d'un chevalier qui veut se porter à la défense de sa reine. Comme si l'ouïe du borgne captait la moindre vibration, la moindre fluctuation d'air, il se retourna vers le blondinet. Avec son casque barbare et ses yeux bleus qu'enflaient ses verres, celui-ci pouvait, à la limite, incarner le parfait psychopathe.

— Qu'est-ce que tu as, toi? lui demanda Eusèbe d'un ton belliqueux en déposant le tonneau.

Animé par une intention bagarreuse, il s'approcha d'un pas décidé de l'Allemand. Alphonsine se campa entre eux, face à Eusèbe.

— Si tu le touches, tu ne me reverras plus jamais, le prévint-elle.

Les yeux de la jeune fille luisaient, non pas d'animosité, mais de chagrin. Elle ne reconnaissait plus Eusèbe, ni ne se reconnaissait elle-même. Lui, pour son tempérament directif et batailleur, et elle, pour son instabilité émotive et son caractère frondeur. Quant à Cécilia, Léonce et Arthur, leurs nouvelles conditions produisaient l'angoissante sensation de doubles maléfiques émergeant d'un monde infâme. Un endroit où l'on pille l'âme d'innocents pour élever des esclaves.

Eusèbe hocha la tête en alternant son œil ombrageux, à la fois sur Alphonsine et sur Alexander.

— D'accord, conclut-il en croisant les bras. Je ne le toucherai pas.

Soudain, il plongea son œil dans les yeux de la fillette. Son bel iris vert compensait la plaie purulente qui avait falsifié non seulement sa beauté, mais son bonheur, sa fierté et sa pureté. Il encadra la figure d'Alphonsine de ses mains sales et, sans crier gare, il plaqua ses lèvres pulpeuses sur celles de son amie.

Cette dernière écarquilla les yeux de confusion. Elle le dévisagea, détailla son visage carré, attentive au plus subtil indice signalant la transformation de son compagnon en serviteur du Marchand de Sable.

— Mais je le fais pour toi, déclara-t-il. (Il jeta un œil venimeux à Alex, qui affichait une mine également interloquée.) Uniquement pour toi.

CHAPITRE 18

La morsure

La route s'ouvrait désormais sur une vaste étendue de vallons verdoyants. Le martèlement sourd et cadencé des sabots sur le chemin de terre meublait le silence qui durait depuis déjà quelques heures. La lisière sombre et dentelée de la forêt rappelait aux voyants de bien tragiques souvenirs. En son for intérieur, Alphonsine pensa qu'aucun remède ne permettrait à son esprit d'oublier l'éclatement de sa famille, hormis peut-être la mort, un refuge que le calvaire transformait en royaume céleste.

Alphonsine était chargée de conduire les chevaux. Elle avait l'impression de diriger un char d'entités maléfiques. Le silence des passagers épaississait les ténèbres de ses angoisses. Au sein de celles-ci grouillaient de petits rats voraces aux yeux rouges, friands de lucidité. Lorsque ces hideuses bestioles se reproduisaient, elles rongeaient, engloutissaient toute parcelle de raison et ne laissaient que des miettes de délire. Mais d'entre tous, Eusèbe était celui qui lui inspirait la plus grande frayeur. Plus les minutes s'égrainaient, plus sa personnalité s'altérait et plus l'empreinte du baiser sauvage qu'il avait imprimé sur ses lèvres prenait les allures d'une brutale morsure. Eusèbe avait croqué son cœur. L'imprévisibilité du garçon avait troublé l'avenir romanesque auquel elle se plaisait à rêvasser, de temps en temps, dans le secret de ses songes.

La journée vieillissait et ils n'avaient encore croisé aucun village. Alphonsine commençait à sentir son appréhension gonfler. Elle ne voulait pas dormir à la belle étoile, dans un champ, à la vue du Marchand de Sable. Puis, elle devait se procurer des sabots, Eusèbe et elle ne pouvant continuer de partager les mêmes chaussures. D'autre part, la faim taraudait son ventre, mais elle n'osait en parler à quiconque. Le mutisme morbide qui régnait à l'arrière lui donnait l'impression qu'on épiait chaque fluctuation vocale ou respiratoire. Elle craignait d'exciter de mauvaises ondes et de voir s'échapper le double maléfique des siens pour l'étouffer. Terrorisée par la paranoïa, elle dirigea machinalement les yeux sur les chevaux et elle éprouva un malaise subit. Les côtes striaient la robe grise de la jument et le bassin de l'étalon pointait sous son pelage brun. Leurs têtes basses, leurs paupières se rabattant sur leur regard triste et leurs déhanchements fatigués soulignaient une détresse alimentaire et émotive. L'amour de la jeune fille pour le couple chevalin l'incita à sabrer le silence :

— Ils ne pourront plus continuer de traîner cette voiture *ad vitam æternam*. On doit trouver autre chose que de l'herbe pour contenter leur appétit.

— On crève tous de faim, maugréa Eusèbe. Il ne reste qu'un quart de miche et trois pommes.

« Tous ? En tout cas, les autres ne se plaignent guère… pas même Arthur ! », se dit-elle avant d'ajouter :

— Oui, mais eux, ils nous tirent. Ils marchent sans arrêt.

— Toi, le survivant de cataclysme, tu fais quoi quand tu as faim ? lança Eusèbe à l'intention d'Alexander d'un ton caustique. Comment te débrouilles-tu ?

— Ze mendie ou z'aide des marssands ou des fermiers en éssanze de nourriture.

— Oh ! Il est futé, même s'il zozote, commenta Eusèbe en pesant sur les « z ».

— Arrête, Eusèbe ! le défendit Alphonsine, dont le dos voûté et endolori oscillait au gré de la surface cahoteuse.

— Et je parie que tu nous feras avaler que tu n'as jamais rien volé ? persista Eusèbe. Pas même un morceau de pain ou une carotte dans un jardin, la nuit ?

— Ze ne crois pas au vol et aux zactions malhonnêtes, rétorqua Freiszmuth avec aplomb.

Son interlocuteur pouffa de rire :

— Ze ne crois pas au vol et aux zactions malhonnêtes, répéta-t-il d'un ton moqueur. Mais je rêve ! Et pourquoi ça ?

— Parce qu'à vivre comme un clodo, on finit par percevoir des ssoses que la mazorité ne voit pas, répliqua-t-il sans élever la voix, en parfaite maîtrise de lui-même.

— Tiens donc ! Comme quoi ?

— Bien, quand on fait quelque ssose de mal, la vie le rend au quintuple.

— Papa disait la même chose ! s'exclama tout à coup Léonce qui n'avait pas parlé depuis la veille.

Chaque fois qu'un son sortait de la bouche des non-voyants, Alphonsine visualisait des filandres accrochées à leurs lèvres desquelles s'échappaient de petits nuages de poussière.

— Tu vois, Eusèbe ? Alexander a un cœur bon, riposta cette dernière.

Le borgne se renfrogna dans son coin. Comme les tonneaux prenaient beaucoup d'espace dans la calèche, les occupants sacrifiaient leur confort, un facteur, qui, ajouté à la faim, au deuil et aux menaces extérieures, jouait sur le tempérament de tous.

Les chevaux s'échinaient à gravir une déclivité prononcée. Ils soufflaient comme des bœufs. Alphonsine leur accorda une pause.

— Ils ne peuvent pas monter cette côte d'un trait, déclara-t-elle en se retournant vers les voyageurs. On doit attendre.

Les yeux d'Alexander s'arrondirent sous le reflet de ses lunettes. Il fixait un point derrière son amie. Eusèbe garda le regard vissé à ses pieds, la face raidie de mécontentement. Alphonsine suivit la trajectoire visuelle de l'Allemand.

Une vieillarde replète et bossue apparut au sommet de la pente. Elle coiffait un voile qui, joint à l'inclinaison de sa tête, renfonçait son visage dans une obscurité anonyme. Une cloche tintait au cou de la chèvre qu'elle traînait. La dame vêtue d'une robe noire ne semblait pas s'être rendu compte de la présence des enfants lorsqu'elle passa à côté d'eux, car elle poursuivit sa marche. Pas à pas, avec lenteur et obstination.

— Eusèbe, chuchota Alphonsine, qui, dans son trouble, oublia le froid qui s'était installé entre eux.

L'interpellé se redressa et son regard accrocha de suite la silhouette sur la route. Il leva un sourcil interrogateur.

— Une paysanne qui marche, fit-il en haussant les épaules avec un air de détachement.

Alertée par le propos du garçon ou par le piaffement de la jument, la vieille stoppa net. Sa chèvre bêla. En relevant le menton, la campagnarde dévoila enfin ses yeux : des billes bleues nacrées, sans pupilles, sèches et mortes. Elle écarta ses lèvres rongées par les rides. Elle affichait une physionomie béate, dans l'attente, sans doute, que les voyageurs se manifestent. L'apparition fortuite de la passante cousait la bouche d'Alphonsine.

— Qui est là? demanda l'inconnue d'une voix chevrotante.

Eusèbe amorça l'échange :

— Des vagabonds.

Au bout de son cou penché, la vieillarde dodelina la tête, de sorte que celle-ci parut ployer sous l'action d'un ressort.

— Des chenfants, conclut-elle à voix haute. Vous chêtes cheuls ?

La langue de la femme remuait dans une cavité noire et luisante ceinturée de gencives édentées.

— Nos parents ont été…, commença Alphonsine.

— Chut ! l'interrompit Eusèbe.

Son amie fit volte-face vers lui en lui lançant une expression de reproche. Elle frotta son ventre avec sa main dans un mouvement circulaire en lui expédiant de gros yeux insistants. « Si on est gentils avec elle, elle nous hébergera peut-être ! », voulut-elle exprimer.

— Ils chont été tchués ? trancha la voix de l'étrangère dans son dos.

Eusèbe afficha un air légèrement perplexe, à la limite de l'indifférence. Alexander échangea un regard neutre avec Alphonsine, qui pour sa part, sentait son cœur battre très fort. Léonce restait placide. Cécilia évoquait un fantoche sans ficelles.

— Oui, finit par avouer Alphonsine.

— Vous v'nez d'où ?

Alphonsine ignorait jusqu'à quel point elle pouvait se confier à cette femme. Après tout, elle ne la connaissait pas et elle était aveugle. Mais ses yeux n'avaient rien à voir avec les brûlures suintantes de ses proches.

— Green Valley, répondit la fillette.

— Green Valley, répéta-t-elle en réfléchissant. Ch'est à l'ouecht, che village. Non ?

— Oui, à plusieurs lieues d'ici.

— Il a frappé, là auchi, hen ?

— Qui ça, *il* ?

— Oh, vous chavez très bien de quel odieux perchonnage je parle, mon enfant. Ch'n'est pas le diable, mais prechque.

— Vous parlez du Marchand de Sable.

— Exchacte, petite. Je parle de che perchonnage barbare et cruel, approuva-t-elle, en grimaçant devant un écran de remémorations personnelles à elle. Combien êtes-vous là-d'dans ?

— Euh, nous sommes six, madame.

— Chix, dites-vous, fit-elle pensive. Ben v'nez. J'vous chinvite touch chez moi. J'vous f'rai un bon potage. J'chuis chûre que cha vous ravigor'ra. Y'a rien d'mieux qu'un bon potage bien bouillonnant pour che rappeler que la vie est préchieuje. Qu'en penchez-vous ?

La faim tenaillait Alphonsine au point de lui faire oublier de consulter ses camarades :

— Oh ! Ce serait un plaisir de goûter à votre plat, madame. Merci. Merci beaucoup.

— Bon, parfait. Allez, viens, Berthe, dit-elle à sa chèvre en ouvrant la marche. Ah ! poursuivit-elle. Et vos bêtes, ben... elles pourront che mettre que'qu'chose dans l'ventre. J'ai du foin, du chon, des pommes, des carottes et tout che qui faut pour les retaper.

— Madame, vous voulez monter ? lui proposa Alphonsine. Nous avons de la place pour vous. Eusèbe ou Alexander pourraient marcher avec votre chèvre ?

Les garçons n'eurent pas le temps de réagir, que la dame intervint :

— Thelma, appelez-moi Thelma. Ch't'un nom que j'me lache pas d'entendre, vous chavez.

— D'accord, Thelma. Vous voulez monter ? réitéra Alphonsine.

Elle s'arrêta net et sans se retourner, elle s'écria :

— Ch'est pas à quatre-vingt-dix chans que j'deviendrai fainéante ! La fainéantise amène l'ankyloche, et ensuite, ch'est la paralychie, et le cherveau qui fige. J'veux pas finir comme cha. Non, non et non ! Ch'est pas vrai ! Pas vrai du tout !

— Je suis navrée, s'excusa la fillette dont les joues s'empourpraient. Je ne voulais pas vous contrarier.

La vieillarde émit un sourd grognement, tandis qu'elle revenait sur les pas des enfants.

— Euh, madame ? hasarda Eusèbe.

— Thelma ! le reprit-elle avec agacement.

— Oui, Thelma. C'est que je n'ai pas remarqué de maison de ce côté. C'est de là que nous venons.

— Ben tant mieux chi vous l'avez pas vu. Ch'est ch'que j'veux. LA PAIX. Bon Dieu d'bon Dieu !

Ainsi, Alphonsine suivit la petite femme bossue qui trottinait.

Eusèbe se faufila entre les barils de bois, tordant sa cheville à deux reprises, grimpa où il le pouvait et parvint enfin à rejoindre le banc de la cochère. Entre-temps, l'étrangère bifurqua dans le pré. Elle emprunta une allée étroite et coupa à travers l'herbage ocre et vert. La conductrice s'engagea sur le chemin dérobé. Les roues encaissaient les irrégularités du terrain, ce qui compliquait le travail des chevaux.

— Tu sais à qui cette dame me fait penser ? confia Eusèbe à Alphonsine.

— À qui ?

— À une ogresse qui nous attire chez elle pour nous manger.

Alphonsine émit un ricanement aigu. D'ailleurs, il y avait longtemps qu'elle ne s'était pas entendue rire.

— Qu'est-che qui a d'drôle ? J'ouïes tout, vous chavez. J'chuis p't-être aveugle comme une taupe, mais j'ai une oreille de canidé ! lâcha la paysanne sans se retourner.

Les joues d'Alexander n'avaient pas repris leurs belles teintes rosées. Le dos droit et raide, les mains jointes et logées entre ses cuisses serrées, il ressemblait à ces statues de pierre grecques aux visages fantomatiques. Quant à Léonce et Cécilia, leur frayeur du début n'existait plus. Elle s'était transformée en étrange indifférence. Le regard d'Arthur, même si ses cercles écorchés émoussaient son expression faciale, fouillait dans la noirceur. S'il avait eu la maturité pour réfléchir, on aurait pu deviner qu'il recherchait un sens au mystérieux engourdissement qui oblitérait ses besoins physiologiques.

— À propos, enchaîna Eusèbe, comment avez-vous perdu la vue ? demanda-t-il à la femme avec une aisance qui frôlait l'insolence.

La dame marqua un silence.

— Trop echoufflée. Préfère en parler à la maichon, balança-t-elle avec aigreur.

En réaction à ce propos, Alphonsine et Eusèbe échangèrent un regard dans lequel circulaient deux courants opposés : la crainte d'une part, et de l'autre, la malice.

— Ça sent le piège, murmura Eusèbe d'un ton sinistre, énigmatique, presque amusé.

Son haleine avait chauffé le cou gracile d'Alphonsine, générant une sensation de brûlure, comme si une flamme l'avait léché. Frémissant intérieurement, elle approuva de la tête, plus par peur que par sincérité.

Elle aurait voulu regarder Alexander, mais elle s'en empêcha, car pour ce faire, il aurait fallu qu'elle se retourne. Or, cette manœuvre impliquait qu'elle croise le visage de Cécilia, de Léonce et d'Arthur, qui se trouvaient dans sa trajectoire visuelle.

La cochère se résigna donc à continuer de suivre les pas de la mystérieuse vieillarde, et de Berthe, sa chèvre noire.

CHAPITRE 19

La demie

— Cette petite vieille est étonnamment en forme, fit remarquer Eusèbe, à l'orée de la forêt qu'ils s'apprêtaient à pénétrer.

En effet, pour y parvenir, Alexander avait calculé, en consultant sa montre, qu'il avait fallu vingt-deux minutes de marche depuis la route. Les enchevêtrements de branches chenues paraissaient s'écarter sur leur passage, comme si les bois leur adressaient une invitation lugubre.

Ils aboutirent dans une sombre trouée, où nichait une modeste cabane en cèdre. Deux poteaux inclinés reliaient une corde à laquelle étaient suspendus un couple de lièvres éventrés et un poulet égorgé, non plumé. Une fine brise balançait les dépouilles. Dans la projection de leurs ombres sur le sol de terre battue se découpaient des organes grenat satinés et humides. Un appentis servait d'abri à deux chèvres, quatre poules, un coq et une vache. Les mammifères s'abreuvaient dans une bassine d'eau stagnante, souillée d'insectes.

Thelma ramena Berthe auprès de ses congénères, tandis qu'Alphonsine et Eusèbe aidaient Léonce et Cécilia à descendre de la calèche. Arthur babilla lorsque ses genoux et ses paumes rencontrèrent la terre. Cette joie impromptue surprit Alphonsine et la rassura un peu quant à la « normalité » des non-voyants. Le bébé se déplaçait à quatre pattes dans la cour. La fillette savait que sa mère n'aurait pas permis à son fils de se traîner dehors ainsi, en contact avec les microbes et la saleté — du moins, pas à cet âge, où il mettait tout à sa bouche –, mais elle se dit que se dégourdir lui ferait le plus grand bien.

Arthur filait avec l'espièglerie et la rapidité d'un poupon enjoué. Alphonsine s'élança vers lui lorsqu'elle s'avisa d'un danger imminent. Le petit fonçait droit sur le sabot de Fury. Au dernier instant, cependant, il obliqua à gauche. Son aînée s'arrêta et le dévisagea d'un air interdit. Elle était d'avis que cette déviation n'avait rien d'un hasard. Du coin de l'œil, elle aperçut une paire de trous noirs pointés sur elle. Elle pivota.

En fait, il ne s'agissait pas de « trous noirs », mais des orbites cramoisies de sa sœur. La cadette, trop ébranlée pour détourner son attention tout de suite, prolongea l'échange, bouche bée. Cécilia persistait à « la soutenir du regard ». Le gosier d'Alphonsine se rétrécit et un vertige l'assaillit. D'un côté, elle voyait Arthur qui se déplaçait avec l'agilité maladroite d'un jeune explorateur exempt de handicap visuel ; de l'autre, elle entrevit Léonce qui avait, lui aussi, la figure braquée sur elle. Le cœur d'Alphonsine martelait sa poitrine. Elle risqua un coup d'œil par-dessus son épaule. Le borgne patientait à quinze centimètres de son visage. Elle sursauta, pantelante, en l'observant d'une mine hagarde.

— Qu'est-ce que tu fais ? On t'attend ! dit-il, agacé.

Alphonsine se retourna et constata que Cécilia avait disparu. L'Élue piétina le sol en tournant sur elle-même. L'horizon était vide. Vide de personnes. Arthur, Léonce, la paysanne et même Alexander ne figuraient plus dans les alentours. Le cerveau de la fillette n'arrivait pas ordonner ses pensées :

— Où... où...

— Eh, mais qu'est-ce que tu as ? Tu es pâle comme un drap, s'inquiéta Eusèbe.

— Où sont-ils passés, tous ? articula-t-elle, les paupières effacées par l'effroi.

— Ben, dans la maison, répondit Eusèbe comme si cela était une évidence.

— Mais... mais Cécilia et Léonce... et Arthur... je viens juste de les voir ! Ils étaient là, affirma-t-elle en élevant la voix. Ils me regardaient !

— OK, OK, OK. Viens là, fit Eusèbe en écartant les bras.

Réticente à trouver refuge dans l'étreinte du garçon, comme naguère, au temps où sa présence la sécurisait, Alphonsine finit par s'exécuter.

— Je crois que la faim et la fatigue te créent des hallucinations..., dit-il en enlaçant le corps raide de sa copine.

À l'intérieur de la cabane, une odeur de légumes et d'épices embaumait l'atmosphère. La chaumière était constituée d'une seule pièce. Au fond, à droite, se trouvait un lit à moitié caché par un rideau. La couchette jouxtait un foyer pourvoyant l'endroit d'un éclairage doux et chaleureux. Les voyageurs aveugles s'attablèrent à une table de bois. Le poupon explorait les lieux. Alexander se tenait à proximité de l'âtre sur la grille duquel l'hôtesse déposa une marmite. Il observait en silence, pensif. La senteur du potage stimula les papilles gustatives d'Alphonsine, mais elle n'effaçait pas pour autant la scène inusitée qui s'était produite à l'extérieur.

— Qui d'entre vous voudrait plumer l'poulet ? demanda Thelma en se relevant. J'm'occuperai des gibiers. Après, on les plongera dans l'bouillon. Che chera bon, vous verrez. Avec un peu de chanche on finira avant qu'la nuit tombe.

Alphonsine, Eusèbe et Alexander s'offrirent. Ils tâcheraient d'éviter de dépasser le couvre-feu.

— Quelle heure est-il ? interrogea la jeune Gale au garçon casqué, tandis qu'il franchissait le seuil de la porte, à la suite de la femme et d'Eusèbe.

— Trois heures et treize minutes.

— Combien de temps il en faut pour faire cuire la viande, Thelma ? s'informa Alphonsine.

— Deux jeures, deux jeures et demie, dans ches eaux-là. T'as faim, hen, ma jolie ? lança la paysanne en effectuant un demi-tour vers son invitée, un hachoir dans une main et un couteau dans l'autre.

— Oui. Très, avoua la petite fille dont le rythme cardiaque s'emballait au moindre mouvement porté vers elle.

Dehors, les poules caquetaient et les chèvres mangeaient un mélange céréalier dans une auge commune. La vieillarde dressa le menton et tourna la tête de biais au son de mâchement que produisaient ses bêtes. Elle avança sur une ligne imaginaire dans un sens opposé au bruit des animaux et aboutit pile devant les carcasses. D'un geste désinvolte, elle jeta son hachoir et son couteau par terre.

— Comment faites-vous pour chasser ? lui demanda Eusèbe.

— Ben, j'fais comme tout l'monde, petchit ! rétorqua-t-elle. J'les piège !

Eusèbe acquiesça en silence, un tantinet frondeur, tandis que la vieille dame décrochait le premier lièvre et le flanquait sur une bûche. Puis, elle tâta dans le vide, et lorsque ses doigts rencontrèrent un autre siège, elle le tira vers elle pour y déposer son postérieur.

— J'crois bien qu'il n'y ait pas de rechtes, marmonna la vieille en fouillant l'intérieur de la bête d'une main habile. (Puis, s'adressant aux jeunes) : Vous voyez que'qu'choje, vous ?

En terminant de poser sa question, elle mit le rongeur éventré à un poil du visage d'Eusèbe et étira l'entaille dans le sens de la largeur. Un subtil craquement se fit entendre. Eusèbe, habitué à ce genre de manipulation avec la viande, réprima une envie de rire :

— Non. Il est propre votre lièvre, madame.

— Thelma ! hurla-t-elle. Quand est-che que tu comprendras, toi ? Ch'est toujours le même. Toujours le même qui m'appelle m'dame, maugréa-t-elle d'une voix basse.

Ses jambes s'écartèrent sous sa robe noire. Elle appuya une paume sur une de ses cuisses, se pencha et empoigna son hachoir. Alexander, qui n'avait pas proféré un mot depuis leur sortie, se tenait à l'écart de son hôte et de ses camarades. Il fixait les organes vert olive qui luisaient sous le ciel couvert.

— Vous n'avez pas de problèmes avec les loups, Thelma ? demanda Alphonsine.

La vieille riva ses yeux de perle sur son interlocutrice et esquissa un sourire en coin. Alphonsine recula d'un pas. Elle attacha son regard à la lame poisseuse à laquelle adhéraient des restants de chair séchés. Dans son mouvement de recul, la fillette buta sur le pied d'Alexander. Extrait de sa scrutation, celui-ci sursauta.

— J'vais vous dire un truc. Les loups chont chournois et entêtés. Chi tu veux t'en débarracher, ben tu fais comme eux. Ch'est chales bêtes croient que tous les hommes les craignent. Ben, ils jont eu une p'tite churprije avec moi.

Thelma pivota sur sa bûche et elle ouvrit de grands yeux secs et fades, qui jadis pétillaient certainement en direction du gibier. La clarté du jour filtrait dans les sphères opalines de la dame, véritables pierres endurcies.

— Une nuit, amorça Thelma en poursuivant sa besogne, j'ai entendu, Gerda, la tante de Berthe, qui béguetait comme cha ch'peut pas, alors je m'chuis levée. J'entendais ches chalopards hurler tout près. Ben, j'ai pris la hache. Le chef était en train de ch'empiffrer de ma Gerda. En pluch, il ojait me grogner après. Ben, j'ai pas perdu de temps ! Je l'ai tchué avec ma hache. Chûrement que cha bande me r'gardait des bois. Le lend'main matin, j'ai mangé l'chien. Eh ben, j'vous jure sur la tête de mes chèvres, qu'y a plus jamais de saprichtis de canidés qui chont v'nus les jenquiquiner !

— Quelle histoire ! s'exclama Alphonsine, dont la fascination affectée cachait un profond dégoût.

— Ouais, cha, tu peux l'dire, ma jolie. Bon, achez parlé ! coupa-t-elle d'un ton autoritaire.

Elle leva son hachoir et elle trancha les pattes arrière, la tête, les pattes avant et la queue de l'animal en quatre coups francs et fluides. Ensuite, sous le regard écœuré d'Alexander et d'Alphonsine, la dame inséra ses premières phalanges sous le pelage de la bête et le tira brusquement. Un bruit de déchirure sourde se mêla aux battements d'ailes d'un énorme corbeau qui décolla de l'appentis.

— Mad… euh Thelma ? se reprit Eusèbe qui déplumait le poulet pendant que les figures de ses amis se vidaient de leur sang.

— Mm ? fit-elle en déposant son hachoir, qu'elle remplaça par le couteau, lui aussi taché de souillures anciennes.

— Vous aviez dit que vous nous raconteriez comment vous êtes devenue aveugle.

— Ch'est pas à cause de la chaloperie de boucher, chi ch'est ch'que tu veux chavoir. J'chuis née comme cha, répondit-elle en prolongeant l'incision du lièvre jusqu'à l'anus.

— Le boucher, dites-vous ? réitéra la jeune fille en tentant de détourner le regard de la bête. Vous parlez bien sûr du...

— Qui d'autre ? trancha la femme. Bien chûr que ch'parle du Marchand de Chable. Che diable maudit, chette créature abominable qui tchue les jinnochents.

Elle pêcha, dans la carcasse, une enveloppe mince comme du papier de soie, d'où dégringola une ribambelle de crottes. Les membres du petit animal s'agitaient de tensions nerveuses.

— Le p'tchit qui parle jamais, apporte-moi l'cheau près de l'entrée, veux-tchu ?

Alexander se reconnut. Il repéra le seau en question et l'apporta à la dame.

— Tchiens, mets cha d'dans, lui dit-elle en lui tendant le morceau de viande rose.

Freiszmuth approcha une main hésitante et obéit.

— Vous a-t-il déjà fait du mal ? continua Alphonsine qui se surprit à entretenir la conversation.

La femme soupira en se levant et en s'étirant pour décrocher le second lièvre.

— Le chalop a tchué toute ma famille. Le village de Breuje, où j'vais vendre mes fourrures, eh ben, il les ja touch machacrés ou ben enlevé la vue. Après, y'a eu une générachion, pis une autre. Eux, y croient pas à ch't'hichtoire. Ils jy ont pas goûté encore... mais chi vous dites que le boucher à lancher chon chable maudit à Green Valley et à Trinity, eh ben, faut pas être trop fute-fute pour comprendre qu'y ch'ront les prochains ! Hein ?

— Il a fait la même chose à Havelock, déclara Eusèbe.

— Et en Allemagne, ajouta Freiszmuth.

— Ch'est terrible. J'peux arrêter les loups, mais j'avoue que che diable enchablé... j'chais pas comment faire pour qu'il arrête...

— Alphonsine, dis-lui, lança Eusèbe.

Pouvait-elle se livrer à cette dame déchue, isolée et singulière ? Elle consulta Alex du regard. Il haussa les épaules en révélant une expression détendue.

— T'as que'qu'chose à me dire, ma jolie ?

Tac, tac, tac, tac. Les quatre coups de hachoir furent donnés sur le second lièvre. Pendant la valse-hésitation de sa jeune observatrice, la paysanne, de ses mains fanées et rigides, dépiauta le rongeur. Alphonsine tritura une plumule qui avait voltigé, puis atterri au hasard sur son poignet.

— Je l'ai vu, dévoila enfin l'Élue en maintenant son attention sur le brin de duvet qu'elle tenait.

— Non. Pas ça. L'autre chose, la reprit Eusèbe.

— Je n'ai pas envie, admit-elle en ressentant l'embarras lui monter aux joues.

Vraiment, l'indiscrétion de son ami dépassait les bornes. La vieille vida l'intérieur du mammifère et l'envoya dans le seau avec son congénère.

— Elle peut sûrement nous aider, renchérit-il.

— Faut pas qu't'aies peur de moi, ma jolie. J'chuis p't-être laide, aveugle et ridée, mais y a des choses qu'j'chais. Ch'est l'avantage de la vieilleche, dit-elle, en contournant la bûche et le seau.

Elle arracha la poule des mains d'Eusèbe et marmotta pour elle-même :

— À che rythme, y ch'ra pas prêt avant l'aube !

Alphonsine consulta Alex du regard. Il l'encouragea derechef. La fillette se lança :

— Bon, très bien. La vérité, c'est que je suis immunisée contre le sable maudit.

— Quoi ! Mais qu'esch-che que tu dis là, ma jolie ?

— Mes yeux, ma peau, enfin, tout mon corps se régénère au contact des grains d'or.

— Des grains d'or, dis-tchu ?

— Oui, mais je ne pense pas qu'ils soient véritablement de l'or. C'est juste qu'ils brillent comme de l'or, spécifia la jeune fille.

— Ah, bon ! ajouta la dame en déplumant le poulet à une vitesse impressionnante. Et che don, dont Dieu t'a nantchi, j'echpère que tchu t'en chervira. Il ne faudrait pas gâcher ce préjent. À la viteche où il déchime les populachions, il rechtera la moitié de l'humanité... et dans chette humanité, ben y aura qu'des chaveugles… Ch'est ch'que j'crois.

— Mais vous, Thelma, il ne vous est jamais rien arrivé depuis toutes ces années où le Marchand de Sable règne ? voulut savoir Alphonsine.

— Non. Et j'vais t'exchpliquer pourquoi. Mais y faudra qu'tu agiches avec dichernement. Qu'tu chaches garder ta langue et ne la délier que pour cheux en qui tu as réellement confianche.

— D'accord, acquiesça Alphonsine, le cœur palpitant de nervosité.

Elle déposa la poule sur la bûche et étira le cou vers Alphonsine. Elle lui murmura dans le creux de l'oreille des paroles inaudibles pour les garçons :

— Trois…, fit Alphonsine, en réponse à son susurrement. Trois et demi, si on peut dire.

La paysanne roula l'index vers elle pour lui signifier d'avancer. Elle lui confia autre chose. Eusèbe, froissé par les messes basses de l'Élue et de l'étrangère, se releva promptement pour rejoindre les autres à l'intérieur. Alexander choisit de rester malgré l'impression d'exclusion qu'accentuait l'échange secret. « Un vrai ssevalier ne doit zamait quitter sa reine de vue », jugeait-il.

À la dernière révélation de la vieille, Alphonsine eut une réaction de terreur.

— Et… et… et Eusèbe ?

— Qui est Eujèbe ? demanda-t-elle en fronçant les sourcils et en flattant les cheveux de la petite Gale.

— Le « demi », répondit-elle d'un souffle chevrotant.

— Ah, lui !

Thelma s'approcha encore du jeune visage et partagea un nouveau secret. À mesure que la confession cheminait dans les conduits auditifs d'Alphonsine, des larmes de peur montèrent à ses yeux écarquillés et roulèrent sur ses joues tremblotantes.

— Ch'est che qui est arrivé à Roméo, mon cheul amour.

La main chiffonnée se posa doucement sur l'épaule de l'enfant. En se levant, Thelma ajouta :

— Les choses les plus chorribles à entendre ne chont pas néchéchairement les plus mauvaijes… à condichion qu'on ch'en cherve contre le mal.

Elle saisit l'anse du seau et se dirigea vers la cabane.

Alexander, qui tremblait presque autant que la petite Gale, s'enquit des confidences de la vieillarde :

— Qu'est-ce qu'elle t'a dit ?

La jeune fille observa son camarade avec les yeux embués.

— Elle croit que la raison pour laquelle le Marchand de Sable l'épargne, c'est qu'il se trompe en prenant sa cécité pour celle générée par son sable.

Le brave soldat s'attendait à d'épouvantables révélations. Il patientait, l'air oisif, ne comprenant pas pourquoi sa belle amie se tourmentait pour si peu. Puis, il se souvint d'une réponse qu'elle avait donnée à la paysanne :

— Oui, mais pourquoi tu as répondu « trois et demi » tout à l'heure ?

La lèvre inférieure de la gamine trémulait. Elle scruta Alexander et riva son attention au sol, comme si elle se repentait déjà d'épancher la confidence qui lui incendiait la langue. Le petit guerrier à lunettes avança une main mal assurée vers elle et au bout de quelques secondes d'hésitations, il finit par la déposer sur son épaule.

— Ze te zure que ce que tu me confieras, ze ne le répéterai pas. Croix de bois, croix de fer, si ze mens, ze vais en enfer. (Il jeta un regard inquiet vers la chaumière.) Alors, pourquoi lui as-tu dit « trois et demi » ?

La fille était consciente que la maison avait des oreilles ; que cette colonie d'arbres aux squelettes grinçants et ramifiés — ramifications qui, en s'entrechoquant, semblaient livrer entre elles une bataille sans fin d'ongles longs et crochus — l'épiait.

— Thelma m'a demandé combien il y avait d'aveugles dans notre groupe. Je lui ai répondu trois et demi, en espérant qu'elle comprenne que la demie signifiait la présence d'un borgne parmi nous.

— Ensuite ? Fais vite, s'il te plaît ! Ze nous sens observés.

— Elle m'a dit que le Marchand de Sable voyait à travers les yeux de ceux qu'il a rendus aveugles, de manière aussi claire que dans une boule de cristal ! Les non-voyants lui servent d'espions et de lunettes !

Le souffle d'Alexander se suspendit. Il connaissait leur rôle de Veilleurs, mais ne se doutait pas que le Monstre utilisait leurs yeux comme fenêtres secrètes.

— Et qu'est-ce qu'elle t'a répondu pour Eusèbe ? enchaîna-t-il.

Alphonsine fondit en larmes. D'une voix brisée, elle répondit :

Qu'il mènera un combat perpétuel pour ne pas basculer du côté des ténèbres. Mais la démence se repaîtra de son âme, la corrompra jusqu'à ce que le mal ait raison de lui.

CHAPITRE 20

Le coup de coude

Thelma avait le tour d'apaiser les enfants. Elle leur avait rempli le ventre d'une chaudrée de légumes, de lapin et de poulet. Cécilia, Léonce et Arthur n'avaient pas mangé. Le seul qui pouvait parler prétendit ne pas avoir faim. La vieille n'avait pas insisté. Eusèbe, lui, s'était nourri comme un oiseau. Il s'était surpris lui-même de son manque d'appétit.

À dix-huit heures huit minutes, la paysanne leur offrit une infusion de camomille pour favoriser leur sommeil, à la lueur du feu qui crépitait dans l'âtre de pierre.

— J'imagine que les jautres en veulent pas, insinua-t-elle d'un air futé. Dans che cas, j'en f'rai trois porchions.

« Thelma semble savoir que ma sœur et mes frères ne dorment pas. Pourtant, elle n'a évidemment pas pu lire le grimoire..., songea Alphonsine. Peut-être qu'elle a appris ces choses au fil des années, en côtoyant les habitants où elle fait son marché à... où déjà ? »

— Dites donc, les jeunes ? Vous preniez quoi pour vous jaider à pioncher, les jautres fois ?

Alphonsine vit l'embarras se peindre sur le visage d'Alexander, tandis que le sang affluait dans ses joues. Eusèbe, pour sa part, posa sa tasse sur la table, sans hésiter une seconde à dévoiler la vérité :

— De la morphine.

— D'la morphine ! D'la cochonnerie d'morphine ! s'écria-t-elle. Vous chavez qu'ch'est mauvais pour votre chanté ? Hein ? (Puis, se radoucissant) : Cha marchait, au moins ?

— Oui, répondit-il. Bien que je me réveillais de temps à autre.

— Moi, ze ne me suis pas senti bien, déclara le Germanique.

— J'ai été malade, admit Alphonsine.

— Ben, cha m'churprend pas ! Quel imbéchile vous ja donné cha ? s'exclama-t-elle en répartissant la boisson encore fumante dans les trois gobelets de bois.

— En fait, on l'a pris dans la mallette d'un docteur. On n'avait aucune autre solution pour éviter de revoir le monstre, expliqua Eusèbe.

— J'comprends, mon p'tchit. Perchonne ne souhaite voir ch't'affreux perchonnage. En tout cas, je vous garantchis qu'ma tijane vous enverra au pays des limbes avec toutes ches vertchues.

Debout à l'écart de la tablée, Cécilia toisait Thelma de ses marques luisantes. Sa silhouette se fondant au décor sombre des rondins, les voyants ne s'en aperçurent pas. Léonce et Arthur se trouvaient sur la paillasse, à côté de l'âtre. Un pépiement joyeux attira l'attention d'Alphonsine. Elle regarda droit devant elle. Le bébé gazouillait de fascination en tournant la cuillère sous tous les angles possibles. « Qui croirait que ces yeux sanglants et rongés cachent le regard du Marchand de Sable ? », pensa Alphonsine en frissonnant.

Une fois que tous eurent terminé leur breuvage, Thelma leur fournit deux grandes couvertures de laine. Quelques minutes seulement après avoir avalé la dernière goutte de tisane, Alphonsine sentit sa tête s'alourdir et ses paupières s'alourdir.

— J'echpère que cha vous dérang'ra pas trop d'dormir par terre. Ch'est que voyez-vous, chi je pache la nuit chur le bois à mon âge, j'me r'lèvrai pas !

Elle demanda à Alphonsine de pousser les enfants de sa couche. Ceci étant réglé, la paysanne s'installa sur le lit, souhaita une bonne nuit à tous, et tira le rideau.

La seule place que les visiteurs trouvèrent pour étendre leurs jambes sans buter contre un meuble ou un mur se situait sous la fenêtre. Alphonsine s'allongea entre Eusèbe et Alexander, qui était placé sur le bord. À côté d'Eusèbe, il y avait Léonce, suivi d'Arthur et de Cécilia.

Eusèbe se tournait et se retournait, à la recherche d'une position confortable. Au cours de ses manœuvres infructueuses, il accrocha du coude l'os orbital de son amie. Cette dernière se réveilla en sursaut, mais aussi en douleur. Elle se redressa et frotta la région endolorie. Eusèbe s'excusa aussitôt et l'incita à se rendormir. Cependant, son appréhension à l'idée d'écouler les heures de la nuit à convoiter Morphée en vain se réalisa. En plus, Alexander ronflait, la bouche grande ouverte.

Elle ferma les paupières : « Sur le dos. Sur le dos, tu t'endors toujours ainsi », se dit-elle pour s'encourager. Rien à faire. L'angoisse de ne pas dormir la tenait éveillée. Elle ouvrit les yeux. Le feu était presque éteint. La braise incandescente scintillait dans le foyer. Tranquillement, la pénombre mourante deviendrait ténèbres.

Le vent sifflait en s'infiltrant par les interstices de la fenêtre et de la porte. La jeune fille clôt les yeux. La figure orientée vers le plafond et les mains jointes sur l'abdomen, elle était aussi raide et à l'étroit qu'une momie dans un sarcophage. Elle espérait qu'il suffirait de s'obstiner à garder les paupières fermées pour voir l'inconscience la happer et la soulever dans les limbes. Hélas, il n'en fut rien.

Elle rouvrit les yeux en soupirant d'impatience. Soudain, ses pupilles effacèrent ses iris marron. Sur la surface vernie de ses prunelles se miraient les visages de Cécilia, de Léonce et d'Arthur. Ils se tenaient penchés sur elle. Le sujet d'observation tressauta. La terreur agglutina ses lèvres.

Tels des spectres maléfiques, ils ne bougeaient pas. Ne parlaient pas. Ils se sustentaient de la peur qui sourdait des yeux brillants de leur cible. Ils extrayaient son âme afin de la tétaniser, de murer son corps dans un linceul toxique. Les orbites grattées, écharpées par des volées de sable, s'ouvraient comme six petites gueules dévorantes.

En arrière-plan, le rythme régulier et profond de la respiration d'Alexander se brisa. Pétrifiée, Alphonsine l'observa du coin de l'œil. Elle l'entraperçut remuer un peu, et distingua la pâleur de sa nuque. Il s'était tourné sur le côté. Eusèbe, quant à lui, paraissait endormi. Dehors, le vent sévissait. Les volets claquaient. Alexander poussa un lourd soupir et revint à sa position initiale. Pour sa part, le menaçant trio la scrutait encore.

— Qu'est-ce que vous… qu'est-ce que vous voulez? balbutia-t-elle d'un souffle chevrotant.

Leurs bouches évoquaient trois trous noirs béants, abyssaux et édentés qui s'agrandissaient en cadence. Les lèvres s'étirèrent, s'étirèrent et s'étirèrent monstrueusement, jusqu'à ce que le bas de leur visage évoque une flaque d'encre. À travers un timbre vocal superposant des tonalités suraiguës et caverneuses, ils lâchèrent sans articuler :

— ***Nous ne dormirons plus jamais, plus jamais, plus jamais, plus jamais, plus jamais, plus jamais…***

— ***Pour te regarder,*** trancha une voix d'outre-tombe terrorisante qui semblait provenir de partout et de nulle part à la fois.

« ***Ha, ha, ha, ha, ha, ha, ha…*** », s'esclaffèrent ses frères et sa sœur, dont les cheveux se hérissaient sur les crânes et tourbillonnaient dans un vent de folie.

Eusèbe se profila dans le champ de vision d'Alphonsine. Elle se tourna avec célérité vers lui. La crainte de voir son ami arborer le même visage déformé décupla le rythme de ses pulsations cardiaques. À demi levé, le borgne observait les aveugles qui gloussaient sans expression, leurs bouches démesurément ouvertes. Les ricanements mécaniques propageaient un son près du glapissement.

Alexander, livide, tâta le plancher à côté de sa tête à la recherche de ses lunettes. Sa main nerveuse les accrocha. Il les enfila. Aux rires démoniaques des Gale se mêlèrent des paroles, stridentes, lentes, inconstantes.

« ***Plus jamais, plus jamais, plus jamais nous ne dormirons... plus jamais... hi, hi, hi, hi, hi, hi, hiiiiiiiiiiiiiiiiii...*** »

Subitement, les créatures s'interrompirent et pivotèrent machinalement vers la fenêtre. Le mouvement giratoire de la charrette se fit entendre.

— ***Il arriiiiiivvvvvvve,*** annoncèrent-elles d'une voix chantante et traînante.

Des bourrasques de sable giflaient la maison, et le vent, furieux, ébranlait sa structure. Dans la pénombre, une silhouette difforme, courte et trapue se dessinait. Cette entité s'avança vers la porte, à petits pas pressés. L'ombre se baissa.

La vision de l'Élue, s'habituant à la noirceur, lui permit de distinguer l'identité du profil qui se redressait. Bossu, replet, informe. Il s'agissait de Thelma. Elle s'était accroupie pour prendre sa hache. Un combat sanglant se préparait...

CHAPITRE 21

L'œil du cobra

— THELMA ! NON ! s'écria Alphonsine, consciente du danger que courait la femme en s'exposant dehors.

— CACHEZ-VOUS ! hurla la vieille pour dominer le vacarme infernal du vent. CACHEZ-VOUS, PARDIEU !

Alphonsine obtempéra. Elle se releva d'un bond et partit ventre à terre, sous les yeux aveugles, mais néanmoins inquisiteurs des membres de sa fratrie. Ils braquèrent leur attention sur elle et tournèrent la tête avec la souplesse et la célérité d'un grand-duc. Eusèbe emboîta le pas à son amie. Alexander suivit, mais au dernier moment, il fit volte-face pour récupérer son casque de guerrier et prit ses jambes à son cou. La paysanne, quant à elle, se colla contre le mur, la hache appuyée sur son épaule. Elle se dissimulait dans l'angle de la porte qui, elle le prévoyait, s'entrebâillerait incessamment.

À peine les enfants s'étaient-ils réfugiés sur le lit de la dame que l'intrus heurta l'huis avec la précision d'un métronome. La panique les dévorait tout rond. La bossue se campa avec vigilance et assurance, en resserrant ses mains sur le manche de son arme. Cécilia, Léonce et Arthur pivotèrent à la façon de zombies en direction de leur Maître, qui s'apprêtait à pénétrer dans la maison. Le cœur des voyants vrilla quand ils s'avisèrent du changement qui s'opérait sur les yeux des espions ; les plaies scintillaient d'un rouge ardent, comme du fer chauffé à blanc. De ces horribles granulations de braise naquirent des lasers rouges qui pointaient sur la porte.

Le couinement sinistre des charnières se détachait sur une abominable orgie de bruits, où le mugissement du vent, les battements irréguliers des volets contre le mur et les grincements de la maison se concertaient pour envenimer l'ambiance. Les trois camarades terminèrent de tirer le rideau sur le coude de la tringle.

La silhouette bovine se profila dans le chambranle de la porte sur le fond bleu sombre de la nuit. Sa cape voletait dignement derrière lui, lui donnant l'allure d'un seigneur des sables. Une violente bourrasque sablonneuse s'infiltra par la porte d'entrée et projeta dans les airs la table, qui alla se briser contre le foyer. Écuelles, ustensiles, chaises, gobelets, chaussures et cadres volèrent dans la pièce, entraînés par la vitesse centrifuge du cyclone qui grossissait à mesure qu'il se nourrissait.

Les murs tremblaient et le plancher vibrait, mais la cabane de bois tenait encore bon. Les amis, entassés comme des atomes dans le coin supérieur du lit, virent six taches rouges et floues apparaître sur la draperie. Il s'agissait des yeux de Cécilia, de Léonce et d'Arthur, qui désignaient la cachette de leur sœur et de ses copains à l'intrus. Les ongles d'Alphonsine s'ancrèrent dans la paume d'Eusèbe.

La porte claqua. La précipitation du sable sur le parquet évoquait le son cristallin d'une vague de flocons durcis se disséminant dans un pré blanc.

— Che vous jen chupplie ! Che vous jen…

Les supplications de Thelma se transformèrent en hurlement d'effroi. Un bruit sourd et franc suspendit l'adjuration de l'hôte. Elle ne criait plus. Et voilà que les enfants entendirent les pas de l'homme venir vers eux.

Alphonsine, tapie dans l'ombre de ses camarades debout, tremblait de tous ses membres. Eusèbe simulait la malveillance en esquissant un sourire malicieux et un regard torve. Toutefois, l'urine qui coulait le long de sa jambe le trahit.

Alexander, lui, réagit autrement. Sa poitrine se soulevait et s'abaissait de façon saccadée, de sorte qu'il s'avérait ardu d'attribuer sa respiration à de l'agressivité, à de la panique ou à une combinaison des deux. Malgré les traits frémissants qui révélaient sa faiblesse face à l'ennemi, une détermination implacable se lisait dans ses yeux brillants de petit soldat. Une fermeté insondable, intrigante, capable de distraire l'esprit le plus belliqueux.

L'ombre imposante s'opacifiait à travers le rideau. Le souffle animal et caverneux du monstre ressuscita les traumatismes d'Alphonsine. La main géante agrippa le voile et tira brusquement sur les tringles métalliques. La jeune fille se raidit et lâcha un hurlement à glacer le sang. Les sourcils d'Eusèbe s'inclinèrent d'abdication. Le capuchon échancré, rabattu sur le visage du personnage, plongeait ses traits dans un abîme inquiétant. Seuls paraissaient son menton garni de poils drus et ses lèvres minces, prolongées à leurs commissures de rides dépressives. Le contour hérissé de sa pelisse de fourrures mixtes lui donnait des airs de loup-garou ou de peaussier sanguinaire prêt à ajouter des pièces humaines à sa collection.

Il déposa son énorme poche à ses pieds. Sa respiration était lente et caverneuse. Il se pencha sans se presser, et délesta les tirants de son contenant. Lorsqu'il en élargit l'ouverture, un jaillissement doré pailleta le bas de son visage et révéla une peau tavelée. Il enfouit sa paluche dans le sac. Profitant de ce moment d'inattention, Alexander Freiszmuth fléchit discrètement les genoux et s'élança sur le Marchand de Sable à la manière d'un bouc fougueux.

La pointe de la baïonnette s'érigeant sur son casque heurta le sternum rocheux. Sous l'impact, le cou du petit guerrier se tordit douloureusement et il s'effondra vers l'avant. La moitié de son corps pendait, inerte, hors du lit.

Dans sa chute, Alphonsine avait attrapé le casque. Déchiffrant les intentions de sa copine, Eusèbe joignit ses mains aux siennes et tous les deux se ruèrent sur l'adversaire. La lame transperça le cœur de l'être légendaire. Leurs coudes et leurs poignets encaissèrent avec violence l'impact du couteau sur la peau dure.

Les cris de milliers d'âmes éclatèrent en un concert strident et tragique. La tête du porteur de ces entités se contorsionna vers l'arrière. Son capuchon glissa. Sa bouche s'étira et vomit d'ineffables chants de souffrance, tandis que son imposante silhouette se désagrégeait par envolées de particules sablonneuses, qui érigeaient elles-mêmes un tourbillon. À cet instant, un objet reluisant, difficile à identifier dans la noirceur, atterrit aux pieds d'Alphonsine, qui creusaient le matelas. Elle voulut se pencher pour le saisir, mais le maelström du corps devenu poussière captiva son attention.

Le cyclone s'allongeait, se tortillait, arrachait les anneaux de la tringle, exerçait une pression sur le toit et finit par soulever la paroi de la paillasse, ce qui fit rouler Alexander, toujours inconscient, vers eux. L'entonnoir serpentait devant le visage effaré des deux enfants avec la dignité et la souplesse d'un cobra royal.

En position statique, la tornade décuplait sa vitesse centrifuge. Le rythme rotatif engendra un sifflement qui vint chatouiller les tympans des spectateurs. Sur les crânes d'Eusèbe et d'Alphonsine, se dressaient de tourbillonnantes chevelures et sur leurs figures se distendaient des mâchoires crispées. Leurs paupières se plissaient. Leurs paumes se collèrent au mur avec la promptitude d'un aimant sur du métal. Une, deux et trois personnes, qui ressemblaient à n'en point douter à Cécilia, Léonce et Arthur, défilèrent en rotation éclair devant les deux témoins.

Le cyclone les avait emportés avant de se tortiller comme un génie qui refuse d'entrer dans sa bouteille. Soudain, le râlement rageur d'Eusèbe alerta Alphonsine. Il serrait les dents. Après un effort désespéré, il parvint à décoller ses mains du mur. Il toucha la partie abîmée de sa face. Ses doigts se raidirent, se tordirent sur sa peau. Ses ongles s'incrustèrent dans sa joue tendre et juvénile. Pris de folie, il hurla, il secoua la tête de refus. Il s'apprêtait à arracher son visage.

Contrant la résistance de l'air, Alphonsine happa les poignets de son ami en poussant des cris de protestation, mais elle vit que sa force n'égalait pas la volonté démoniaque d'Eusèbe. Des paroles de Thelma lui revinrent :

« Il mènera un combat perpétchuel pour ne pas baschculer du côté des ténèbres… » Son esprit luttait donc pour ne pas finir enfermé dans le sablier. Il voulait rester. Il ne voulait pas partir…

« Il m'aime ! », réalisa Alphonsine, éclairée d'une subite illumination.

— Tu m'aimes, Eusèbe ! Tu m'aimes !

En déployant une énergie surhumaine, elle écarta les mains du garçon, avec la sensation de tordre des barres de métal. Elle profita d'un court moment de faiblesse musculaire pour s'élancer dans les bras d'Eusèbe, de façon à créer un obstacle avec son propre corps. Les membres d'Eusèbe se refermèrent sur elle, comme un boa sur sa proie.

La tornade s'inclina dans le dos de la jeune fille. Son intérieur, d'un doré éclatant, éblouissait. Eusèbe écrasait le petit corps frêle. La fillette sentait le sang refluer à sa tête. Elle voulut se débattre, craignant de mourir broyée, mais la compression de sa cage thoracique gênait toute tentative de mouvement. L'œil du tourbillon s'évasa, comme la gueule d'un serpent s'étire pour avaler un œuf.

Le cyclone possédait l'intelligence d'une créature extraterrestre. Il sondait pour repérer, aurait-on dit, une ouverture visant à engloutir le garçon. Mais la chevelure d'Alphonsine prit vie et enveloppa la cible en tissant sur elle une protection qui ressemblait à un cocon de chenille noir.

La bouche d'or affamée sonda l'espace un moment à la recherche de son gueuleton, puis sa tentative infructueuse la fit brusquement changer de trajectoire. Comprenant que son pouvoir d'incinération s'annulerait si elle touchait l'armure de sa jeune rivale, la tornade disparut en une fraction de seconde à l'intérieur des parois ovoïdes du sablier — l'objet qui était tombé précédemment aux pieds de l'Élue.

Les cheveux de l'héroïne se délièrent comme mille et un fouets claquant dans tous les sens. Eusèbe émit une inspiration sifflante et reprit son souffle. L'instrument à mesurer le temps s'agita une dernière fois en cognant l'ongle du gros orteil de la petite fille. Puis, il s'immobilisa.

Les granules d'or éclairaient le visage ébahi et triomphant des vainqueurs. Ils en oublièrent leur brave allié, gisant sur le lit. Eusèbe se laissa glisser, dos contre le mur, et s'affala sur le matelas. Alphonsine se pencha, approcha les doigts du sablier étincelant, duquel des rayons ambrés s'échappaient. Elle se redressa et tourna à nouveau les yeux vers son meilleur ami.

— Nous avons réussi, déclara-t-elle, sans même y croire.

Eusèbe lui adressa le sourire paisible et épuisé d'une âme délivrée. Alphonsine redirigea son regard sur le sablier. Cette fois, la paroi vitrée ne la brûlait pas.

Dans ses paumes ouvertes se répandait la chaleur acide des cendres du monstre qui avait tué, estropié et rendu aveugles des milliers de gens. Et dans le creux de ses mains gisait la poussière de ses proches...

CHAPITRE 22

Le demi-sommeil

Vingt ans plus tard…

Le sablier reposait au-dessus de l'âtre. Il oscillait au gré des coups de marteau qu'Eusèbe donnait sur le mur de leur maison âgée de douze ans. Lydie poussait des cris de joie en courant sur le terrain. Elle se sauvait de sa mère, « une vilaine sorcière » qui voulait la capturer pour la faire mijoter dans sa marmite. D'une beauté que les années avaient rehaussée, Alphonsine avait conservé sa longue crinière d'ébène, en hommage à leur victoire sur le Marchand de Sable, il y avait de cela déjà deux décennies.

À l'époque, les jeunes survivants, dont Alexander, avaient entrepris le projet pharaonique de rebâtir Green Valley, Trinity et Havelock. Au départ, ils avaient commencé, tous les trois, par ramasser les détritus, puis étaient apparus des voyageurs qui provenaient des quatre coins du monde.

Il s'agissait de prospecteurs ou de vagabonds en quête de travail : d'anciens marchands, des chasseurs, des familles d'agriculteurs, des médecins, des apothicaires ou encore, des palefreniers. Nombre d'entre eux décidèrent de repartir, ne voyant guère d'avenir reluisant à ces lieux rasés, où bâtiments et habitations sombraient sous une mystérieuse mer de sable. Il fallait dire que la végétation luxuriante en périphérie du comté soulevait la curiosité de plusieurs déserteurs.

Toutefois, il existait un minime pourcentage de ces visiteurs qui crurent à l'entreprise de réédification des enfants et qui leur prêtèrent main-forte. Leur vaillance n'avait d'égal que leur générosité. Ainsi, Eusèbe Epars apprit les rudiments de la charpenterie auprès de mentors compétents, et l'architecture, de savants innovateurs. Si certains avaient observé les jeunes d'un air dubitatif lorsque ces derniers leur avaient dévoilé l'existence du Marchand de Sable et, en l'occurrence, leur victoire dans l'adversité, d'autres y ajoutaient foi. Aucun ne s'était opposé à n'utiliser que le bois pour rebâtir le village. Bien que les grains d'or aient disparu, l'œil d'Eusèbe, qui produisait des larmes sanglantes, ne laissait personne indifférent. Certains le prenaient pour un dieu. Et pour Alphonsine, il l'était un peu.

Eusèbe avait crû en force et en maturité. Bel homme mince et robuste, son défigurement n'avait su rompre le charme auquel sa dulcinée avait fini par céder. Mari attentionné et père bienveillant, il vouait sa vie au bonheur de sa femme et de sa fille. Un jour, alors qu'à l'aube de leur vingtaine, les tourtereaux rêvaient de leurs noces, Eusèbe avait proposé à Alphonsine d'ériger leur demeure par-dessus les anciennes fondations de celle des Gale. « De cette manière, lui avait-il dit douze ans auparavant sous son regard tendre, c'est un peu comme si tes parents, tes frères et tes sœurs habitaient sous notre toit, avec nous. Ils protégeront notre maison. Et si nous avons des enfants, ils les verront grandir. (Et brandissant un doigt sur le bout du petit nez fin de sa fiancée, il ajouta) : À condition, bien sûr, qu'on rende visite à ma mère de temps à autre… »

Leur progéniture ne vit le jour que neuf ans après la construction de la maison. Alphonsine essuyait fausse couche après fausse couche. Le médecin de Green Valley et sa consœur sage-femme accusaient le surmenage physique de ces consécutives pertes. Alphonsine apprit son quatrième mois de grossesse au moment où tout espoir d'enfantement s'était éteint.

Son espérance brisée l'avait conduite à contester ses rondeurs et à les dissocier de la présence d'un fœtus dans son utérus, même si le docteur lui avait affirmé le contraire. Lorsque le couple fut parvenu au troisième trimestre de gestation et que les risques d'avortement spontané furent réduits, Alexander prit l'initiative d'organiser une immense fête avec les villageois, à l'insu des futurs parents. Parmi les convives se trouvaient même des gens d'Havelock et de Trinity. De cette façon, Freiszmuth se disait que son amie n'aurait d'autre choix que d'officialiser sa grossesse. Elle reconnaîtrait que s'il est possible d'étouffer un rêve, on ne peut en rien l'anéantir. Que lorsqu'il s'abreuve de l'âme, il est toujours prêt à bondir comme un flotteur maintenu sous l'eau que l'on relâche, et ce, même si le sel marin en a altéré la couleur.

L'accouchement s'était déroulé dans l'intimité et l'allégresse. Une jolie petite fille au délicat duvet blond était sortie de son antre. Les premiers mots de la nouvelle maman dès l'instant où elle rencontra ce petit être gluant et recroquevillé posé sur sa poitrine furent : « Enfin, Dieu a jeté mon ange du ciel. » La progéniture avait hérité de la pigmentation claire de Liduvine et de Cécilia, au grand bonheur de sa mère. Les Epars avaient nommé Alexander Freiszmuth parrain de leur fillette. Lorsque le poupon eut atteint sept jours, ils procédèrent au baptême de la nouvelle-née dans la rivière de la forêt, entre Green Valley et la maison des Epars, à quelques pas de la grotte où Eusèbe avait grandi, mais aussi, sur cette même rive où les enfants avaient prononcé le serment de leur « union éternelle », lors de leurs huit ans :

« Mariés pour l'éternité. Ni la haine, ni la mort, ni la méchanceté du perfide Satan ne rompront l'amour que nous nous portons. Ne nous laissons pas détruire par l'ange noir. Ne le laissons pas exaucer son Maître et associons nos fluides pour les siècles à venir. Ainsi rien ne pourra nous séparer. »

Le prêtre avait évoqué ce même discours le jour de leur union maritale. « Ce serment ne mourra jamais. Quoiqu'il advienne », avait prononcé Alphonsine devant les yeux attendris et les ouïes épanouies des centaines de témoins réunis. Néanmoins, la jeune mariée de l'époque anticipait qu'Eusèbe subirait à un moment ou à un autre l'affrontement intérieur entre le bien et le mal. Elle savait que dès l'instant où elle avait dit : « Oui, je le veux ! », elle avait consenti à aider son mari à lutter contre le maléfice qu'il couvait, et qu'elle n'hésiterait pas à conjurer celui-ci par des méthodes excentriques, si besoin était. Cette éventualité pendait au-dessus de sa tête comme une épée de Damoclès.

D'ailleurs, l'œil invalide de son époux lui rappelait immuablement la confidence de la paysanne : « Il mènera un combat perpétchuel pour ne pas bachculer du côté des ténèbres. La démenche che repaîtra de chon âme, la corrompra juchqu'à che que le mal ait raijon de lui… Ch'est che qui est arrivé à Roméo, mon cheul amour. »

En vérité, Alphonsine n'avait toujours pas appris à vivre avec le risque de voir la folie de son mari s'allumer. Pas plus qu'elle n'avait surmonté les traumatismes de son enfance. Ainsi, elle dormait avec la peur de se retourner et de croiser les yeux ouverts de son conjoint ; elle guettait ses changements d'attitude, ses comportements, ses signes d'agacement et les interprétait parfois à tort. En revanche, Eusèbe respirait tant de gaieté à la suite de son mariage — et encore plus depuis qu'il était devenu père — qu'il arrivait à dissiper la hantise de sa bien-aimée.

Hors d'haleine, Lydie se laissa tomber dans le tas de foin servant à nourrir Angie, une jument blanche, et Devon, un pur-sang noir. Alphonsine avait trouvé ces deux magnifiques bêtes dans un pré voisin d'Havelock où ils paissaient, dix ans auparavant. Accompagné de citoyens, Eusèbe s'affairait alors à déplacer des pierres et à fouiller les ruines. Pour la jeune femme, l'apparition de ces chevaux au pelage étincelant avait été tel un mirage. Il faut dire que la perte de Divine et de Fury l'avait remuée. En effet, après l'ultime visite du Marchand de Sable, les enfants avaient découvert les animaux déchiquetés par les grains maudits et disloqués par la colère du vent. Quand Alphonsine les avait repérés, leurs corps massifs reposaient sous une nappe sablonneuse. Ils n'évoquaient plus que des carcasses de chair anonyme, comme sa mère, Liduvine et son père : des costumes désuets dont les âmes s'étaient envolées.

Alphonsine avait vécu le décès de ses chevaux plus durement encore que la disparition de Léonce, Arthur et Cécilia, simplement parce que ces derniers étaient en quelque sorte déjà morts à partir de l'instant où ils avaient émergé des entrailles de la forêt.

Toujours est-il qu'Alphonsine ne savait pas d'où venaient l'étalon noir et la jument blanche ni pour quelle raison ils ne la craignaient pas lorsqu'elle les approchait. Tous deux avaient tendu le museau vers sa main et dès qu'elle avait effleuré leurs joues de ses doigts fébriles, elle avait senti la chaleur d'une chimie émaner et rougir son cœur terni par le deuil. Elle éprouvait la réelle sensation que Fury et Divine les lui avaient envoyés. Depuis, le couple « Ange et Démon » — comme se plaisait à les surnommer Eusèbe au début — partageait leur existence.

Lydie lança une poignée de foin à sa compagne de jeu en ricanant. La fillette avait de petits cheveux fins et des pommettes rosies par la joie de vivre. Ses lèvres vermeilles et pulpeuses, ainsi que sa peau de satin évoquaient la fragilité de la porcelaine. Elle avait hérité des yeux verts de son père et du regard pénétrant de sa mère. « Ces années à t'attendre en valaient la peine », lui disait cette dernière, à l'occasion, avant de quitter l'enfant pour la nuit.

Alphonsine souleva sa fille et, alors que cette dernière poussait des cris aigus, la fit voleter dans les airs. Cependant, dans ses rotations sur elle-même, elle remarqua la silhouette floue d'un homme, à l'entrée du sentier qui conduisait au village. La jeune femme freina son élan. Étourdie, elle piétina quelque peu, puis les images se chevauchèrent de moins en moins.

— Encore ! Encore, maman ! réclama la bambine.

— Un instant, chérie, répondit-elle en se concentrant sur la présence masculine au loin.

Quand sa vision se stabilisa, elle s'avisa qu'il y avait bel et bien un individu vêtu de noir.

— Maman, rechigna Lydie en se pendant à son bras.

Alphonsine lança un regard expéditif au toit. Eusèbe, à quatre pattes, lui faisait dos. Il donna trois coups de marteau et annonça avec fierté :

— Voilà ! La rallonge des chevaux est terminée ! Angie et Devon auront enfin un peu d'intimité..., ajouta-t-il à la rigolade.

— Bravo, papa ! s'écria Lydie.

Alphonsine repoussa les forts rayons du soleil de midi en mettant sa main en visière et observa, sans y porter réellement attention, le travail complété de son mari.

— Oui..., c'est bien, dit-elle d'un air distrait.

Elle se tourna à nouveau vers la silhouette, pour se rendre compte que celle-ci avait disparu. Elle balaya les parages d'un regard perplexe, mais ne vit aucune trace du mystérieux visiteur.

Le cœur d'Alphonsine palpita. Sa gorge se resserra.

— Maman ! insista Lydie. Allez, maman...

— Pas maintenant, chérie ! Pas maintenant, fit-elle, l'esprit tourmenté, en tournant les talons vers la maison.

Dans sa confusion, Alphonsine ne savait pas si elle cherchait à se dérober de la compagnie de sa fille ou du surgissement de vieux fantômes. Car le passé a le sommeil léger. Il ne dort jamais que d'un seul œil...

CHAPITRE 23

Quelque chose d'autre

Les membres de la famille Epars venaient tout juste de terminer le petit-déjeuner. Ne perdant pas une minute, ils chaussèrent leurs sabots. Panier à la main, ils entreprirent de profiter de cette belle journée d'été pour se rendre à Green Valley à pied. Ils iraient chercher des œufs chez madame Madeleine, qui demeurait à deux pas de la nouvelle chapelle. Les parents estimaient qu'il leur en prendrait, sans se presser, environ trois heures aller et retour.

Arpenter cette forêt ranimait d'horribles souvenirs — si perturbants que le couple arrivait mal à se remémorer les bons. Les horreurs ne s'oubliaient guère ; elles scarifiaient la mémoire, polluaient l'âme de ses témoins avec cette cruelle sensation d'hier. Le temps était un leurre ; il n'effaçait pas les traumatismes.

Au moment où ils approchèrent de la grotte, Eusèbe blêmit de malaise. Les images sanglantes qui hantaient l'antre rocheux bombardaient son crâne de visions saccadées.

— Mamaaaan... Papaaaaaa, appelait Lydie, qui disparaissait par-delà la fameuse bute.

Alphonsine et Eusèbe avançaient, leurs mains jointes dans une étreinte moite et tremblotante.

Malgré ses jambes courtes et potelées, la gamine de trois ans parvenait immanquablement à impressionner ses parents par sa rapidité à se déplacer. Puis, Alphonsine se rappela soudain l'apparition de la silhouette noire de la veille. Elle accéléra le pas, sans tenir compte de l'allure un peu traînante de son mari, méditatif.

— Lydie ! Attends-nous ! cria-t-elle.

Aucune réponse.

— Lydie ?

Silence. Alphonsine jeta un coup d'œil effrayé à Eusèbe.

— Elle répond toujours d'habitude..., s'alarma-t-elle en se demandant si elle n'avait pas commis une bêtise en taisant sa vision à son époux, à qui elle confiait ordinairement tout. « Si la Légende était renée de ses cendres, il valait peut-être mieux y préparer Eusèbe », songea-t-elle.

— Cesse de t'inquiéter. Ma mère protège ces bois.

— Oui, mais tu sais comme moi qu'il y a des forces devant lesquelles les défunts s'inclinent.

— Tu recommences ? lui demanda-t-il sur un ton de reproche et de découragement. Tu l'as enfermé dans le sablier qui trône au-dessus de l'âtre. Il dort, à présent.

Frustrée, elle se dégagea de la poigne de son mari et entreprit une course vers la côte.

— Hier, j'ai vu un homme quand je jouais avec Lydie, avoua-t-elle par-dessus son épaule. Il nous regardait. Quand je me suis retournée, il avait déjà disparu.

— Les séquelles psychologiques, mon ange. Les séquelles de l'âme. Nous savons tous les deux que nous ne pouvons pas nous en débarrasser, mais nous pouvons choisir d'en faire abstraction ! lui fit-il part en haussant le timbre de sa voix, à mesure que sa femme s'éloignait. Pour le bien de tous. Pour le bien de notre famille !

La chevelure noire de sa dulcinée voltigeait à sa suite, légère, aérienne, fibres mortes sensibles aux vibrations de son cœur. Eusèbe accéléra la cadence. Après tout, il devait admettre que l'intuition de sa compagne la trompait rarement.

— Tout va bien ? s'informa-t-il avant même d'avoir terminé son ascension de l'interminable pente.

Ses quadriceps, que son travail quotidien ne sollicitait pas suffisamment, brûlaient sous sa peau. L'absence de réponse qui suivit son appel, toutefois, lui fournit l'analgésique naturel dont il avait besoin pour conserver son rythme vif.

En atteignant le sommet de la pente, il se figea. Alphonsine et sa petite fille se tenaient l'une à côté de l'autre, les bras longeant leur corps. Elles évoquaient des zombies, ou des sujets asservis au magnétisme d'un envoûteur.

Un type, habillé en complet-veston noir, était posté devant elles. Sa silhouette svelte se détachait du tableau moucheté de la forêt. Il coiffait un chapeau à larges rebords, de la même teinte que son costume, et des cheveux sombres tombaient en minces filasses sur son dos. Il serrait contre lui un volume épais. L'astre du jour dardait des flèches lumineuses à travers les ramifications feuillues. Une poussière, plus dense encore que les nuages de terre que déplacent les chevaux en courant, s'élevait autour de l'étranger, de sorte que le groupe d'individus semblait isolé dans un cercle de bitume brumeux.

Eusèbe jeta un regard plus attentif sur sa femme et sa fille. Il sentit ses organes se liquéfier. Alphonsine et Lydie étaient blêmes, presque grises. Elles ressemblaient à des mortes, empalées debout. Blanc de colère, Eusèbe se retourna vers le type et riva son faciès rageur sur lui. Cependant, ce dernier gardait la tête basse. Alors qu'il s'approchait de sa famille, il se rappela qu'Alphonsine avait affirmé avoir vu un homme la veille.

— Hé ! fit Eusèbe en interpelant le type au complet-veston. Que faites-vous ?

Il se campa devant ses proches. Le cylindre de particules qui les ceignait s'éclipsa en papillotements, telle une poudre féerique. L'homme révéla enfin son visage. L'ombre de son chapeau escamotait ses yeux, mais montrait un menton piqueté d'une barbe jeune. Néanmoins, la répartition équilibrée de ses poils assoyait un stade de maturité qui l'éloignait de la juvénilité. L'inconnu glissa le livre entre son flanc droit et son bras. De sa main libre, il retira son couvre-chef et, le maniant d'un geste de révérence élégant, il le porta à sa poitrine. Il sourit, clôt les paupières et s'inclina vers l'avant. Eusèbe croisa les bras.

— Je ne me suis pas présenté aux dames. Désolé. Je me nomme Ely.

Tandis qu'il dirigeait son attention vers Eusèbe, l'étranger jeta un regard oblique en direction d'Alphonsine. Un éclat de soleil dévoila, l'espace de quelques secondes, les yeux de l'homme. Il s'agissait d'iris laqués, d'un noir pur, sans reflets ou pigmentation marron, qui sans prévenir, interceptèrent l'expression analytique de son interlocuteur.

— Ely, dis-tu ? répondit Eusèbe, incrédule. Ely qui ? Si je puis me permettre ?

— Lecledo.

— Lecledo ? Je ne connais pas de gens de ce nom…

— Je sais. Je viens de loin.

— Comment cela, de loin ? l'interrogea Eusèbe, d'un ton ferme.

— Vous êtes un homme fort curieux, lâcha-t-il en remettant son chapeau, avec une mine pince-sans-rire.

— Vous aussi, répliqua Eusèbe. Dans notre comté, nous connaissons le passé de chaque individu. Leurs vies ne nous regardent pas, mais s'ils veulent entrer dans la communauté, ils doivent, à tout le moins, nous révéler l'endroit d'où ils proviennent.

— Vous ai-je manifesté mon désir de m'installer chez vous, monsieur… (Puis, feintant de fouiller dans sa mémoire) : monsieur qui, au juste ?

— Pourquoi vous le dirais-je si vous ne souhaitez pas vous établir ici ?

— Un point pour vous, monsieur X.

— Oui. Un point pour moi, lança Eusèbe, légèrement embêté.

Il ne s'attendait pas à une telle riposte. Il se tourna vers Alphonsine, espérant puiser en elle l'inspiration nécessaire pour continuer la discussion avec ce personnage fantasque, voire intimidant. Mais l'état de sa pauvre épouse n'avait pas changé. Ses prunelles brillaient, comme emprisonnées derrière un miroir maléfique. Dominé par une sourde panique, Eusèbe considéra sa petite, haute comme trois pommes. Il retrouva la même expression vide peinte sur son joli minois : petite bouche en cœur mi-ouverte et yeux obnubilés.

— Votre œil, fit le type en désignant la plaie d'un mouvement de tête, un air narquois plaqué au visage. Que lui est-il arrivé ?

La question de l'inconnu avait extirpé Eusèbe de sa frayeur muette.

— Qu… Quoi ? réagit-il tandis que de violents jets de lumière blanchâtre foudroyaient sa vue.

Des décharges électriques battaient les parois de son crâne. Il avait l'impression qu'un mineur miniature assénait des coups de pic à l'intérieur de sa boîte crânienne. À travers des flashs aveuglants, il entrevit l'étranger, contorsionné, vomir un tas de sable qui s'accumulait, encore et encore, jusqu'à devenir une énorme butte qui grossissait de plus belle. Une colline. Un mont. Une montagne. Ensevelissant les continents. Transformant les océans en boue et donnant à la Terre l'aspect d'une sphère de sablon. Étendue granuleuse qui écrasait la planète, la pulvérisait et la dispersait en poussière d'or dans l'univers. *Oui, dans l'univers.*

— L'UNIVERS ! hurla Eusèbe, qui sentait des coulisses d'effroi lui chatouiller l'échine.

— Ça ne va pas, monsieur X ? interrogea, d'un visage faussement alarmé, le jeune homme penché sur lui.

Alphonsine et Lydie figuraient, tel un portrait trouble, derrière celui qui se nommait Ely Lecledo. Puis, sa femme, qui venait de sortir de sa torpeur, tassa le gars en costard.

— Ce n'est rien. Ce n'est rien. C'est juste une crise. Juste une crise. Ça lui arrive parfois... Il faut juste le ramener. Le rassurer, dit-elle d'un ton fébrile, alors que la figure de l'enfant, préoccupée, se profila dans le champ de vision de son père.

En vérité, Alphonsine n'avait pas vu son mari dans cet état depuis la disparition du Marchand de Sable.

Glissant ses doigts sous la nuque humide d'Eusèbe, elle releva sa tête. Ce dernier recouvra ses esprits plus rapidement que l'espérait son épouse. Son amour-propre effrité, il se redressa sur son séant avec célérité. Il accepta l'assistance de sa compagne pour se remettre à la verticale, mais se dégagea de la main délicate dès qu'il fut debout, écartant légèrement les bras de côté afin de conserver son équilibre. Son mal de crâne lancinant creusait une ride transversale entre ses sourcils.

— Papa est malade ? voulut savoir la fillette de sa voix d'ange.

— Oui, je le crains, ma jolie, trancha l'inconnu avec une compassion simulée.

Lydie l'observa, surprise. Alphonsine, affairée auprès de son mari, ne porta pas attention à l'échange qui avait eu lieu entre sa fille et Ely. Eusèbe, en revanche, avait tout capté. Il s'avança vers l'étranger, les poings serrés :

— Qu'est-ce que vous insinuez ? demanda-t-il d'un souffle rauque, en s'immobilisant à deux pouces du nez d'Ely. Et puis, où espériez-vous aller ? Il n'y a rien par là !

— Et vous ? Que faisiez-vous *par là,* s'il n'y a rien, comme vous le prétendez ?

— Vous êtes le d…, commença Eusèbe avant de se souvenir de la présence de son enfant et de ses oreilles chastes.

Ely inclina la tête de côté, tel un chien alerte.

— Non. Je ne le suis pas. Je ne suis qu'un voyageur sans logis, sans attaches. Est-ce mal de savourer sa liberté ? D'en extraire l'essence et de s'enduire les pores de ses bienfaits ?

— Laissons-le tranquille, murmura Alphonsine à son mari entre ses lèvres quasi closes.

— Non. Pas avant qu'il rebrousse chemin, répondit Eusèbe en ne quittant pas Ely de l'œil.

— Bon. Très bien, conclut celui-ci en remettant son chapeau. Puisqu'il n'y a *rien* dans cette direction, je retournerai là d'où je viens.

L'étranger pivota sur ses talons, son livre sous le bras, et il pénétra dans les bois, direction nord.

— Hé ! cria Eusèbe. Green Valley n'est pas par là !

L'homme l'ignora en continuant de s'éloigner dans la friche à grandes enjambées. Il fredonnait un air étrange.

— Hé ! persista Eusèbe.

Ely Lecledo s'enfonça dans les entrailles de la forêt, jusqu'à n'être plus visible.

— Où il va, le monsieur, maman ? demanda Lydie.

— Je n'en sais rien, chérie. Loin, je crois.

— Ton père t'a déjà dit ce qu'il y avait au nord ? questionna Eusèbe en observant son épouse.

Celle-ci acquiesça, le regard dans le vague.

— Et ? Qu'est-ce qu'il y a ?

— L'infini, répondit-elle.

— L'infini ? Alors, il ne le savait pas, conclut-il, irrité du détour qu'employait sa femme pour lui fournir une réponse.

— Oh, si, il le savait.

— Quoi ? Comment cela ?

— Les gens de son époque et ses ancêtres nommaient « infini » un monde où tout était possible. Les plus croyants appelaient cela l'enfer. Les plus rêveurs imaginaient plus un univers de chimères et de personnages légendaires. Ceux qui espéraient la venue d'un être cher disparu parlaient du paradis, le monde des possibilités.

— Ah bon. Et toi, comment le perçois-tu ?

— Tu as remarqué le livre qu'il tenait ? l'interrogea-t-elle sans tenir compte de sa question, trop absorbée dans ses réflexions.

La petite était accroupie et s'occupait à ensevelir les trous d'une fourmilière.

— Vaguement, avoua Eusèbe.

Alphonsine se retourna vers lui avec le regard perçant et luisant de leur enfance.

— C'était le grimoire de ta mère.

Le teint de son mari devint exsangue, comme si sa commotion incarnait un parasite sous-cutané capable de siphonner les réseaux sanguins.

— Tu… tu en es sûre ?

— J'en mettrais ma main au feu.

— Alors… alors pourquoi tu ne m'en as rien dit ? s'écria-t-il avec cette inflexion de voix qu'ont les hommes quand ils s'énervent. Pourquoi l'as-tu laissé filer ?

La blondinette se détourna des fourmis et observa son père. Alphonsine suivit des yeux la ligne invisible qu'avait empruntée Ely Lecledo.

— Allez, allez, viens là, toi, dit Lydie, revenue à ses insectes, en invitant une ouvrière à grimper sur une brindille.

— Parce que j'ai la certitude qu'il reviendra, déclara Alphonsine froidement. Il sait où nous habitons. Ce n'est pas le hasard qui l'a guidé ici. C'est quelque chose d'autre.

— Quelque chose d'autre, répéta Lydie d'un ton distrait.

CHAPITRE 24

Immixtion impalpable

Les Epars franchissaient les bornes de Green Valley. Lydie, par ses intonations, ses questions spontanées et ses remarques candides, avait meublé le silence anxieux de ses parents tout au long du chemin.

— Il y a un truc que je parviens mal à expliquer, marmonna Eusèbe à son épouse. Quand je suis arrivé auprès de Lydie et de toi, vous étiez comme hypnotisées en fixant l'étranger. Vous ne sembliez pas réceptives à ce qui se passait autour. Vous voir comme ça m'a effrayé !

Alphonsine le regarda d'un air curieux :

— Impossible, répondit-elle. Dès que nous l'avons vu, tu t'es évanoui. Je n'ai même pas eu le temps de lui demander son nom !

— Ah, non ! Je te jure que vous ressembliez à deux zombies, la petite et toi.

Alphonsine ne contredit pas son mari. Elle ne voulait pas se disputer pour quelque chose dont elle était certaine.

— Et toi, durant tes convulsions ? As-tu vu des trucs ?

— Convulsions ? J'étais en convulsions ? Devant Lydie ?

— Oui, admit sa femme, en appréhendant la réaction de son mari.

Celui-ci maudit sa faiblesse. Il dirigea sa frustration contre Ely.

— Ce gars-là… si je le revois, je lui tire dessus !

— Eusèbe, siffla Alphonsine en lui jetant un regard réprobateur.

À peu de distance du couple, Paula, l'artisane du village, s'accroupit auprès de Lydie. « Elle lui offrira encore un cadeau », argua Alphonsine. Paula était une vieille fille d'âge mûr. Elle était l'une des pionnières du nouveau Green Valley. Elle se trouvait à l'origine des décorations de la ville. Elle avait peint les vitraux de la chapelle et enorgueilli les fenêtres de quelques habitations de bacs à fleurs qu'elle avait préalablement rabotés et gravés avec son talent de sculptrice. Bref, elle ajoutait de la couleur à une contrée grisaillée par son passé.

— Bonjour, Paula, fit Alphonsine, un sourire dans la voix. Que lui as-tu donné, cette fois ?

— Maman ! Regarde ! Regarde ! C'est une lampe magique !

La gamine montra une sphère en métal, ajourée des planètes du système solaire. Au centre, un espace était conçu pour disposer une bougie.

— Oh ! Mais c'est magnifique, Paula, s'exclama Alphonsine d'un air contemplatif, tandis qu'elle examinait l'objet. Tu as un talent incroyable !

— Je vous l'ai dit à maintes reprises : Lydie est mon inspiratrice.

— Je ne suis pas certain que ce soit une bonne idée d'éclairer sa chambre en permanence la nuit, intervint Eusèbe.

Paula se redressa et l'observa avec une expression interrogatrice :

— Ah, non ? Mais pourquoi donc ? Moi, quand j'étais gamine, je dormais toujours avec une petite lanterne. (Elle mima la confidence en plaçant sa main en coupe sur le bord de sa bouche) : Pour être franche, je dors encore à la lueur d'une flamme.

— Vous savez bien, Paula. Pas besoin de vous faire un dessin…, répliqua Eusèbe en expédiant de gros yeux en direction de sa fille qui papotait avec sa lampe magique.

— Bah ! Encore cette satanée histoire ? Vous allez la terrifier avec ça ! C'est passé, maintenant. Faut pas ramener les cauchemars. D'ailleurs, si personne n'avait peur, les cauchemars n'existeraient pas ! Ce sont les gens qui les alimentent.

« La peur, c'est ce qui les alimente… », songea Alphonsine, qui approuvait les dires de la villageoise. Mais elle éprouvait l'effroyable sensation que cette fois, elle n'était pas l'ouvrière de son mauvais rêve ; c'était plutôt *lui* qui s'immisçait dans leur vie tranquille…

Pendant que son épouse réfléchissait, Eusèbe conclut la conversation avec Paula, prétextant qu'il ne pouvait pas s'éterniser, car il leur fallait se rendre chez Madeleine pour prendre des œufs.

— Bye, bye, Paula ! salua la fillette en refermant sa petite main.

— Le mot magique, Lydie, lui murmura sa mère à l'oreille.

— Euh… Merci !

— Oh ! c'est un pur bonheur, mon sucre d'orge ! exprima la dame en inclinant la tête d'attendrissement, alors qu'elle lui expédiait une série de baisers soufflés.

La bambine s'arrêta, plia les coudes, mit ses paumes à plat vers le ciel et haussa les épaules :

— Moi, je veux de la lumière, mais papa et maman disent toujours non. Mais là, j'en ai une !

— Très bien. Allez ! Avance, Lydie, la pressa son père avec nervosité.

Il se sentait jugé par cette femme. Elle avait bon cœur, mais sa propension à redoubler d'attention l'amenait infailliblement à s'ingérer dans la vie d'autrui, et sa manie de dédramatiser des situations qui ne devraient pas l'être la rendait agaçante.

— Au revoir, Paula, fit Alphonsine, gênée par la rudesse de son mari.

— Ça paraît qu'elle n'a pas vécu une seconde de l'enfer que nous avons connu ! ronchonna-t-il en soulevant sa fille pour accélérer le pas aussitôt.

— Non. Personne ici ne l'a vécu. Avec Alexander, nous sommes les seuls survivants de trois localités. C'est normal que dans leur esprit, nous ayons l'air de traîner nos vieux tourments, comme des boulets aux chevilles. Mets-toi à leur place !

— À leur place ? Allons donc ! Ce serait plutôt à eux de se mettre à notre place. Tu as vu ma gueule ?

— C'est quoi une gueule, papa ?

— Surveille ton langage ! marmonna-t-elle à son mari d'un ton courroucé. Et puis, d'ailleurs, à part ton œil, tes cicatrices à la joue ne se voient presque pas.

— Facile à dire pour toi, « miraculée » ! persifla-t-il.

Tandis qu'ils se disputaient, les passants les saluaient du chef ou hochaient la tête en affectant une expression chaleureuse. Certes, ils se sentaient aimés et respectés par les citoyens, mais quand ils ramenaient des bribes de leur passé, ils réalisaient qu'en définitive, ils croupissaient, solitaires, dans leurs souffrances. Les autres se figuraient que la négation de leur traumatisme aiderait le couple à neutraliser les atrocités qui contaminaient leurs cerveaux. Or, on ne peut pas retirer le pieu d'un cœur sans perdre de sang.

— Vas-y seul, chez Madeleine ! fulmina-t-elle sous les yeux innocents de sa fille.

— Où vas-tu ? demanda Eusèbe, irrité.

— Voir mon meilleur ami !

— Freiszmuth ? s'étonna-t-il en grimaçant. C'est moi, ton meilleur ami.

— Oui, ça, c'était avant que tu m'épouses!

Eusèbe la toisa d'un regard haineux. Furibond, il tourna les talons, avec Lydie dont le corps sautillait dans ses bras. Elle regardait sa mère se distancer d'elle avec de petits yeux vitreux de tristesse.

« Il est jaloux ! », conclut Alphonsine en se retournant, les poings serrés contre les hanches. Puis, elle marcha d'un pas résolu dans la rue, vers la résidence d'Alexander, sans se soucier des sourires hypocrites et des mimiques compatissantes qu'elle croisait en chemin. Une direction, un chemin, un tunnel.

Sa fureur la guida dans une allée sinueuse et jalonnée de pierres, qui menait à une grande chaumière décorée de fleurs et de lanternes. Une ambiance chaleureuse accueillait les visiteurs, à peine avaient-ils entamé l'ascension qui les conduisait vers ce « temple » rustique. Sur un panneau de bois était gravée une phrase qui, pour le moment, n'interpellait pas Alphonsine : « Le passé s'oublie mieux si l'on embellit son présent. »

Malstörham répondit à la porte. La barbe du vieillard — fleurissement de sa sagesse, vestige séculaire de son esprit — descendait sur son torse en une masse indocile, raide et argentée. On le surnommait le « sage du village ». Ce savant avait sillonné le monde pour ramener des trésors aux propriétés ou à l'utilité parfois énigmatiques. Ses pérégrinations expliquaient la quantité innombrable d'objets insolites et variés qui composaient sa maison. La pièce préférée d'Alphonsine constituait sans nul doute la glace ovale sur pieds, encadrée d'un riche ornement d'airain. Celle-ci lui rappelait les illustrations de son enfance, dans les contes que lui racontait Liduvine. Les réminiscences agréables du passé qu'il évoquait justifiaient sûrement son admiration pour le miroir. Toujours est-il que, lorsque Malstörham avait remarqué Alexander Freiszmuth, affublé d'un casque à pointe à moitié fondu et de lunettes disgracieuses, il voulut l'adopter pour fils afin de lui enseigner la philosophie, l'histoire, les sciences et la magie. En grandissant, le petit soldat devint un intellectuel. Cependant, il se découvrit un net penchant pour l'ésotérisme puis, plus tard, pour le fabuleux monde des légendes.

Les yeux creux du vieillard abritaient un regard sombre et intelligent. Son nez d'aigle lui donnait l'allure déterminée et sagace d'un chef amérindien. Il avait enfilé une de ses robes de satin aux couleurs foncées. Au fond de la pièce, derrière lui, se dressait un mur de livres, datant de toutes les époques.

— Alphonsine, ma chère, dit-il d'une voix âpre et chevrotante, vous paraissez perturbée. Entrez, entrez.

— Est-ce qu'Alexander est ici ?

— Mais oui, mais oui, répondit le vieil homme en refermant la porte dans le dos de la visiteuse. Pourquoi un rat de bibliothèque quitterait-il le paradis ? Allez, passons au boudoir et assoyez-vous. Je vais vous préparer une tisane.

— C'est très gentil, mais je ne peux pas rester.

— Eh bien, ma foi, vous avalerez cul sec ! rétorqua-t-il en traînant les pieds jusqu'à la cuisine.

Au lieu de s'égosiller à appeler Alexander, Malstörham étendit sa main flétrie et mouchetée de taches de vieillesse vers une corde, qu'il tira. Un coup servait à signifier qu'il recevait la visite d'Alphonsine ou d'Eusèbe. Deux coups, d'autres personnes et trois coups, qu'il sortait. La jeune femme s'installa dans un fauteuil, face à l'âtre de pierre. Elle était impatiente de raconter sa mystérieuse rencontre dans les bois. Elle entendit les pas de son camarade sur le parquet.

Le temps n'avait pas rafistolé sa dentition ni réglé son trouble de zézaiement ou corrigé sa myopie, mais il avait construit un homme passionné et brillant. Aussi blond que dans son enfance, *Alexander Freiszmuth, survivant de cataclysmes* présentait une physionomie fluette et allongée. Il exprimait sa joie de voir Alphonsine par le même sourire ravi que jadis.

— Salut, ça va ? fit-il en s'assoyant à côté d'elle.

— Non, admit-elle, honteuse, en fuyant le regard de son ami.

— Ze n'aime pas cette mine. Elle me rappelle trop la « vieille » époque…

— Eh bien, tu n'as pas totalement tort.

— Comment ça ? s'exclama-t-il, soudainement inquiet. Ne me dis pas qu'il est arrivé quelque ssose au sablier ? Ze vous ai touzours dit que l'âtre n'était pas un bon endroit…

— Non, non. Ce n'est pas ça, l'interrompit-elle. Il semble qu'un homme nous surveille. Un voyageur tout vêtu de noir. Il porte des habits étranges, coupés à la perfection et si propres qu'ils brillent… et ce chapeau.

— OK. Attends, attends. Tu vas trop vite, la freina-t-il en lui prenant les épaules. Commençons par le début, veux-tu ?

— Oui. Pardon, reconnut-elle en hochant la tête et en contractant les sourcils comme si elle se retenait pour ne pas pleurer.

Elle ferma les yeux, s'adossa à sa chaise, inspira profondément et reprit :

— Hier, je jouais avec Lydie dehors, tandis qu'Eusèbe terminait la rallonge. Je me suis sentie épiée et quand je me suis retournée, je suis tombée sur cet homme. De loin, il m'était impossible de voir ses traits. Aujourd'hui, il nous est apparu, tout près de la grotte où Eusèbe a grandi.

— Il a dit quelque ssose ?

— Non. Pas vraiment. Eusèbe affirme que Lydie et moi étions ensorcelées à son arrivée. Pourtant… le seul souvenir que j'ai, c'est qu'Eusèbe a fait une crise. Il était couché sur le sol et s'agitait comme ces malheureux qui perdent l'esprit. J'étais paniquée, mais je sentais que je ne devais pas le montrer à l'inconnu. Eusèbe a voulu lui bloquer le chemin qui conduisait chez nous, alors l'homme est reparti vers le Nord. (Une ride transversale plissa le centre de son front.) En pleine forêt, avec un costume propret et des souliers cirés !

Alexander secoua la tête à la négative, pensif. Il précisa qu'il n'avait pas entendu les villageois parler d'un étranger.

— Comment s'appelle-t-il ? Est-ce que tu t'en souviens ?

— Non…, répondit-elle, d'un air incertain.

— Si vous êtes deux à l'avoir vu, ce personnaze ne peut être un produit de votre imazination. Essaie de m'avoir son nom, si tu le revois. Ze trouverai sûrement quelques trucs intéressants à son suzet.

— Il avait le grimoire, déclara-t-elle de but en blanc.

Les sourcils d'Alexander se froncèrent. Il la considéra d'un œil légèrement incrédule.

— Il y a des tas de bouquins avec des reliures de cuir…

— C'était *lui*, trancha Alphonsine en le fixant avec détermination.

Le heurtoir cogna avec insistance contre la porte. Tous deux se retournèrent prestement.

« Ouvrez ! Ouvrez vite ! », cria un homme depuis le seuil. Alexander lança un regard intrigué à son amie et disparut à la hâte pour répondre à l'adjuration dans la pièce voisine. Depuis le boudoir, Alphonsine reconnut la voix du pasteur, mais ne put identifier les mots qu'il prononçait. Il paraissait bouleversé.

— OK. Ze le lui dirai ! entendit-elle. On arrive ! On arrive tout de suite !

Malstörham apparut sur ces entrefaites avec un plateau sur lequel étaient posées trois tasses et une bouilloire.

Vraisemblablement, il n'était pas au courant de la conversation qui avait lieu entre le pasteur et son fils.

— Voilà. J'espère que ce breuvage énergisant vous donnera meilleure mine, dit-il en déposant le tout au centre de la table.

Au même moment, Alexander surgit dans la pièce. Il affichait un air farouche :

— Par les poils de ma barbe ! Serais-tu le porteur d'un malheur, mon garçon ?

— Ze ne sais trop. (Il riva ses yeux sur Alphonsine.) L'étranzer dont tu parles, est-ce qu'il s'appellerait Ely Lecledo ?

Le cœur d'Alphonsine tambourina dans sa poitrine.

— Je n'en sais rien... Peut-être. Pourquoi donc ? Qu'est-ce qu'il y a ? Qu'est-ce qui se passe ?

La pomme d'Adam de son ami subit le mouvement de sa déglutition :

— Eusèbe a eu un malaise ssez Madeleine. Il ne cesse de répéter ce nom et aussi les mots « venin » et « sable noir ». « Venin de ton sang. »

CHAPITRE 25

La clef

Alphonsine entendait le discours des âmes avec autant de limpidité que si c'était hier. Leur mise en garde. Les bribes d'avertissement. Des parties d'information. Les voix avaient fusé le jour de sa rencontre avec Alexander. Elle avait conservé les chuchotements dans un tiroir bien gardé de son cerveau, sachant néanmoins que les souvenirs emmagasinés dans le coffre-fort de son subconscient lui serviraient un de ces quatre. Contenant merveilles, secrets et douleurs, celui-ci renferme des réponses aux énigmes que le présent rend parfois nébuleuses, à condition que la clef ne soit pas égarée...

Tandis qu'elle dévalait l'allée du vieux sage, Alphonsine sentit des cailloux rouler sous ses sabots. Elle dérapa, mais se retint avec sa paume, dans laquelle s'inscrustèrent alors de petites pierres. Elle récita à Alexander, qui la serrait de près, les murmures des âmes de naguère, comme si elle était en transe, comme si elle perdait le contrôle des mots qui se dépêchaient sur sa langue :

— *Tue la Légende et le sable maudit se transformera en or. Ainsi, la fortune brillera sous les pieds des nouvelles générations et le monde redeviendra monde. Un monde de paix. Mais attention ! Oui, oui, oui... Attention ! Le sable noir ! Crains-le ! Le sable noir... Le venin de ton sang !*

— Qu'est-ce que c'est que ça ? demanda Alexander dont la voix subissait les contrecoups de sa course.

— Quand nous nous sommes rencontrés, il y a vingt ans, lui rappela-t-elle en continuant de courir, les morts m'avaient parlé !

— Ah, oui ! Ze me souviens. Tu avais eu peur et c'est là que nous avions appris que tu étais l'Élue !

— Nous n'attendons pas Malstörham ? se soucia Alphonsine alors qu'elle s'aperçut par-dessus son épaule que le vieillard effectuait de petits pas précipités sous sa robe satinée.

— Non. Il croit que si ses zambes le destinent à arriver à un lieu à une heure précise, c'est que l'information qu'il recueillera à ce moment sera déterminante pour le futur.

Alphonsine ne répondit pas. Son regard se portait sur l'attroupement de gens qu'elle devinait au loin, au centre du village. Elle sentit ses jambes ramollir à la pensée que son mari constituait le nombril de cette attraction et qu'il était probablement étendu par terre.

À leur arrivée, Alphonsine repéra tout de suite Lydie. Elle était dans les bras de Madeleine, la fermière. Cette dernière maintenait le petit corps blotti contre elle. La bambine gardait sa joue appuyée sur l'épaule douillette, ses jambes enroulées autour de la généreuse taille. Elle suçait son pouce. Or, sa maman la connaissait assez pour savoir qu'elle recourait à son doigt pour deux raisons : soit elle était triste, soit elle était inquiète. Actuellement, son expression renvoyait les deux émotions. Sa mère préféra ne pas la déranger. Il semblait qu'une auréole de confort et de quiétude nimbait Lydie. Madeleine remarqua Alphonsine. Elle lui expédia un clin d'œil en lui acheminant un hochement de la tête qui signifiait : «Je m'en occupe. Ne t'inquiète pas. Va plutôt voir ton mari.» Puis, elle indiqua la direction de sa ferme et s'éclipsa. Alphonsine la remercia d'un sourire faible et fugace, puis elle s'empressa à la suite d'Alexander qui se frayait un chemin dans la foule.

Le docteur, Joseph Renouf, se tenait à genoux à côté de la victime. Il avait installé la nuque d'Eusèbe sur sa mallette. Le pied déchaussé de son époux s'agitait avec une énergie galvanique et une coulisse blanche avait séché à la commissure de ses lèvres. Devant cette scène, les traits de la jeune femme se contractèrent. Elle plaqua sa main sur sa bouche et réprima un sanglot. Immédiatement, les petits verres ronds du médecin pointèrent sur elle. Quant aux badauds, ils suivirent le regard du praticien et leurs visages se tournèrent vers madame Epars. Un silence embarrassant pesait sur elle. Alexander lui flatta le dos.

— Vous connaissez Ely Lecledo ? s'informa Joseph, le front plissé de préoccupation.

Il retroussa son nez porcin en remontant ses lunettes. Alex prit l'initiative de répondre pour son amie, trop secouée pour s'exprimer :

— Non. En tout cas, elle ne m'en a zamais parlé.

Freiszmuth dirigea des yeux pieux sur son copain. Ses spasmes avaient cessé. Sa perte de conscience lui accorda un répit mérité. Le docteur annonça à Alphonsine de sa voix nasillarde — et devant tout le monde ! — que son mari souffrait d'un mal très rare qu'il avait lui-même baptisé « *foudre cérébrale* ». Des rumeurs d'étonnement et de compassion s'élevèrent dans la foule.

— Parfois, il arrive que les éclairs déclenchés par la *foudre cérébrale* véhiculent des images. Images qui, dans mon jargon, se nomment hallucinations.

Alexander lança des coups d'œil nerveux sur les villageois qui écoutaient le diagnostic du docteur Renouf avec une curiosité presque malsaine. Puis, il considéra un moment son amie, terrassée par l'angoisse. Enfin, ses yeux glissèrent sur son copain de nature fière et orgueilleuse qui gisait dans la poussière, à la vue de toutes ces commères, ces êtres avides de cancans qui jouaient à « qui se gavera du plus grand nombre de nouvelles pour les colporter ? ». Les plus talentueux pimenteraient leurs ragots en déformant les informations.

— Assez ! s'écria Alexander qui soudain explosa.

À l'écart du groupe, Malstörham démêlait sa barbe, l'air songeur. Il ne voyait rien, mais il entendait son garçon parler.

— Retourner ssez-vous ! Tous ! Le spectacle est terminé !

Des murmures se mirent à monter et à gonfler comme un nuage nucléaire au-dessus du peuple. Ce nuage se dissémina en crachin de mécontentement et d'incompréhension. Les villageois se dispersèrent pour regagner leur logis ou pour vaquer à leurs occupations.

Alexander jeta un regard réprobateur au docteur :

— Vous auriez pu garder ces détails pour vous !

— Désolé..., balbutia Joseph qui s'étonna de l'emportement d'Alexander, à l'habitude si calme et si timide. Vous voulez bien m'aider à transporter Eusèbe à mon domicile, s'il vous plaît ?

— Oui, bien sûr, rétorqua l'Allemand.

Le sage et la jeune femme, repliée de chagrin, prirent les devants et cheminèrent vers la résidence du médecin, située à deux pas de l'église.

— Laissons les croyances de ce médicastre l'enfoncer dans le gouffre de l'ignorance, dit Malsthoräm. En enfant lucide que vous êtes, vous connaissez la vérité, mais...

Il s'interrompit et pivota vers elle. Ses petits yeux noirs brasillaient.

— Mais quoi ? fit-elle d'une voix brisée.

— Mais par amour pour votre fille, vous étouffez la vérité. Vous la repoussez loin, au fond de votre gosier, et en ce moment, celui-ci enfle de retenue. Vous interdisez le passage à l'évidence et à cause de cette barricade, un brouillard de faussetés et de mensonges vous fait perdre un précieux temps. Un temps qui pourrait, si vous ne le dilapidiez pas autant à préserver la pudeur maternelle, sauver éventuellement la vie de votre petite ou néanmoins, influer favorablement sur son destin.

— D'accord. Mais que feriez-vous à ma place ? Je ne veux surtout pas effrayer Lydie !

— Évidemment. Mais tant que vous raisonnerez ainsi, votre enfant chérie évoluera dans l'illusion. L'illusion d'une mère calme, sans histoire, énigmatique, et d'un père renfermé. Si, au contraire, vous éduquez Lydie au danger imminent qui vous guette, son inquiétude, sa peur ou son angoisse (appelez cela comme vous voulez) lui forgera une armure : celle d'une personne avertie, Alphonsine. Avertie.

— Et qu'est-ce que cela changera au sort qui s'acharne sur nous ? demanda Alphonsine, dont les traits se tiraient de détresse. À la présence de cet étranger qui rôde près de la maison et qui ramène la plus horrible des histoires avec lui ?

— Posez-vous donc cette question, ma chère : qui croyez-vous qu'Ely Lecledo est vraiment ? Et si jamais vous passez la nuit, je vous souhaite de vous réveiller avec une réponse, car je pense que cette réponse sera la clef à la conclusion de votre cauchemar…

CHAPITRE 26

La morsure

En fondant, le soleil déversait un liquide rosé sur la vallée forestière. Le ventre d'Alphonsine gargouillait, mais elle ne l'entendait pas. Ses angoisses nourrissaient une volière de papillons avides, virevoltant dans son abdomen. Ces petites bestioles lui donnaient la sensation de dérouler des trompes à l'extrémité acidifiante, et de brûler les parois de son estomac, comme si ce dernier leur servait de cendrier et qu'il accumulait les mégots d'un poison consumé.

Le docteur Renouf avait tenu à garder son patient sous observation. Celui-ci reposait dans un état de légère inconscience. Il réagissait aux voix et acquiesçait à certaines questions qui lui étaient posées, mais maintenait les paupières closes. C'était mieux ainsi. Alphonsine soupçonnait que son mari feignait l'engourdissement. Il devait avoir repris vaguement connaissance pendant qu'Alexander et Joseph le transportaient. Seulement, la honte le clouait dans une paralysie volontaire. Il préférait se couper du monde, se cadenasser dans une maladie feinte et traînante, le temps que la poussière retombe. Alphonsine l'avait quitté en pleurant. Elle s'en voulait que leur dernier échange se soit produit dans l'hostilité.

À son départ, elle s'était retournée pour le considérer. Elle se disait avec tristesse qu'elle le voyait peut-être pour la dernière fois. Une fraction de seconde avant de se détourner, elle avait intercepté son œil vert braqué sur elle et y avait détecté une froideur glaciale. Il n'affichait nul sourire. Aucun lien avec l'être vulnérable secoué de convulsions qu'était censé être son mari. « Eusèbe ? », avait-elle dit en accourant vers lui, le cœur gonflé d'espérance. Bien qu'elle se fût ruée sur un homme qui, apparemment, l'avait regardée, elle constata à son arrivée que celui-ci dormait. L'air perplexe, elle avait reculé. Puis, elle s'était empressée de rejoindre Alexander, qui l'attendait à l'extérieur.

Celui-ci lui annonça que Madeleine avait envoyé son époux pour l'informer que la petite s'était endormie, et qu'il serait préférable qu'elle passe la nuit chez eux.

— Il n'en est pas question ! s'était écriée Alphonsine, nerveuse à l'excès. Et si je ne la revois plus ? Si demain, je ne me réveille pas ?

Pendant qu'elle défendait son point de vue, elle se remémorait l'œil d'Eusèbe vissé sur elle : une fraction de seconde pendant laquelle elle avait éprouvé d'abord de la joie, puis du doute et enfin, de l'épouvante.

— Elle dort, Alphonsine, tenta de la raisonner Freiszmuth.

— Laisse l'instinct la conduire, Alexander, intervint Malstörham. Il n'y a pas meilleur que lui pour guider le cœur d'une mère.

— Merci ! dit Alphonsine au sage.

Comme une gamine qui obtient la permission de son parent pour aller à une fête, elle se dépêcha vers la résidence des cultivateurs.

— Ton amie est en transformation, mon garçon, lui confia le vieillard, alors que la distance avait transformé Alphonsine en figurine de trente centimètres de hauteur.

— Tu lui as parlé ?

— Absolument. Mais comme tu le sais, je ne veux pas que les vibrations de mes espérances perturbent l'alignement des astres. L'anticipation est objet de distraction quand le Mal brandit une torche à la sortie d'un tunnel. Lorsque l'on mène un combat contre une force maléfique, mieux vaut user d'extrême vigilance. La peur de la mort peut rendre fou et ainsi transformer le meilleur des hommes en animal vorace. Il faut donc être prêt à composer avec la fourberie, le mensonge et la traîtrise. Il faut savoir se retourner avec la prestesse d'un loup et ne pas hésiter à trancher des têtes au passage.

— Est-ce une mise en garde ? voulut savoir Alexander en soulevant un sourcil.

— Je crois que tu n'as rien à craindre d'Alphonsine. Cependant, méfie-toi des gens qui ont goûté au sable maudit.

— Eusèbe…, conclut l'apprenti dont les pensées voguaient dans un univers de conjectures.

— Tu oublies tes propres brûlures, mon garçon ?

Alex observa son maître d'un air pantois, et il surprit sa main à adhérer à son flanc et à y demeurer collée. L'Allemand, interloqué, releva le visage vers son père adoptif.

— N'oublie pas qui tu es, poursuivit le barbu. Bien que tes yeux soient intacts, les grains d'or ont tout de même consumé ta chair. Garde toujours tes cicatrices en mémoire ; ce sont elles qui te préserveront des impulsions et par conséquent, des erreurs. Aide l'Élue, mais ne lui dérobe pas sa mission.

La main d'Alexander retomba le long de son corps. Il s'éclaircit la voix et se ressaisit.

— Soit, ze ferai des ressersses sur Ely Lecledo, lança Alexander sur un ton qui aurait pu paraître vexé, mais qui, en réalité, traduisait la détermination.

Un bruit d'attelage attira l'attention d'Alexander, qui cogitait au centre de la rue. Le sage l'avait abandonné à ses réflexions pour regagner la maison. Une calèche tirée par un cheval de trait, et conduite par Homer, le mari de Madeleine, cheminait dans sa direction. L'homme immobilisa la voiture à côté de lui.

— Eh bien, toi ! Je croyais que tu étais rentré sans me dire au revoir, lui dit Alphonsine en s'inclinant sur la paroi de la calèche.

Lydie somnolait dans ses bras, emmitouflée dans un drap léger.

— Tu montes ? lui demanda le cocher de sa grosse voix.

L'expression dure du fermier ne permettait pas de déceler la moindre émotion. Il paraissait continuellement maussade. Sa barbe rase et grisonnante, ainsi que ses sourcils broussailleux, soulignaient la froideur de son regard. Froideur générée par l'absence de paupières. Il était aisé de s'imaginer que ses larges mains cornées constituaient l'arme idéale quand venait le temps de tordre le cou à la volaille.

Pris au dépourvu, Alexander accepta. Il devait s'entretenir avec Alphonsine. Par ailleurs, Homer faisait partie de ces hommes à qui on n'osait rien refuser.

— J'te ramènerai après, lâcha le cocher tandis que son troisième passager grimpait à l'arrière.

— Merci... c'est très zentil à vous. En fait, pour tout vous dire... ze l'espérait grandement.

— Ha, ha, ha ! s'esclaffa Homer d'une voix grasse.

— Ne nous laisse pas seules, chuchota Alphonsine assise en face de lui.

— Ze... ne crois pas qu'Eusèbe serait très ravi que ze couche... enfin que ze dorme ssez toi...

— Nous sommes des amis, répliqua-t-elle. Au diable, les rumeurs ! Ce dont j'ai besoin, c'est d'une présence adulte et surtout, d'une personne à qui parler. Je ne sais plus où j'en suis avec cette histoire et ces mystères qui tourbillonnent autour de moi…

Des images fusèrent devant ses yeux sous forme d'éclairs. Les paroles de Malstörham grattaient ses tympans au sang. Elle sentit ses propres mains recouvrir ses oreilles et une lourdeur déserter ses cuisses. Un bruit sourd et lointain. BOUM !

Des flashs.

L'œil vert de son mari pointé sur elle.

Qui l'épie.

L'étranger du Nord affichant un sourire glacial, assassin.

Qui croyez-vous qu'Ely Lecledo est vraiment ?

Qui ?

Qui est-il ?

VRAIMENT ?

Si jamais vous passez la nuit…

Passez la nuit…

Réveillez-vous avec une réponse

Car elle sera la clef à la conclusion de votre cauchemar…

Des pleurs argentins, familiers, vibrèrent en son for intérieur. Lydie se lamentait, le visage écarlate. Alphonsine jeta un regard hagard à Alexander, qui l'observait, à la fois inquiet et compatissant. « Je l'ai laissée tomber ! », réalisa la mère avec stupeur.

— Oh ! Je te demande pardon, ma chérie ! Pardon ! Je suis vraiment désolée...

Elle se rendit compte que la voiture n'avançait plus et qu'Homer s'était retourné sur son siège pour la regarder. Il la toisait d'un air malcommode, un brin plus sévère que son expression naturelle.

— Je n'laisserai pas cette enfant à vos soins. Pas pour cette nuit en tout cas, aboya-t-il.

Sa moustache et sa barbe semblaient cousues ensemble quand il bougeait les lèvres. Il ressemblait un peu à une marionnette. Il émit un grognement de mécontentement, pivota et cingla son cheval, qui repartit dans la forêt. Alphonsine ne trouva rien de pertinent à ajouter, sauf :

— Je vis des trucs pas trop gais en ce moment, Homer, déclara-t-elle en reprenant sa fille sur ses genoux et en lui caressant les cheveux.

La petite cessa de renifler et appuya sa tête sur la poitrine de sa mère. Elle suça son pouce. Ses paupières tombaient.

— Ouais, ben réglez-les. Entre-temps, Madeleine et moi, on la trait'ra aux p'tits oignons, votre gamine. (Puis, se radoucissant) : Tu sais que ma bobonne concocte les meilleures omelettes du comté ?

— Oui, approuva Alphonsine, qui ne savait plus s'il valait mieux se renfrogner ou fraterniser avec lui. Les meilleurs œufs miroirs, œufs pochés, œufs à la coque, et aussi, les meilleurs flancs.

— À qui l'dis-tu ! enchaîna l'homme. Elle me fait des œufs tous les jours et sous toutes les formes ! Ha, ha !

Elle réalisa qu'au fond, le fermier et son épouse prendraient soin de Lydie et qu'en fin de compte, la petite n'avait pas à vivre l'enfer qui se préparait. La jeune mère relégua donc les recommandations du sage au second plan de sa conscience.

Ils arrivaient à la hauteur de la grotte de Mathilda. Alphonsine indiqua à Alexander l'endroit où Ely leur était apparu, de même que celui vers où il s'était éclipsé.

— Oui. Le Nord. Malstörham m'en a glissé un mot.

— Papa aussi m'a parlé du Nord quand j'étais petite. Mais raconte-moi ce que Malstorhäm t'a dit à ce sujet.

— Z'en ai compris que c'est une porte. Un zenre de vortex aux lézendes et aux êtres mythiques. Pas étonnant que cet Ely Lecledo ait emprunté cette direction. Au fait, ze voulais te dire que ze vais me mettre à la ressersse de l'identité de ce type.

— Oui, c'est vrai que c'est curieux comme nom. Moi, ça me donne la chair de poule.

Alphonsine fut surprise de constater que les ténèbres s'étalaient déjà sur eux, tel un grand et souple voile.

— Eh ! Quelle heure est-il, au fait ?

— Ze tiens plus ma montre sur moi depuis des années... Il doit être vingt heures, environ. Tu sais, z'ai appris grâce à Malstörham à me détasser de mon obsession pour le couvre-feu. Z'avais développé une maladie. De l'insomnie. Malstörham est un maître. Il m'a enseigné qu'on ne peut contrer la fatalité. Qu'il vaut mieux ne pas encourazer l'angoisse, car elle est une sacrée opportuniste !

— Oui, ce n'est pas faux, répondit-elle pensive.

— On y est ! annonça le cocher en suivant la petite courbe descendante qui conduisait à la résidence.

Les silhouettes d'Angie et de Devon se découpaient dans la pénombre. La femelle ressemblait à une licorne avec sa robe d'une blancheur immaculée. Les yeux du mâle brillaient, tandis que le reste de son corps se confondait à la noirceur. Tous deux orientaient leur tête vers les arrivants.

Alphonsine regarda avec tendresse sa fille fusionnée à elle par une zone de moiteur. Se séparer d'elle pour une nuit, avec l'incertitude de la retrouver le lendemain, ne lui disait rien qui vaille. Une frange de cils garnissait ses paupières doucement closes. Ses lèvres détendues tétaient dans le vide.

— Alors ? Vous descendez ? J'ai pas dîné, encore, maugréa Homer en se retournant.

— Je ne sais pas quoi faire, Alex, lui confia-t-elle à voix basse.

— On ne sait pas ce qui peut surzir de la forêt…

Elle hocha la tête vigoureusement et annonça au fermier :

— Merci à Madeleine et à vous pour l'offre, mais je garde Lydie avec moi cette nuit.

— Ouais, vu comme ça..., reconnut-il en posant ses yeux sur la petite blottie contre sa mère. J'serais un bien mauvais homme de vous l'enlever. Et toi, Freiszmuth, pourquoi tu descends ? J'ai pas bien l'temps de prendre un thé. Ma bobonne m'attend !

— Euh… ze dors ici.

— Hein ! ? s'exclama Homer en sursautant de surprise.

— Oui, Eusèbe n'est pas là et je ne veux pas me retrouver seule, se justifia Alphonsine.

— Bon, fit-il en haussant les épaules. T'aurais dû t'bâtir au village. C'est moins dangereux pour les bêtes… et pis, c'est plus rassurant. Comme ça, t'aurais pas besoin d'ce chien d'garde maigrelet ! Ha ! ha !

— Ouais, c'est ça, ronchonna Alexander en esquissant un sourire forcé.

— Allez, à la r'voyure !

— Attends, Homer ! l'intercepta la jeune mère. As-tu la petite lampe que Paula a donnée à Lydie ?

Le cocher arrêta l'attelage et pivota vers elle.

— Euh... Non, j'vois pas. Un instant. Ma Madeleine a bourré mon sac de provisions au cas où l'ciel me tomberait sur la tête… Ha !

Il se pencha et fouilla dans le cabas posé à ses pieds. On entendait des bruits de papier chiffonné et celui d'une pièce de bois, qui émettait des sons creux.

— Ah ! ben, tiens ! Ç'aurait été dur de rater c'truc ! C'est gros et c'est laid ! Enfin… j'devrais pas dire ça… mais bon, conclut-il en le lui tendant. R'voir !

— Au revoir, Homer, et merci encore !

La calèche, devenue bancale par de fréquents chargements de foins, grinçait dans le calme lourd de la noirceur.

— Je vais coucher Lydie et je m'occupe des chevaux, annonça Alphonsine à son ami.

— Ze peux le faire si tu veux.

— Commence, et je te rejoindrai. Donne-leur un peu de grains en attendant.

— D'accord.

Alphonsine se cambra vers l'arrière pour soutenir son enfant lorsqu'elle libéra sa main pour tourner la poignée. Puis, avec son épaule, elle poussa la porte d'entrée.

Un éclairage vacillant provenait des fenêtres de la maison, teintant l'intérieur d'un sombre orangé. Alexander bénéficiait de cette pauvre lueur pour chercher la moulée des bêtes. Il remarqua l'écurie terminée, annexée à la résidence. « Il est doué », pensa l'Allemand en se retournant pour vaquer à son occupation.

Au même moment, des dents se refermèrent sur son bras. Une forte mâchoire, plus grosse que celle d'un humain. Une dentition carrée… Il fit volte-face et, avant qu'il puisse voir son assaillant, la prise se relâcha sur son humérus. Dans l'obscurité, Alex discerna le museau de Devon à un centimètre de son visage.

Les naseaux de l'animal s'évasèrent et projetèrent de l'air. Le souffle brûla la joue et les yeux de Freiszmuth. Une vive douleur lui donnait l'impression que des flammes léchaient la partie supérieure de son globe oculaire, pour aller se glisser derrière, et consumer son nerf optique. Il réprima un cri pour ne pas alerter son amie et la fillette. Il retira ses lunettes et se guida avec son œil intouché. Quand il azimuta l'abreuvoir, il plongea la tête dedans.

La sensation de brûlure s'estompait tranquillement. Alex créait des bulles avec son nez et sa bouche. Il lui semblait que l'inflammation disparaissait plus vite ainsi. Un doigt tapota son épaule. Dans une grande inspiration, il sortit la tête hors de l'eau.

Les alentours étaient déserts. Il enfila ses verres. Son cœur battait la chamade. Il épia les environs, tentant de percer la noirceur. À ce moment, il aurait aimé être un chat ou un hibou pour découvrir l'identité de la personne qui venait de le toucher. Devon et Angie avancèrent le museau vers lui. Il émit un petit cri de sursaut et tomba à la renverse.

Les physionomies oblongues — l'une d'une blancheur fantomatique et l'autre noire comme les ténèbres — continuaient d'étirer le cou dans sa direction. Suffoquant d'effroi, il se mit à reculer expéditivement sur ses paumes et ses talons. Alors qu'il butait contre les tibias de quelqu'un, il entendit en sourdine son amie qui chantait une comptine à son enfant depuis l'intérieur de la maison. « Alors qui est-ce ? », songea-t-il, pantelant de peur.

Son regard détailla des chaussures noires et un pantalon de la même couleur. Déjà, Alexander avait fait le lien. Ses pupilles montèrent encore. Un grimoire. *Le* grimoire était logé sous son bras. Sa barbe jeune se hérissait sur sa mâchoire carrée, cachée sous un large chapeau. Des cheveux noirs et filasses, dans son dos, dépassaient de ses aisselles.

— Ely Lecledo, articula l'homme à lunettes.

— Alexander Freiszmuth, répondit l'étranger, narquois. Enchanté. Ce n'est pas tous les jours que l'on peut se vanter de rencontrer un survivant de cataclysmes.

Le sang d'Alexander se glaça. Peu de gens connaissaient ce surnom de jeunesse. Il n'y avait qu'Alphonsine, Malstörham et… Eusèbe.

Toujours en position assise, Alexander observait le visiteur. La peur embuait ses yeux. Ely s'accroupit à ses côtés :

— Je peux entrer ? Je crois qu'il faut que l'on discute.

CHAPITRE 27

L'apocalypse

Alexander avait signifié au visiteur nocturne de rester à l'extérieur, le temps qu'il prévienne son amie. Ely n'y avait pas vu d'inconvénient. En vérité, l'entrée à la hussarde de Freiszmuth dans la maison visait davantage à lui permettre de reprendre son souffle et ses esprits.

Il s'empara de la lanterne qui éclairait la salle à manger et se rua dans la chambre d'Alphonsine. Dans cette pièce, il pourrait déboutonner la manche de sa chemise pour la remonter et examiner son bras lancinant de morsures chevalines. Par ailleurs, il frémissait d'impatience d'observer son visage dans le miroir et d'étirer son œil pour le scruter minutieusement.

Effectivement, une empreinte en forme de croissant bleuissait sa peau. Son biceps révélait de sombres carrés de chair renfoncés.

— Diantre ! murmura-t-il d'une voix que la nervosité rendait tremblotante.

À la lueur de la flamme, il se pressa vers la glace d'une coiffeuse. Il écarta son œil avec son index et son pouce, mais ne remarqua pas la moindre anomalie. La porte couina derrière lui.

— Qu'est-ce que tu fais là ?

C'était son amie, dont la silhouette se matérialisa sur le seuil de la chambre maritale.

— Oh, rien. Z'avais une poussière dans l'œil...

— Ah, bon ! (Elle inclina la tête, les traits détendus, l'air serein.) Lydie s'est endormie. Sa veilleuse projette les planètes sur les murs et le plafond. C'est de toute beauté. Paula a vraiment du talent. Pourquoi priver la petite de cette merveille, après tout ? Comme dirait Malstörham, on ne peut contrer la fatalité, alors vaut mieux ne pas angoisser.

— Alphonsine, z'ai quelque ssose à te dire, déclara Alex en la regardant par le biais du miroir. Ely Lecledo est ici.

— Quoi ?

— Il veut parler. Il attend dehors.

Un mélange de stupéfaction et d'effroi se lisait sur le visage de la femme plongé dans le clair-obscur. Elle aurait aimé qu'Eusèbe fût ici.

— On ne peut pas le laisser entrer ! débita-t-elle, les yeux agrandis par l'horreur. Qu'il retourne dans son monde maudit ! Je ne veux pas de cet étranger chez nous !

En arrière-plan, se fit entendre le grincement de l'huis. Alphonsine, pétrifiée, fixa son ami. Ely était entré ! La panique étreignit le cœur de la jeune femme. Immédiatement, elle s'enferma dans la chambre conjugale aux côtés de son ami.

— Le sablier ! chuchota ce dernier. Entretiens Lecledo et moi, ze m'occuperai de le casser !

Il lui donna la lampe à l'huile et entrebâilla doucement la porte.

— Le *cacher* ! C'est ce que tu voulais dire, hein ? s'assura-t-elle, en jetant de successifs coups d'œil dans l'embrasure de la porte.

De la chambre, elle pouvait voir la porte d'entrée. Celle-ci était fermée.

— Oui, oui, c'est ce que ze voulais dire. Allez, va !

Soudain, la flamme de la lanterne qu'Alexander s'apprêtait à rendre à Alphonsine se mit à vaciller, à faiblir et à se contorsionner comme une bête sur le point de mourir. Elle s'éteignit. Les pupilles des deux camarades s'élargirent avec la grâce d'une méduse qui déploie ses tentacules. Une noirceur à couper au couteau plongea la chambre et ses occupants dans un univers oppressant. Car l'étranger était là et en ce moment, il se trouvait dans la maison.

L'homme inspirait tant de frayeur à Alphonsine qu'il lui semblait que sa respiration bruyante et saccadée retentissait autant qu'un cri. Sa vue s'habituant à l'obscurité, elle put discerner le contour fluet de son copain qui, en position statique, n'avait pas bougé d'un millimètre.

— Qu'est-ce qu'on fait ? Pourquoi cette satanée lampe s'est-elle éteinte ? marmonna-t-elle.

— En tout cas, celle qu'il y a dans la cuisine fonctionne encore…, fit remarquer Alex en observant un rai de clarté filtrer dans l'entrebâillement de la porte.

— Faux, lui dit-elle. On ne possède qu'une seule lampe dans la maison et c'est celle que nous avons avec nous. Tu te souviens ? Tu l'as prise et je suis sortie de la chambre de Lydie dans le noir. Non, ce type doit en traîner une avec lui.

— Z'en doute. Il avait les mains vides tout à l'heure, à l'écurie.

— Alors... alors, c'est forcément de la chambre de Lydie que provient cette lueur ! déduisit Alphonsine dont le susurrement se mua en inflexions aiguës.

Sa fille, à la merci de l'intrus !

— Cessons de nous cacher et affrontons ce cinglé ! implora-t-elle à travers un violent murmure.

Cependant, dès l'instant où elle s'apprêta à se dévoiler, le trait de lumière sur le plancher disparut. « Lydie ! », s'effraya-t-elle intérieurement. Elle ouvrit la porte à la volée tandis qu'Alexander lui emboîtait le pas.

Au moment où elle s'exposa hors de la chambre, elle tomba face à face avec la silhouette au chapeau. La partie visible de la figure malicieuse se recouvrit alors d'une seconde peau : une couche reptilienne composée d'écailles dorées scintillantes. Lorsque Alphonsine porta son regard plus bas, elle comprit que Lecledo ne muait pas. Les parcelles d'or contenues dans le sablier dont il s'était emparé reluisaient entre ses mains.

L'étranger éleva l'objet sacré au bout de ses bras aussi tendus et raides que s'il soulevait une massue. Une expression de répugnance courba ses lèvres. C'était le visage d'une rancœur poussiéreuse, profonde et ancestrale, sur le point trouver son assouvissement.

— NOOOOOOOOOON ! cria Alphonsine en bondissant sur lui.

Trop tard. Elle atterrit à plat ventre, en même temps que le sablier éclata en mille éclats de verre et de particules flavescentes. Ses reins subirent le contrecoup de la collision de son ventre contre le sol.

— Maman ? perça une petite voix enfantine de sa chambre close.

Alexander voulut porter secours à la fillette, mais il sentit son tibia brûler. Le sable mangeait son pantalon et poursuivit sa détérioration jusqu'à ce que les grains aient goûté à l'épiderme. Freiszmuth lâcha un cri et retira sa fringue à la hâte avant de la jeter à bout de bras. Sa jambe ne cuisait plus. Cependant, un spectacle cauchemardesque aimanta son regard.

Les grains sablonneux, dispersés sur le parquet et sous le corps d'Alphonsine, se réunirent en un cyclone lumineux. Le tourbillon ambre et brillant tournait à une vitesse centrifuge hallucinante. Le peu de meubles qui garnissaient la résidence se renversèrent, heurtèrent les murs ou se brisèrent en morceaux. L'entonnoir se matérialisa en forme humaine. Un colosse. Le colosse du passé. Ogre de leur enfance.

En arrière-plan, une vulnérable silhouette haute comme trois pommes se révéla. Ely Lecledo s'accroupit à côté de la blondinette. Malgré la transmutation qui s'opérait, Alexander vit le jeune étranger remuer les lèvres et murmurer des trucs à l'oreille de Lydie. La bambine hocha la tête, la bouche entrouverte de concentration. Ely se remit debout. La menotte disparut dans la main adulte, engloutie par des intentions malveillantes.

Pendant ce temps, la transformation du Marchand de Sable se complétait. La petite fille, captivée par la scène, se faisait enlever par Ely sous les yeux de sa mère. Tandis que des fragments de vitre pénétraient ses paumes et ses genoux, cette dernière sortit de sa torpeur et se releva avec une rapidité d'exécution surprenante. Une térébrante douleur lancinait là où les débris de verre s'étaient plantés, mais l'urgence du moment le lui fit oublier. Ely Lecledo avait déjà pris la fuite.

— LYDIIIIIIIIIIIIIIIE ! héla Alphonsine à pleins poumons.

Le mugissement du vent enterrait tous bruits environnants. Elle se rua vers la sortie, suivie de près par Alexander, en caleçon.

L'ambiance surréelle qui régnait à l'extérieur évoquait un mauvais rêve. La nuit calme et paisible ne reflétait en rien l'apocalypse interne qui dévastait l'organisme de la jeune mère. Sa fille kidnappée. Lydie disparue.

— Lyyyyyyyydiiiiiiiiie, appela Alphonsine en pleurant, pliée en deux. Lyyyyyyyydiiie…

— Sssssut ! fit Alexander derrière elle. Le Marssant de Sable va nous repérer !

Comme de fait, derrière eux, la porte de la résidence s'entrebâilla. À l'intérieur, le vrombissement engendré par la tornade avait cessé. Les fenêtres avaient l'allure de rectangles noirs. Alexander empoigna le bras mou de son amie et l'entraîna dans un tas de foin où ils se dissimulèrent. Ils déplacèrent grossièrement les brindilles pour se créer un camouflage. Quatre yeux brillaient à travers les fourrages.

Une charrette poussa le pan de bois. Alphonsine la reconnut comme étant celle qui contenait la poche de sable. Les roues criaient de façon aussi sinistre qu'à l'époque. L'ogre de leur enfance portait le même manteau rapiécé de fourrure animalière et un capuchon se rabattait sur son visage aux lèvres pincées.

Il ne cherchait pas Alphonsine et Eusèbe. Il visait d'autres horizons. Il se dirigeait vers le chemin qui menait à Green Valley ou… vers le Nord. Vers sa fille.

Les camarades, toujours cachés dans la meule de foin, s'avisèrent qu'un papier voltigeait, en fonçant droit sur eux. Considérant qu'ils ne couraient plus de risques à s'exposer, tous deux sortirent de leur cachette.

Alphonsine, encore sous le choc de l'enlèvement de Lydie, tremblait de tout son corps. Son ami se pencha, défripa le papier et découvrit une écriture tracée de poudre d'or. Il était inscrit :

Tuer l'Élue pour sauver la Légende

Rendez-vous dans la Contrée du Nord.

Ely Lecledo

CHAPITRE 28

La sphère prophétique

Alexander avait dû user de tact pour convaincre son amie qu'ils ne pouvaient espérer partir pour un pays inconnu, où régnaient des créatures légendaires, sans se prémunir du strict minimum. Ils mirent donc les selles et les brides aux chevaux et cavalèrent jusqu'au village. Alexander avait tenu mordicus à monter Angie. Alphonsine, habituée aux comportements parfois étranges de son camarade, ne s'y opposa guère. Son désir se résumait à un seul but : retrouver sa fille.

Au cours de leur chevauchée, ils furent à la fois surpris et soulagés de constater qu'un paisible silence nocturne veillait sur les habitations, comme les ailes d'un ange enveloppent le paradis. Un petit nombre de fenêtres encore éclairées témoignaient de la veille prolongée de villageois, dont celle de la chambre des patients de la maison du docteur. Cette pièce, composant les deux tiers de la résidence, servait de dortoir aux malades et aux blessés. Pour l'heure, il n'y avait qu'Eusèbe qui l'occupait.

— Ze crois que ton mari fait de l'insomnie, souleva Alexander.

Les chevaux dodelinaient leurs têtes au rythme de leurs foulées fatiguées.

— Il faudrait que je lui dise, gémit Alphonsine, les paupières bouffies et les lèvres qui grimaçaient d'envie de pleurer.

— Oui... mais il n'est peut-être pas en état de nous suivre. Il nous ferait perdre un temps considérable..., balança-t-il comme excuse alors qu'en réalité, il ne faisait pas confiance aux borgnes ni aux aveugles touchés par le sable.

— Mais c'est odieux ce que tu dis là ! Notre fille a été enlevée, se récria la mère, alors que les chevaux gravissaient l'entrée sinueuse menant au foyer du sage.

— Ze ne suis pas de mauvaise foi, ze t'assure. Seulement, rappelle-toi de ce que ze t'avais lu sur les Veilleurs et aussi de ce que t'avait dit Thelma sur son mari.

— Oui. Je me remémore vos paroles tous les jours, admit Alphonsine, la mine basse.

— Devrions-nous courir le risque ?

— Laisse-moi réfléchir, le temps que tu fasses nos bagages, décida-t-elle.

Ils conduisirent leurs coursiers dans l'écurie. Ils les attachèrent dans un enclos où logeait le fougueux Balthazar, un cheval arabe blanc pommelé de gris. Alexander toucha son bras, là où Devon l'avait mordu. Il ne sentit rien. Perplexe, il examina son biceps; la marque avait disparu.

En sortant du bâtiment, il jeta un étrange coup d'œil au cheval noir. L'animal lapait l'eau, ignorant la présence de Freiszmuth. Il buvait comme toute bête normale venant de galoper une lieue sans s'arrêter. Alex finit par concevoir qu'Ely Lecledo avait le pouvoir de créer des illusions, et ce, dans l'intérêt d'une légende.

Malstörham, qui ne dormait que quelques heures par nuit, s'inquiéta de voir apparaître les jeunes gens à une heure si tardive. Il lisait à la lueur d'une chandelle dans un fauteuil de cuir, quand il entendit le boucan que menait son compagnon. Le vieil homme arriva dans la pièce qui réunissait mur de savoir et cuisine. Il aperçut Alexander, juché dans l'échelle de la bibliothèque murale. D'un doigté expérimenté, le trentenaire parcourait les reliures et fourrait des bouquins dans un havresac. Sa copine, elle, patientait, assise à la table. Elle retirait les éclats de verre de ses paumes à l'aide d'une pince à épiler. Ses traits tirés et son air absent n'inspiraient rien de réjouissant au vieillard.

— Que faites-vous là? demanda le sage.

— Lydie a été enlevée, annonça Alphonsine tout de go.

Ses coudes étaient posés sur la table devant elle et ses paumes, soudées par ses doigts entrelacés. Cependant, ses nerfs, soudain, exprimèrent la gravité de son traumatisme par une crispation qui s'étendit sur l'ensemble de son corps. Son poing, appuyé sur sa bouche, se vit secoué de tremblements tandis que sa mâchoire se contractait et que sa tête se mettait à trembloter en oscillant de gauche à droite. Quant à son regard voilé, il ne dissimulait pas qu'une simple tristesse, mais un sentiment violent où haine et détermination cohabitaient, éliminant toute trace d'innocence subsistant en elle. Dans la trajectoire visuelle de son ambition se mirait une cible noire qui tenait sa fille par la main. À partir de cet instant — cette seconde cruciale pendant laquelle il suffit qu'une escarbille bise l'âme d'un homme pour qu'il chavire dans la folie –, Alphonsine Gale se jura d'endiguer ses larmes jusqu'à ce qu'elle récupère son enfant. Sur terre ou au ciel.

Malstörham lui avait certainement parlé pendant que son esprit sensible et friable cédait le flambeau à une énergie vengeresse et téméraire. Sa métamorphose s'était exécutée dans un isolement psychique hermétique. En revanche, on ne pouvait espérer tromper le sage, qui lisait dans les yeux comme dans un livre ouvert.

— Conserve ta froideur, raisonna la voix chevrotante aux oreilles de la jeune femme, mais n'oublie pas ton cœur. Jamais. Si ton cœur est froid, c'est ton âme qui te désertera. Ces petites membranes translucides craignent la glace.

Alphonsine acquiesça d'un distant murmure. Elle n'avait pas envie d'écouter le vieillard. Pendant qu'il lui livrait ses préceptes, Lydie s'enfonçait dans les ténèbres. Loin, toujours plus loin. Et la hargne de sa mère gonflait, gonflait et gonflait...

— Tu as fini ? demanda-t-elle à Alexander, impatiente et nerveuse.

— Oui... enfin, ze crois.

— Laisse-moi jeter un œil, fit Malstörham.

— Une minute, c'est lourd, le prévint Alexander, du haut de l'échelle, en élargissant l'ouverture du sac. Ze descend.

Une fois qu'il eut atteint le premier échelon, Freiszmuth posa les provisions de volumes sur le parquet. Tel un mendiant fouillant les ordures, Malstörham s'agenouilla et plongea le nez à l'intérieur du contenant de cuir. Il sortit les livres un à un et les empila.

— À votre place, je ne les traînerais pas tous, recommanda le vieil homme. Leur poids affectera la performance des chevaux. Alexander, tu te souviens de la sphère prophétique ?

Ce dernier demeura songeur.

— Non, peut-être pas, marmonna Malstorhäm pour lui-même. En fait, je ne sais pas si tu l'as même déjà vue. Attendez-moi quelques instants.

Il s'éclipsa dans le couloir qui débouchait sur le salon.

— Alex ! On n'a pas une minute à perdre ! chuchota Alphonsine entre ses dents.

— Fais confiance à mon père, murmura l'Allemand. Il ne s'est zamais trompé. Il nous fera gagner du temps. De plus, l'intérêt qu'il démontre depuis l'apparition de Lecledo me porte à croire qu'il a l'intention de nous aider à combattre le Marssand de Sable.

— Ah ! s'écria le vieillard tout en revenant vers eux. Je craignais qu'elle ne fût égarée ou volée !

Malstorhäm réapparut à petits pas rapides et traînants, une boule de cristal entre les mains. Il confia celle-ci à son fils et monta l'échelle avec lenteur. Avant même de terminer son ascension, il repéra le grimoire qu'il cherchait.

— Voilà. Alex, apporte ta montre. Elle te sera pratique là-bas. Ne sait-on jamais ?

Il descendit les échelons pendant que Freiszmuth, après avoir soigneusement déposé la sphère prophétique, courait à sa chambre pour prendre son bijou d'antan.

Le barbu posa le bouquin sur la table et parcourut la liste des sujets qu'il contenait. Son doigt s'arrêta sur un sous-titre et glissa à droite, où la pagination figurait. Dans un geste frénétique, il tourna les pages. Lorsqu'il arriva au chapitre en question, il lut en marmonnant, hocha la tête d'assurance puis referma le livre. Pénétré de vénération pour la sphère, il la recueillit. Sa robe de satin se fripant sous ses pas rapprochés, il se dirigea vers le riche miroir d'airain et se planta devant.

Le sage ferma les paupières. Il tendit les bras au niveau de son thorax, la sphère prophétique logée entre ses mains, réunies en coupole. Il prononça une formule magique en langage ancien qu'Alphonsine ne comprenait pas. Néanmoins, le rythme de sa voix et l'impétuosité qui l'animait exhaussaient son esprit. Quant à l'Allemand, en dépit du fait qu'il avait déjà vu son maître réciter des paroles cabalistiques, il semblait captivé par l'ambiance cérémonielle qui se dégageait du moment.

Les chandelles disposées dans les différentes pièces de la maison vacillèrent et s'éteignirent. Un reflet bleuté illumina la sphère et une fumerolle de même couleur s'en échappa. Les mots du rituel continuaient de rouler sur la langue du magicien, propulsé par son inépuisable souffle. Le miroir renvoyait la réflexion du vieillard : ses traits s'étiraient et son visage raviné avait l'air de se dessécher, de se flétrir comme une fleur déshydratée.

C'est alors qu'un éclair d'azur ébranla la boule et la glace. Ses rayons zigzagants s'égaillèrent en aveuglant les spectateurs. Imperturbable, le sage tonitruait, prononçait des termes empruntés à un ailleurs inexploré. Un livre se matérialisa à l'intérieur de la sphère. Sa reliure de cuir bouillonnait entre les mains du sorcier, protégées par l'épaisseur cristalline de l'objet. Une rafale, enfantée par un désordre céleste, ouvrit le grimoire et en agita les pages. Les paumes de Malstorhäm rougissaient à cause de la chaleur incandescente générée par le phénomène magique. Il termina la formule en français :

« Livre en moi le savoir de la Contrée du Nord.

Percute mon aura afin de laisser ses arcanes me pénétrer.

Que mon esprit s'élève, erre et vole, hors des voies de l'intelligible.

Fais de moi, Malstörham, sorcier infatigable des mondes connus et méconnus,

le pont entre cette sphère translucide et ce miroir sans fin !

Je l'ordonne au nom du Feu, de la Terre, de l'Eau et du Vent.

Fusionnez-vous !

Feu, chaleur des veines de la Terre

Terre, nourrice de l'abondance

Eau, source de vie

Vent, poumons de l'inapparent

Fusionnez-vous tous, éléments existentiels !

Transcendez mon esprit en vous,

Et participons à la destruction de la Légende rebelle ! »

Un dense brouillard germa sur le plafond, y enracina ses tentacules aériens, et se répandit en volutes blanches à travers la maison. Le sorcier se cambra et émit une plainte sépulcrale dont la provenance lointaine, nichée au tréfonds de son âme, laissa échapper un nuage de poussière. La vapeur façonna un bras musclé, gigantesque, entre Malstörham et le miroir.

Un sceptre serti d'un diamant apparut dans la main nébuleuse, large comme deux crânes. Les gros doigts se refermèrent sur le bâton. Le membre brandit son instrument, duquel jaillit une terrible fulguration qui relia le miroir et la sphère. Un feu bleu métallique enveloppa la boule de cristal avec une réaction d'embrasement, digne du mariage entre une flamme et du kérosène.

La langue enflammée continua son parcours sur les paumes du magicien, courut sur ses bras, longea ses épaules, baisa son cou, nimba sa tête et redescendit vers son cœur, qu'elle foudroya. L'homme tomba à genoux, le dos droit et les bras toujours tendus devant lui, en possession de la sphère prophétique. Son visage bascula vers l'arrière et ses yeux, se révulsant, s'allumèrent comme des phares.

Le bras, comme aspiré par les cieux, se déforma en cylindre d'air et disparut dans le plafond. Les éclairs s'éclipsèrent et Malstörham s'écroula de toute sa masse sur le plancher.

Alphonsine se précipita sur le vieillard, et sur Alex, accroupi à ses côtés.

— Malstörham ! hurla-t-elle, craignant de perdre à nouveau un être cher.

La couleur naturelle des iris du sage recouvrit peu à peu la lumière divine, telle une teinte pâle diluée par une autre plus foncée.

Il la regarda. Une lueur de contentement se lisait dans ses prunelles :

— Je suis heureux, articula-t-il. J'ai réussi à appeler le dieu des mages, souverain des magiciens de l'univers. À présent, mes enfants, je vous accompagnerai par l'entremise du miroir et de la sphère prophétique. Prenez-en grand soin, car elle sera le puits de vos connaissances. Votre arme essentielle contre l'immuable Monstre légendaire.

CHAPITRE 29

L'imprévu

Rassurée et parée à affronter le monde du Nord, Alphonsine franchit le seuil de la maison du sorcier, mue par une ardeur combative. Accompagnée de son fidèle et brillant guerrier, et nantie d'une aura d'acier, elle ne craignait plus rien. Dans sa précipitation, elle ne songea cependant pas à son mari. Seul le désir de serrer sa fille dans ses bras et de mettre fin au règne du Marchand de Sable l'animait. Elle ressentait par ailleurs qu'Alexander aspirait au même but qu'elle. Que tous deux formaient une équipe hors pair.

— Ze savais que Malstörham était un grand mazicien, mais ze n'avais zamais assisté à un phénomène d'une telle intensité, confia-t-il à son amie en remontant le chemin menant à l'écurie.

À leur gauche, le terrain se prolongeait en un pré clôturé attenant à une zone forestière. Celle-ci conduisait à Trinity. Dans la noirceur, la cime des arbres dessinait une ligne crénelée.

— Je pars le cœur en paix. Qu'importe si je meurs.

— Ze ferai tout pour que ça n'arrive pas.

Une préoccupation grandissait dans le ventre d'Alexander, enflant à mesure qu'ils approchaient du bâtiment. En fait, elle provenait du souvenir récent de la morsure de Devon. Son effarement du moment — lorsque le cheval avait croqué son bras aussi franchement qu'une pomme — renaissait en lui. Et même s'il savait les empreintes disparues, un élancement ténu, peut-être bien façonné par son imaginaire, lui vrilla à nouveau le biceps.

— Alphonsine ? Ze dois te dire quelque ssose avant que l'on s'en aille.

La main sur le bec-de-cane, prête à pénétrer dans la grange, la femme s'arrêta et se retourna pour écouter son copain. « Ça sent l'aveu », songea-t-elle.

— Ze ne suis pas sûr que ce soit une très bonne idée que Devon fasse partie de notre périple.

Alphonsine plissa les yeux et fronça les sourcils :

— Pourquoi donc ?

— Ze n'ai pas eu le temps de t'en parler plus tôt, mais ze crois qu'il est ensorcelé…

— Pardon ?

— Il m'a mordu quand ze sserssais la nourriture, zuste avant que ze rentre… Ze n'avais rien dans l'œil. Ze voulais zuste examiner mon bras, avoua-t-il. En revansse, z'avais des traces de dents sur mon biceps.

— C'est bizarre. Je le monterai, si tu veux. Je connais ce cheval. Il a tous les atouts qu'il nous faut. Il est rapide, impétueux, endurant, puissant… (Elle l'observa avec dépit.) J'aimerais vraiment qu'il fasse partie de l'aventure… quitte à laisser Angie, qui a un tempérament plus doux, ici, afin que tu prennes Balthazar.

— Ze ne sais pas quoi dire… Tu décideras de ce qui sera le mieux, dit-il, à contrecœur.

— Nous déciderons, spécifia-t-elle en appuyant sur le mot *nous*. C'est notre mission après tout. Pas juste la mienne.

Alphonsine tourna la clenche des doubles portes et les déploya.

Le quartier de lune — encadré par la fenêtre de l'écurie — baignait les bêtes dans une clarté blafarde. La robe d'Angie brillait comme une première neige, tandis que le museau arqué de Balthazar et son cou courbé comme celui d'un cygne le dotaient d'une prestance sans égal. Quant à la silhouette de Devon, elle se fondait dans les ténèbres. Cependant, Alphonsine et Alexander discernèrent le prolongement d'une ombre sur son dos. Quelqu'un se tenait à califourchon sur lui.

Alexander sortit un paquet d'allumettes de sa poche de pantalon et en gratta une.

— Eusèbe ! s'exclama Alphonsine, stupéfaite.

— Je crois qu'il vous manque un guerrier ? lança le borgne d'un ton narquois.

CHAPITRE 30

La soudaineté du hoquet

La présence d'Eusèbe était loin de réjouir Alexander, qui interprétait sa survenue comme une menace. Pour sa part, Alphonsine ne pouvait chasser de sa mémoire le regard glacial que son mari avait posé sur elle lors de sa visite dans le dortoir du docteur Renouf. Quand elle demanda au borgne comment il avait su qu'Alexander et elle se trouvaient chez Malstorhäm, il répondit simplement qu'il avait d'abord entendu les sabots retentir dans la rue. Puis, il s'était levé de son lit et avait jeté un coup d'œil à la fenêtre. Il avait reconnu sa femme sur le dos d'Angie et le myope sur celui de Devon, *son* cheval. Curieux de les voir déambuler à une heure si tardive, il s'était inquiété et était sorti en douce pour ne pas alerter le docteur Renouf. D'abord, son réflexe avait été, dans le but de repérer sa fille, d'espionner par les volets ouverts de la maison de Madeleine et d'Homer. Il n'avait toutefois relevé aucune trace de la petite. Il avait donc décidé de suivre les promeneurs nocturnes. Escamoté derrière un bosquet, il avait aperçu son épouse et son ami s'engouffrer dans la résidence du sage. Il avait alors conclu que quelque chose de grave était arrivé à Lydie. En attendant le retour de sa compagne et d'Alexander, il avait enfourché son cheval.

Certes, l'histoire se tenait, mais l'Allemand doutait de sa véracité. Quoi qu'il en pensât, il jugea toutefois plus prudent de ne pas se montrer trop curieux et choisit de camoufler sa méfiance par son air habituel d'innocence. Néanmoins, il n'hésiterait pas à « trancher des têtes au passage » s'il sentait la sécurité de sa copine menacée.

Tandis qu'Alphonsine racontait à son mari le récit détaillé de l'enlèvement de leur fille, le trio atteignit la grotte, repère situé en face du monde parallèle. Balthazar donna un coup de tête vers le haut. Il piaffa en s'ébrouant. « On dirait qu'il sait », songea Alexander en levant les yeux en direction du tunnel invisible qui débouchait sur la Contrée du Nord. Des grenouilles mugissantes animaient la nuit paisible.

— Cet Ely Lecledo ne perd rien pour attendre. Je le tuerai, jura le père de Lydie, d'une voix rocailleuse, voire effrayante.

La monture devait ressentir sa nervosité, car elle bomba son poitrail en trépignant de côté.

— Il faudra agir avec tact. L'impulsivité ne sera bonne à rien, lui conseilla Alphonsine. Je pense que si on élimine le Marchand de Sable, Ely Lecledo disparaîtra.

— Pour l'instant, tant que nous n'avons pas pénétré la frontière du Nord, nous ne pouvons être sûrs de rien, renchérit Alexander.

— Qu'importe, s'obstina Eusèbe. (Et, désignant le sac à dos de son allié à lunettes) : Qu'est-ce qu'il y a là-dedans? Des armes? Des épées magiques? Des yeux de crapauds et des têtes de sauterelles?

Alexander s'était accoutumé à l'humour mesquin de son ami, mais pour l'heure, il n'avait pas envie de se livrer aux plaisanteries.

— Une arme, répondit Freiszmuth, sérieux comme un pape.

— Ah, oui? Et quelle est-elle?

— Une boule de cristal, trancha la voix d'Alphonsine qui, par son ton sec, désarçonna son mari.

Cachant son humiliation derrière un sourire en coin, Eusèbe ajouta :

— Qu'est-ce que c'est que cette connerie? Vous pensez vraiment battre ce monstre avec *ça*?

— Oui, avec l'aide de Malstörham, persista-t-elle.

— Je vois..., répliqua Eusèbe. Je vois ma propre mort.

— Si tu veux aller te chercher une épée chez le forgeron, va! rétorqua sa femme. Mais nous ne t'attendrons pas. Nous avons déjà assez perdu de temps!

Bouche bée, Eusèbe se renfrogna. Alphonsine fit faire un demi-tour à Angie et lui lança :

— Tu veux que je dise ce que je vois, moi ? Notre fille terrorisée et en danger !

Décidément, l'opiniâtreté de son épouse la transformait en être froid et distant. Méconnaissable. Eusèbe songea que depuis l'intrusion d'Ely Lecledo dans leur vie, leur mariage se portait mal. « Je le tuerai, ce serpent », se promit-il en ancrant ses ongles dans le pommeau de sa selle.

À la seconde précise où il méditait cette pensée meurtrière, Devon se cabra. Il émit un hennissement suraigu, évoquant la naissance d'une créature qui déploie des ailes ensanglantées. Eusèbe sursauta, mais s'accrocha comme il put à son cheval piqué d'hystérie qui s'emballa dès que ses sabots effleurèrent la terre. Devon fila à vive allure devant l'air dérouté d'Alphonsine et d'Alexander.

La monture fonça droit dans la voûte lugubre des ramifications des arbres qui, cliquetant comme des ongles crochus, s'écartèrent sur son passage. Les silhouettes du borgne et du coursier disparurent dans les épaisses ténèbres. Au loin, les galops sourds du pur-sang, battant un sol spongieux, parvinrent aux aventuriers. Puis, le clapotement des foulées endiablées se perdit en échos oniriques.

L'Élue pivota vers son allié. Ses yeux brillaient comme ceux d'une biche qui s'effraie de glapissements carnassiers. Un silence d'outre-tombe balayait tous bruits environnants.

Même les grenouilles, intimidées, s'étaient enlisées dans la vase, préférant remettre leur chorale à une prochaine nuit.

— Ze me demande zusqu'à quel point la décision d'Eusèbe de nous accompagner était consciente.

— Que veux-tu dire ? interrogea Alphonsine d'une voix basse et monocorde.

— Eh bien, nous a-t-il vraiment entendus marsser dans la rue tout à l'heure ? Était-ce vraiment lui qui guidait ses pas ou quelque ssose qui l'a conduit zusqu'à nous ?

Alphonsine le fixait, mais sans pourtant saisir le fond de sa pensée.

— Zusqu'à quel point étais-tu destinée à trouver ces ssevaux broutant tranquillement dans un pré, au milieu de nulle part et à côté d'une ville anéantie ?

— Mais Angie n'est pas…

— Anzie t'était destinée. Devon, en revansse, ne l'était pas. Devon voulait qu'Eusèbe fasse partie de ce périple. Sa morsure, ses babines retroussées... Ze ne les ai pas imazinées !

— Non, approuva Alphonsine, qui se pencha de côté pour observer sa jument.

Elle distingua dans son angle de vision le bulbe noir, lustré comme du verre, que lui évoquait l'œil chevalin.

— N'empêche que nous devons aider Eusèbe, et tout de suite ! reprit-elle d'une voix impérative, les sourcils crispés d'inquiétude.

— Attends ! Ne perdons pas notre obzectif premier : ta fille et le Marssand de Sable.

Avant de baisser la tête, Alphonsine afficha une mine de tristesse résignée.

— Z'ai le regret de te dire que si Eusèbe ne te revient pas, c'est qu'il ne te méritait plus, ajouta son ami.

La jeune épouse ne savait plus si elle avait envie de pleurer ou de foncer. Elle éprouvait une réticence qui, dans les circonstances, aurait pu révéler une forme de lâcheté ou de fatalisme. « Si le Marchand de Sable et son acolyte sont capables de nous manipuler à distance, à quoi bon poursuivre ? », songea-t-elle.

— Relève le menton, Élue ! somma son fidèle compagnon.

Surprise par le ton impératif de ce dernier, elle obéit et le dévisagea.

— L'avenir des dormeurs dépend de toi ! Nous retrouverons Lydie ! Seulement, ze ne peux pas mener ce combat seul. Tu es l'Élue, la seule qui puisse anéantir le règne de cette abominable lézende. Très peu connaissent son existence, mais si l'humanité la connaissait, tous scanderaient ton nom, et le monde tremblerait de leurs exhortations. Alors, s'il te plaît, laisse ton cœur de côté et fonce !

Alphonsine redressa le dos et fit porter son regard au-delà des ramées immobiles, qui semblaient attendre l'entrée de la majesté pour s'ouvrir à nouveau.

La tête droite, solennelle, Alphonsine battit les flancs de sa jument. Angie trotta puis, devant l'insistance redoublée de sa maîtresse, elle se mit à galoper à l'aveuglette à travers bois. Balthazar martelait lui aussi la terre, accordant une confiance aveugle à Alexander.

Plus les sabots foulaient le sol, plus les éclaboussures jaillissaient. Un marécage ! Une odeur pestilentielle vint à leurs narines, comme s'ils avaient heurté un mur gazeux. L'eau des marais giclait sur le visage des cavaliers, sur leurs lèvres et leurs dents. La puanteur s'intensifiait. Elle devenait si insupportable qu'Alexander se vit forcé de retenir sa respiration. Pour sa part, Alphonsine cracha un filet de bile qui s'aggloméra à ses cheveux virevoltants.

« PLOCOPLOC ! PLOCOPLOC ! PLOCOPLOC ! », résonnaient les soles lorsqu'elles atterrissaient sur la surface marécageuse.

« PLOCOFROUSSSSSK ! », firent les pattes des chevaux qui, soudain, s'enfoncèrent si creux que les mollets de leurs maîtres furent immergés. Alphonsine lâcha un cri alors qu'une autre nausée montait en elle, qui avorta toutefois en hurlement de frayeur, à la vue de ce qui les entourait, son animal et elle.

Angie nageait dans un étang pullulant de morts. Des nuques noires brillaient par-ci, des bouches béantes s'ouvraient par-là, communiquant encore l'atrocité de leurs agonies, des membres détachés — bras, jambes, mains, pieds — flottaient à la lueur du ciel étoilé.

La jeune femme révulsée, morte de peur, voulut se retourner pour regarder son ami, mais elle n'en eut pas le temps.

Sa jument cala à une vitesse fulgurante au beau milieu de cette étendue putride, comme si elle et sa cavalière avaient été avalées par les morts.

CHAPITRE 31

Les perles

Le son d'un rideau de perles qu'on laisse tomber à l'infini tira Alphonsine de son inconscience. Ses doigts frôlaient de petits objets durs et froids. Avait-elle dormi ? Avait-elle rêvé ? Elle ne savait pas trop. Mais en tout cas, elle se rappelait clairement la soupe de cadavres dans laquelle sa jument avait pataugé. Il lui semblait d'ailleurs que la mauvaise odeur avait collé à ses parois nasales.

Les yeux clos, elle s'avisa qu'elle était couchée sur le dos d'Angie, la joue contre sa crinière, les bras pendant de chaque côté de son cou long et robuste. Les pas de son cheval lui paraissaient lents et ardus. Elle devina derrière elles la présence d'une autre monture, à la démarche comparable. « Alexander… ? », s'inquiéta-t-elle, en se décidant à se redresser.

Son regard s'attarda d'abord au sol. L'obscurité des lieux ne lui permit pas d'identifier la nature des petits sédiments blanchâtres, luisants, froids et durs — pour les avoir effleurés du bout des doigts à son réveil — à travers lesquels sa bête évoluait et dont la quantité était telle que leur niveau atteignait les jarrets d'Angie. La cavalière pensa qu'il s'agissait de millions et de millions de perles.

Perplexe, elle leva ensuite les yeux et constata qu'elle se trouvait dans une grotte éclairée de rares flambeaux. Une agglomération perlée, qui s'irisait sous l'éclairage orangé des torches, tapissait les parois du tunnel. « Mais où sommes-nous ? Où sommes-nous donc ? », se demanda Alphonsine.

Elle lança un coup d'œil par-dessus son épaule et aperçut Alexander, inerte sur son cheval arabe. Les yeux de la bête découvraient des croissants de lune blancs, surmontant des iris scintillants. Ses nasaux s'évasaient sous le coup de l'essoufflement et de la peur.

Alphonsine, qui voulait à tout prix réveiller son compagnon, se pencha machinalement vers le sol et étira le bras pour recueillir une poignée de perles… drôlement anguleuses. Celles-ci s'entrechoquèrent sèchement. Elle s'élança pour jeter les petites boules à son ami, mais interrompit son mouvement ; une perle plus pointue que les autres venait de piquer sa paume.

Curieuse, elle déplia les doigts pour examiner ce qui se trouvait dans sa main. Aussitôt, elle émit un cri de frayeur ; ce n'étaient pas des perles, mais des dents ! Des dents humaines ! Un univers sinistre se referma sur elle. La femme haletait, grimaçait, à la fois dégoûtée et horrifiée.

— Oh ! mon Dieu ! Oh, mon Dieu ! ne cessait-elle de répéter convulsivement.

Du coin de l'œil, elle crut soudain discerner une ombre. Elle fit volte-face. Rien. Un courant d'air subit et glacial rasa sa joue. Elle se retourna dans cette direction et entraperçut une chose voler. Angie crispa ses pattes arrière, tandis que celles de devant piétinaient et que ses oreilles s'aplatissaient sur son crâne.

La silhouette furtive grondait, à présent. Les secousses faisaient bouger les dents, qui se cognaient les unes contre les autres, évoquant dix mille squelettes qui grelottaient à l'unisson. Des mots soufflés ébranlèrent la caverne.

AAAALLLEZ-VOUS-EN !

Alphonsine fit un brusque demi-tour. La créature véloce se soustrayait à son regard.

MAUDITE !

Elle tourna la tête à gauche. Rien.

TU ES MAUDITE !

...et à droite. Elle n'arrivait pas à la voir !

— Alexander ! appela Alphonsine d'une voix craintive, en restant aux aguets. Alexander… je t'en prie ! Réveille-toi !

Au même instant, elle dépassa un rocher qui se dressait sur une bonne hauteur et qui l'empêchait de voir le reste de la cavité. À une courte distance, devant eux, un cercle bleu cyan signait la fin de leur déambulation dans cet antre.

PROFFFFFFFFANATEURS DÉGUERPISSEZ ! rugit la créature encore invisible d'un ton tonitruant qui glaçait les sangs.

Alphonsine talonna les flancs de sa jument, mais celle-ci, effrayée, peinait à avancer efficacement. Paniquée, la jeune femme pivota sur sa selle pour observer son ami. Celui-ci commençait à s'animer tandis que son cheval, batailleur et compétitif, pliait les genoux et les levait en alternance à la hauteur de son poitrail. Il dépassa Alphonsine. Angie imita son congénère et tous les quatre se libérèrent de la grotte aux dents.

CHAPITRE 32

Les insectes et les souris

Une atmosphère fraîche pénétra leurs poumons, les purifiant de l'odeur cadavérique persistante du marécage. Ils semblaient immunisés à la température, visiblement glaciale. Devant eux, un territoire enneigé s'étendait à perte de vue. L'horizon se découpait d'une chaîne de montagnes fabuleuses, dont les sommets se perdaient dans les nuages. Vus du ciel, les promeneurs avaient certainement l'air de fourmis égarées, évoluant sur une étendue infinie. Le lieu ouvert et reposant les amena à discuter de leurs dernières expériences.

— Tu as vu la quantité de dents ? s'exclama Alphonsine, réjouie que son ami ait recouvré ses pleines facultés. Nous avons eu de la chance de nous en sortir sans être édentés !

— C'était horrible, pour le peu que z'ai vu...

— Il faudra revenir…

— Peut-être… Nous verrons.

— Cette grotte était-elle la cache de la légende à laquelle je pense ?

— La fée des dents ? Oui. Nous sommes dans leur monde et ze crois que ce marécaze où tous ces malheureux flottaient était un zenre de « frontière sélective ».

— Ces gens auraient voulu visiter le monde du Nord et auraient été refusés à l'entrée ?

— C'est une manière de le dire, oui. Mais ze ne suis pas Malstörham. Z'essaie zuste de comprendre.

— Ce serait plausible. Rappelle-toi du billet que nous avons lu lorsque nous étions cachés dans la meule de foin. Ely Lecledo nous a mis à l'épreuve en nous invitant ici.

— Exact. Mais il n'a pas réussi à nous tuer.

Alphonsine s'arrêta de parler un moment pour regarder son ami. Elle se remémorait ce gamin courageux avec une veste et un casque trop grands pour lui, cette dentition qui évoquait des notes de piano, ces yeux bleus, globuleux et très clairs, caricaturés par des verres épais.

— Qu'est-ce que ce sourire taquin signifie ? articula-t-il en se grattant la nuque.

— Oh, rien. Je repensais au passé. Je te revoyais à l'époque où tu étais petit garçon. Tu n'as guère changé…

— Ce n'est pas très flatteur… Toi, en revanssche, ze te trouve encore plus mignonne qu'autrefois, admit-il en rougissant.

— Eh bien... merci pour le compliment, répondit-elle d'un air gêné, comme si la timidité d'Alexander était contagieuse. Je parie que tu voulais dire ça depuis longtemps?

Alors que l'Allemand s'apprêtait à répondre, la terre trembla sous leurs montures. Les bêtes soubresautèrent et se mirent à trotter, égarées, ne sachant pas où se réfugier. La secousse ressemblait aux pas d'un géant ou à ceux d'un membre d'une espèce éteinte. Chaque collision qu'encaissait le sol contraignait les chevaux à progresser par à-coups.

Juste devant eux, derrière la montagne, surgit une énorme créature velue dont la physionomie s'apparentait à la fois à celle du singe et à celle de l'humain. À côté de son pied, les quadrupèdes ressemblaient à des souris. Le monstre enjamba les crêtes enneigées aussi facilement que si elles n'étaient que de petits tas de roches. Sans attendre, les guerriers firent demi-tour. Ils cognèrent leurs talons sur les flancs des animaux et partirent au triple galop.

Ils dégringolèrent une colline, au pied de laquelle s'étendait un lac glacé. La démarche lourde de l'homme-singe générait un puissant séisme perturbait la foulée des chevaux. Dans ses trébuchements, Angie, jusqu'à maintenant, parvenait à se rattraper. Malheureusement, ce ne fut pas le cas de Balthazar, qui hennit en tombant sur les genoux. Son cavalier exécuta un vol plané. La créature des montagnes progressait à grands pas, pendant que les sabots de la jument soulevaient des mottes de terre et esquivaient habilement les saillies rocheuses.

En hasardant un rapide coup d'œil derrière elle, Alphonsine vit le cheval gris qui déboulait la dénivellation. Son cœur tambourinait. Elle ne pouvait abandonner son camarade, mais d'un autre côté, sa jument, entraînée dans sa descente, ne pouvait tout simplement pas s'arrêter.

La jeune femme prévoyait une entrée violente — voire mortelle — dans l'eau glacée. Les ongles d'orteils du gigantesque homme poilu s'incrustaient dans le sol, à présent, tout près du fanon d'Angie. La tête de cette dernière bougeait de haut en bas, sollicitant toute sa musculature pour y puiser un maximum de puissance. Sa maîtresse, quant à elle, serrait les dents en observant le miroir de glace qui arrivait comme un éclair foudroyant.

L'impact de la jument avec la surface miroitante éjecta sa cavalière. Cependant, comme celle-ci s'accrocha aux brides, les compagnes roulèrent l'une par-dessus l'autre sur la paroi dure du lac, la bête manquant d'écraser l'humaine. Finalement, par une acrobatie miraculeuse, Angie réussit à se retrouver sur ses sabots.

La créature velue mit un pied dans le lac, ce qui le vida. Alphonsine et sa jument se virent projetées, entraînées par les éclaboussures d'eau, sur une distance de quelques mètres. À l'atterrissage, Angie se contorsionna, tentant de se remettre sur ses quatre fers, alors que sa maîtresse bondissait sur ses jambes, mue par l'instinct de survie.

Un autre pas ébranla la terre.

La femme n'eut pas le temps d'aider son cheval à se relever. Elle sentit un sol boueux se dérober sous elle. Une force centrifuge l'attirait dans les profondeurs cachées du lac.

Elle ressemblait à un insecte avalé par le drain d'une baignoire.

CHAPITRE 33

La poupée de chiffon

Alphonsine et son cheval percutèrent un pont retenu par des câbles vertigineux. La jument tomba sur le dos. Par un déploiement vigoureux des pattes, elle réussit à se remettre sur ses sabots. Sa maîtresse se réveilla, suspendue dans le vide par une main accrochée à la bride. Elle regarda en bas, mais ne vit pas le sol. Une nappe de brouillard révélait l'altitude. À défaut de crier, elle se mit à panteler et à tricoter des jambes.

Le museau de la jument émergea d'entre les barreaux brisés du vieux pont pourri. La pauvre bête souffrait, car son mors poussait sur ses dents. Néanmoins, elle comprit que la survie de sa compagne dépendait d'elle.

Angie recula en donnant de brusques coups de tête vers le haut. Elle crispa sa mâchoire et souffla de fortes bouffées d'air par les naseaux. Ses pattes arrière se fléchissaient, tandis que celles de devant piétinaient. Pour sa part, Alphonsine versait des larmes en silence, presque résignée à mourir. Un clapotis lointain, tout en bas, lui parvint. Elle se dit qu'au moins, si elle tombait, elle atterrirait dans l'eau. À l'instant où les clapotements s'accentuèrent, elle s'interrogea sur la source de ce bruit.

Elle pouvait s'attendre à tout dans un monde où la légende est reine. Elle repassa les personnages légendaires de son enfance. La voix de Liduvine résonnait dans son crâne. « La fée des dents… peut-être le yéti et maintenant, de l'eau… » Elle s'efforçait de cogiter, mais la panique de se voir ainsi suspendue dans le vide éparpillait les fragments de ses souvenirs. Les yeux d'Angie, écarquillés, montraient peur et épuisement. Pour sa part, Alphonsine commençait à ressentir une insupportable brûlure au niveau des épaules.

— Vas-y, Angie ! Tu es capable, ma belle ! Allez ! Recule, recule !

Le visage de Lydie lui apparut dans la brume de son esprit. Elle gémit, certaine de ne plus jamais la revoir et, désespérée, fondit en sanglots. Soudain, elle sursauta en balayant le vide du regard. Un truc dur avait accroché ses chaussures. Ce n'était pas le vent. Il s'ensuivit l'écho d'une grosse masse tombant dans l'eau. « Jonas ? Jonas dans la baleine ? »

— Vite, Angie ! Allez, allez ! s'écria-t-elle, au paroxysme de la peur.

La jument redoubla d'énergie pour tirer sa cavalière.

Une fontaine d'eau s'éleva à un niveau supérieur au pont et, en retombant, arrosa la femme et le cheval. Par réflexe, Alphonsine regarda en haut, dans le ciel brumeux. Elle entrevit un gigantesque serpent… ou en tout cas, quelque chose de long et d'invertébré.

Une ombre au-dessus d'Angie, gris pâle au départ, fonçait, se précisait à mesure qu'elle fendait les couches nébuleuses. Elle surgit du blanc vaporeux, manquant de croquer la jument au passage, et voulut happer Alphonsine, qui se balança vers la gauche pour l'esquiver.

Cette chose n'avait rien à voir avec une baleine. Non. Celle-ci était horrible. Elle avait des yeux reptiliens, une mâchoire élastique, une dentition évoquant des aiguilles compactées, un corps mince comme celui d'une carpe et long comme celui d'un anaconda, ainsi que des nageoires dorsales se déployant comme des ailes de dragon.

La créature allait ressurgir d'un moment à l'autre. Elle l'entendit plonger. La passerelle se mit à osciller de gauche à droite, tandis que des pas y retentissaient. Il n'y avait que les chaussures de bois pour émettre un pareil vacarme. « Alexander ! », souhaita vivement Alphonsine, tout en redoutant la réapparition de la chose carnassière.

— Au secours ! Au secours ! criait-elle.

Sous elle, le monstre fendait l'eau.

La démarche accéléra sur les planches de bois. La jument tirait ; les brides remontèrent, puis descendirent d'un coup.

— Aaaah ! hurla la victime.

Un bruit torrentiel, venu d'en bas, retentit. Alphonsine se figea au bout de la lanière de cuir.

Exténuée, sa jument tomba à genoux. Alphonsine craignait qu'Angie glisse et que toutes deux servent de pâté à la hideuse créature. « Si je lâche, je la sauverai », raisonna sa maîtresse qui sentait l'haleine du monstre réchauffer ses pieds.

Elle ferma les yeux, se préparant à se faire couper en deux par les dents meurtrières. Alors qu'elle perçut la gueule de la chose se refermer en un claquement poisseux tout près de ses chevilles, elle constata qu'on la hissait. Encore, et encore. On la sortait de là ! La jument s'était relevée.

— On y est presque, l'encouragea Alexander, dont l'effort donnait à la voix un ton rauque. Ta main ! Donne-moi ta main !

À nouveau, la répercussion de la collision entre la créature et le liquide se fit entendre.

Le *survivant de cataclysme* empoigna le bras de son amie et la tira avec une force que lui-même ignorait posséder. Alphonsine étreignit son sauveur. Une gerbe d'eau jaillit, mais cette fois, l'équivalent d'une cascade les aspergea. Un cri, qui rappelait celui de l'aigle ou du tyrannosaure se fit entendre, faisant voleter les cheveux des camarades.

— Courons ! lança Freiszmuth.

— Angie ! s'écria Alphonsine en enfilant un pied dans l'étrier et en s'élançant sur la selle.

Le jeune homme, qui n'avait pas encore vu la redoutable chose serpentine, se pétrifia quand celle-ci fusa des cieux mousseux.

Les doigts refermés sur la bride d'Angie, crispés sur la lanière comme retenus par une électrocution, il observa avec de grands yeux hagards la face énorme qui fonçait, béante, sur lui. L'articulation de son coude voulut se déchirer lorsque le cheval s'enfuit de façon brutale.

La sensation de brûlure irradiant dans son bras et son corps subissant les agitations de la cavalcade comme s'il n'était qu'une poupée de chiffon malmenée n'étaient cependant rien à côté du soulagement qu'il éprouva à s'éloigner de ce monstre…

CHAPITRE 34

L'anesthésie

Alphonsine poussait des cris de terreur. Sa jument, paniquée, ne lui obéissait plus. Le pont se trouvait pourtant loin derrière eux. Ils fendaient l'air d'une étendue forestière sinistre, brumeuse et grise.

— Arrête, Angie ! Arrête ! intima-t-elle.

Alexander, toujours accroché aux rênes, heurtait les obstacles. Il se déchirait contre les branches, se brisait contre les pierres et se brûlait contre le sol qui défilait à vive allure.

— Angiiiiiiie !

Pendant qu'Alphonsine se demandait comment Alex faisait pour tenir encore les rênes, la forêt se colora de teintes bonbon.

Des racines à la cime, les troncs d'arbres se recouvrirent de bleu poudre tandis que leur feuillage devenait d'un rose rutilant ; le ciel étincelait d'un jaune poussin ; les nuages rappelaient des bouquets de lilas ; l'herbe demeura verte, mais d'un ton pâle, synthétique. Quant aux rochers qui longeaient la rive d'une rivière de lait, ils constituaient des truffes. Les champignons, eux, semblaient se composer d'un mélange de chocolat blanc et noir. Les fleurs réunissaient un éventail des précédentes couleurs. Leur aspect figé et les pétales saupoudrés de cristaux supposaient qu'elles aussi représentaient des friandises.

La jument s'arrêta enfin, car son souffle l'avait décidé. Alphonsine se jeta à pieds joints sur le chemin lisse — lisse de chocolat — et tomba à la renverse. Bien que l'ambiance sucrée exerçât un attrait enchanteur sur elle, elle était surtout préoccupée par le sort de son copain.

Un sanglot remonta dans son gosier. Elle porta rapidement ses mains à sa bouche, se hâtant de le réprimer. Il paraissait mort. Elle n'arrivait pas à sentir ses pulsations. Son cou était mou, ses lèvres entrouvertes. Ses habits troués exposaient de la chair ensanglantée. La boule dans son sac dorsal, solidement attaché à sa poitrine et à sa taille, arquait son dos vers l'arrière. Alphonsine s'empressa de tourner son ami sur le côté ; elle craignait une fracture à la colonne vertébrale. Son camarade n'offrait aucune résistance. Son corps transsudait la mort. « Il faudra que je l'annonce à Malstörham... », songea-t-elle, alors qu'une marée de tristesse montait en elle. Elle s'effondra en pleurs sur l'épaule d'Alexander Freiszmuth, survivant de cataclysmes.

Un ricanement enfantin se suspendit dans l'air. Son écho éclata en fines gouttelettes argentines qui s'évaporèrent à son contact. Elle releva la tête et entraperçut sa fille, de dos, qui s'éclipsait au loin, derrière des arbres.

— Lydie ! appela-t-elle en se levant d'un bond.

On lui tapota l'épaule. Elle fit volte-face et découvrit une grosse figure de lapin albinos. Elle tressauta de surprise.

— Bien le bonjour, jolie dame, dit-il d'une voix mielleuse et féminine. Que faites-vous par ici ?

La jeune femme recula sans quitter le rongeur du regard. Son talon buta le sac d'Alexander. Elle jeta un rapide coup d'œil au sol, puis riva à nouveau son attention sur l'albinos. Il n'était plus là. Sa jugulaire palpitait. Vacillant vers l'arrière, elle fut retenue par un corps mou, moelleux. C'était lui. Il s'était déplacé à la vitesse de l'éclair. Elle se retourna, le souffle coupé.

— Oh, ma pauvre dame… un peu de chocolat vous ferait le plus grand bien. Ce délice a le don de façonner des sourires sur les cœurs les plus… (De ses yeux rouges globulaires, il contempla Alexander un moment) : meurtris. Mon voisin du Loch Ness ne laisse guère de chance aux aventuriers. Cette exécrable créature est antipathique et vorace. En fait, devrais-je spécifier que l'ensemble de mon voisinage l'est ? ajouta-t-il pour lui-même.

Il regarda derechef le jeune homme inerte, d'une mine affectée de tristesse :

— Quelle malchance ! C'était votre fiancé ? interrogea-t-il d'un ton efféminé.

— Non, répondit-elle imperceptiblement.

— Votre époux ?

— Non.

Alphonsine examina les environs, à la recherche de sa petite fille.

— Un frère ? continua-t-il, en se frottant le menton et en plissant l'œil avec une curiosité malicieuse.

— Tout comme.

— Hum... oui, exprima-t-il d'un air dubitatif. Si je vous disais que j'ai, quelque part dans mon pays, un remède capable de ressusciter votre *frère tout comme* ? L'aimez-vous assez pour le voir revivre ou vous étiez-vous déjà faite à l'idée que l'existence sans lui serait plus... reposante ? Mmm ?

— Non, non, non... je... je l'aime ! s'écria-t-elle en se surprenant elle-même de sa réaction. J'aime Alexander ! J'ai besoin de lui !

— Oui, je le savais. Or, dans mon monde, seuls les êtres aimés méritent une seconde chance.

— Où est le remède ?

— Dans mon panier, chantonna-t-il. J'en traîne toujours un avec moi.

Pendant que le rongeur fouillait dans sa bannette remplie d'œufs colorés, Alphonsine promena un regard scrutateur sur la forêt.

— Dites, vous n'auriez pas remarqué une petite fille blonde, haute comme trois pommes ? demanda-t-elle.

— Haute comme trois pommes ? Une petite fille ? répéta-t-il d'un air distrait alors qu'il remuait les œufs de sa grosse patte blanche.

La femme n'arrivait pas à croire qu'elle échangeait avec un lapin avec autant d'aisance que si elle parlait à une personne.

— Oh, zut ! J'ai donné le dernier tout à l'heure.

— Quoi ? Mais à qui ? s'enquit Alphonsine.

— À un jeune homme. Son corps était encore accroché à son cheval quand j'ai vu ce dernier galoper comme un diable. Sa tête a roulé jusque dans mon monde. Le Loch Ness a dû l'échapper ou la recracher, je ne sais trop. En tout cas, je ne tenais pas à salir mes belles pattes blanches avec ce sang de passant, alors je lui ai enfoncé l'œuf de cygne dans la bouche. Il s'est liquéfié aussitôt. Le crâne a rebondi jusqu'au cheval et s'est ressoudé au cavalier. L'intrus a traversé dans l'autre monde. Il n'a pas dû comprendre : il se fait arracher la tête par un monstre affreux, et ensuite, hop ! il voit des couleurs joyeuses et replonge dans une forêt enneigée où habite un terrible cannibale.

Alphonsine saisit que lorsqu'elle sortirait du monde de Pâques, elle devrait encore affronter une redoutable légende. Mais un questionnement lui importait plus que la route prochaine qui l'attendait, même si elle devinait déjà la réponse :

— Ce jeune homme, à quoi ressemblait-il ?

— Il lui manquait un œil. Il a dû avoir des ennuis avec le Marchand de Sable, je présume.

« Eusèbe... », confirma Alphonsine secrètement. Elle se reprocha de ne pas s'être inquiétée davantage de son mari.

— Venez à l'étang des cygnes avec moi. N'attachez pas votre cheval à un arbre, le tronc se cassera, l'avisa-t-il.

— C'est loin ? Je ne veux pas laisser Alexander seul trop longtemps, lui avoua-t-elle en prenant les brides de sa jument.

Les sabots de la bête émettaient des bruits de succion en s'enfonçant sur la surface chocolatée. Alphonsine se contorsionna et remarqua son derrière maculé de taches brunes.

— J'ai l'oreille. Si un étranger foule mon territoire, je le saurai.

— Donc, pour revenir à la question que je vous ai posée plus tôt : avez-vous vu une petite fille ?

— Non, répondit-il d'un ton sec qui ne manqua pas de saisir la femme.

Elle le soupçonnait de ne pas dire la vérité. Et alors qu'elle emboîtait le pas à ce lapin géant, elle se demanda si elle commettait une erreur. Elle ressentit un léger vertige lorsqu'elle pensa non pas à son copain gisant dans le chocolat, mais à la sphère prophétique.

— Je dois faire demi-tour ! Je... ça ne sera pas long ! annonça-t-elle en dérapant sur le sol lisse et glissant.

Le lapin ne dit rien. Il se contenta de l'observer d'un air malveillant, ce qu'Alphonsine ne fut pas en mesure de voir.

À son arrivée, elle s'excusa auprès d'Alexander et lui ôta son sac à dos.

— Je ne sais même pas si elle est brisée…, murmura-t-elle en songeant que celle-ci représentait son seul moyen de communication.

Elle eut l'idée d'ouvrir le contenant pour s'entretenir immédiatement avec Malstörham. Elle regarda discrètement dans la direction du lapin. Il se tenait planté à l'endroit exact où elle l'avait abandonné. Il la fixait toujours.

Ses doigts tremblants s'affairèrent à dénouer les multiples nœuds qu'avait précautionneusement faits Alexander. Elle découvrit la boule. Afin de ne pas l'exposer à la vue du rongeur, elle avança sa bouche dans l'ouverture du sac et appela le sage. Rien ne se produisit. De légers clapotages l'amenèrent à se retourner. Une canne bleue passait avec ses canetons multicolores. Alphonsine lorgna la silhouette blanche de côté ; la tache floue qui se découpait dans son angle de vision ne paraissait pas avoir bougé. Au même moment, la lueur de la sphère fusa du sac. Elle s'inquiéta de l'indiscrétion de l'éclat bleuté qui risquait de piquer la curiosité du lapin. Elle jeta un autre coup d'œil dans sa direction ; il était encore là.

— Malstörham ! Malstörham. Réponds-moi ! chuchota-t-elle, le nez plongé dans la besace.

— Oui. Je t'entends, fit la voix du sage à l'Élue. Il y a une éternité que j'attends un signe de vie de votre part.

Le visage du vieil homme ondula à travers des reflets superposés. Lorsque l'image se fut stabilisée, sa figure flotta au milieu d'une mer de ténèbres, sombrant dans une perception fuyante.

— Je n'ai pas beaucoup de temps, marmonna-t-elle. Il est arrivé un accident à Alexander… Je crois qu'il est mort…

— Où es-tu ? l'interrompit-il.

— Le monde du lapin de Pâques.

Elle se risqua à regarder à nouveau dans la direction du rongeur. Celui-ci semblait s'être rapproché, pas assez cependant pour qu'elle en soit certaine. La peur déformait la réalité. Elle en savait quelque chose.

— Le lapin de Pâques, dis-tu ?

— Oui.

— Sauve-toi au plus vite !

— Quoi ? Mais Alexander ? Je ne peux pas le laisser, réclama-t-elle d'une voix brisée.

— J'ai tout vu, car la mort de Balthazar a happé mon âme. L'abominable homme des neiges l'a pris avec ses horribles doigts et l'a dévoré. Ensuite, j'ai vu mon fils, ce brave guerrier, se glisser dans le vortex du lac avant que celui-ci ne se referme. Il a couru à ton secours. Il t'a sauvée. Il a donné sa vie pour que tu poursuives ta mission, Alphonsine.

Les yeux du vieillard se troublèrent. Pour sa part, la jeune femme essuyait des larmes de tristesse du revers de la main. Le sorcier enchaîna :

— Rends-lui hommage à présent, mais de grâce, n'accorde aucune confiance aux légendes de la Contrée du Nord ! Elles ne jurent que par la perfidie, parce que la seule chose à laquelle elles aspirent est d'éradiquer les êtres humains qu'elles exècrent depuis la nuit des temps.

Les lèvres d'Alphonsine tremblaient lorsqu'elle articula :

— Mais ma fille ! Je l'ai vue !

— Illusion ! Ce lapin excelle dans le mirage dans le seul dessein de t'attirer dans son terrier. Tu es une Élue. Et les Élus sont une rareté. Vous êtes la pire menace pour les légendes, car nul autre que vous ne peut les combattre. T'éliminer, toi, équivaut à la victoire d'une vie !

Un frisson, tel un cortège d'araignées, courut sur l'échine de la jeune femme. Avec des gestes maladroits et pressés, elle remballa la sphère dans ses couvertures, sans regarder si le lapin figurait encore à son emplacement premier. En vérité, elle redoutait qu'il ne s'y trouve plus. De fait, des pattes velues apparurent dans sa trajectoire visuelle.

Des griffes noires saillaient du pelage soyeux. Elles poussèrent en se tortillant comme les racines d'un saule qui sonde le ventre de la terre à la recherche d'une source d'eau. Alphonsine arracha le sac d'Alexander aux ongles qui l'agrippaient. Elle le balança sur son dos et se dépêcha d'enfiler les bretelles. Sa chevelure tirait. Des griffes lui grattaient la tête, cherchant à percer sa boîte crânienne, à la trépaner de façon à réduire son don en bouillie, pensa-t-elle.

Elle piailla et, de sa main libre, ébouriffa ses cheveux. Angie se cabra, et comme si elle tentait de sauver sa maîtresse, elle agita ses sabots avant. En retombant sur le sol onctueux, ses soles s'imprimèrent par mégarde sur le crâne d'Alexander Freiszmuth. Un craquement sec s'éleva dans l'atmosphère sucrée.

Pendant ce temps, Alphonsine menait une lutte féroce pour libérer sa chevelure des griffes malveillantes. Elle les dégagea avec rudesse et sentit son cuir chevelu déchirer.

— AAAAÏE ! se plaignit-elle en enfilant un premier pied dans l'étrier.

Le monde devint noir. Une obscurité absolue. Sans repères. Elle pressa brusquement sa jument qui partit, raide comme une balle.

Dans les ténèbres, Alphonsine avait l'impression qu'elle galopait sur place. Et sachant le sol glissant, elle craignait le pire. Un bruit de claquement, rappelant un fouet qui cingle le vide, survint. Sa jument poussa un hennissement aigu qui se confondait à un lugubre couinement de porc.

Sa cavalière fut projetée vers l'avant, mais réussit à rester sur la selle. Angie avait arrêté abruptement. Sa maîtresse lui commanda d'avancer, ce que visiblement, la bête s'efforçait de faire. Cependant, ses grognements sourds n'annonçaient rien de bon.

Son cheval souffrait, mais continuait malgré tout sa course à l'aveuglette. Soudain, une violente collision lui donna la sensation de heurter un rempart de plein fouet. D'abord, une inflammation térébrante se fit sentir au niveau de son nez, puis répandit une sorte de grésillement dans son crâne. Et alors, le noir prit une tout autre nuance.

Un relâchement. Une paix intérieure. Une anesthésie de l'âme l'avait sauvée.

CHAPITRE 35

L'étreinte qui ne s'oublie pas

Une plainte discordante, à mi-chemin entre celle d'un loup et d'un homme fou, piqua le cœur d'Alphonsine. Elle se réveilla en sursaut, haletante. Ses hanches suivaient le rythme lent de sa jument — jument au pelage désormais rouge et blanc. La bouche de sa maîtresse s'arrondit d'horreur ; son cheval montrait de graves blessures. Le cri, qui résonna derechef dans la profondeur des bois, indifférait Angie. Ses souffrances avaient franchi la frontière de la résignation.

— Tiens bon. Nous formons une équipe, glissa-t-elle dans le creux de l'oreille dressée en songeant à la fin abrupte du regretté Alexander. Tu es mon unique alliée, maintenant…

Une lune gibbeuse se suspendait au firmament étoilé, artisan de sublimes traînées d'argent. En observant l'astre de la nuit, la jeune femme se questionna sur l'existence des étoiles et des planètes dans ce « faux » monde. Le craquement d'une branche rompit ses réflexions.

Cette fois, Angie tressaillit et tourna la tête vers les arbres drus et effeuillés qui garnissaient une butte montante. En se retournant, l'Élue aperçut l'arrière-train de son animal. Sa queue ! Le lapin avait scalpé son long crin blanc, ces fils soyeux et étincelants qui lui donnaient des allures de licorne.

Elle saisissait à présent pour quelle raison sa monture avait arrêté subitement dans les ténèbres, mais également pourquoi il y avait du sang sur sa robe. Elle prolongea sa trajectoire visuelle par-delà la cruelle mutilation et s'avisa de gouttes rouges qui marquaient leur trajet. La bête. La Chose qui se cachait dans la forêt, dont seul le poids du regard effrayait, avait certes dû renifler le liquide sanguin du cheval.

Pendant que sa jument avançait en expirant son martyre, Alphonsine révisa à la hâte les lectures quotidiennes que lui proposait Liduvine : « Une légende dans la forêt… un hurlement… un lycanthrope ? Cette espèce d'homme qui se transforme en loup la nuit et qui reprend son aspect humain le jour ? Dieu ! Se pourrait-il que ce soit ça ? », craignit-elle.

Elle constata avec angoisse qu'on n'entendait plus de craquements de branches. « Le sang… l'odeur du sang ! » Elle se sentit ingrate d'ordonner à Angie de galoper avec le mal atroce qu'elle endurait, mais avait-elle le choix ? Elle lui commanda le pas de course. Hélas, sa monture ne parvint pas à trotter.

Une grande créature, découpée à contre-jour sur la lueur blafarde de la lune, bondit sur le sentier devant eux. Elle se campa dans la position sournoise d'une bête prête à attaquer. La jument s'immobilisa sans attendre le commandement de sa cavalière.

Il s'agissait là du symbole de la monstruosité humaine, de la source d'inspiration des artistes de l'étrange, du produit avorté d'une chimère. Effectivement, l'être empruntait beaucoup de traits à l'humain. « Difformité génétique », peut-être. « Mutation de la nature », possible. « Loup-garou », peu probable, étant donné l'absence de poils sur son corps nu et asexué.

Les jambes élancées et ligamentaires de l'homme suggéraient que celui-ci disposait d'une constitution parfaite pour se propulser. Sa physionomie émaciée ne lui enlevait pas la perception de force et de rapidité qu'il projetait. Au contraire, elle lui attribuait l'image d'une bête saturée de persécutions. Aux yeux de l'aventurière, la chose apparaissait comme une entité révoltée qui, pour assouvir sa vengeance inexorable, se complaisait dans une cruauté barbare. Dans l'obscurité, Alphonsine discerna un effluve verdâtre. Il se répandait autour de la silhouette et se dissipait dans l'air comme une bouffée de tabac. Une odeur de soufre s'en dégageait.

L'être se contentait de la fixer sans bouger. Alphonsine se dit que cet affront visuel, ce silence inquiétant devaient finir. Qui plus est, l'odeur du gaz qui se libérait de cet individu devenait insupportable. Ce ne fut que lorsque la femme dirigea les yeux sur les membres inférieurs de l'inconnu qu'elle put se faire une idée plus précise de sa nature.

Il avait des pieds de chien. Ses genoux fléchissaient légèrement vers l'arrière. Toutefois, ils pouvaient aussi bien s'articuler comme ceux d'un humain. Alphonsine le qualifia alors de « monstre » et de « créature », comme les autres légendes rencontrées en ces lieux. À l'aide de discrets coups de talon, elle signifia à son cheval d'avancer. Toutefois, à peine le sabot s'était-il déconnecté de la terre que la bête féroce s'élança vers eux.

Son visage grimaçant exposait une dentition brunâtre, brisée, aux dents proéminentes et déviées de leur axe, comme si elles avaient subi les répercussions d'une déflagration de l'intérieur. Son haleine réveillait les relents du massacre de sa famille. Cette chose empestait la mort. La putrescence nauséeuse d'intestins faisandés.

D'un rapide mouvement vers la gauche, Alphonsine esquiva le claquement de la mâchoire dans son cou fin. Elle martela l'abdomen de sa jument. Celle-ci partit au trot. Alphonsine ressentait l'insécurité de son animal, qui tournait la tête à gauche et à droite. Ses oreilles bougeaient indépendamment l'une de l'autre. Un vent chaud et nauséabond embrasa la jugulaire de la jeune femme. Elle n'était pas seule sur le dos d'Angie. La créature se tapissait dans l'ombre de sa proie, accroupie comme une misérable gargouille sur la croupe de la jument.

De son bras libre, la cavalière tenta de pousser le clandestin, mais les sautillements du cheval rendaient la manœuvre ardue. Ses doigts touchèrent ce qui lui paraissait être un bras repoussant... tendineux. Le monstre ! L'indésirable fouillait peut-être dans son sac ! La boule ! Elle donna des coups de coude vers l'arrière sans atteindre sa cible.

Parmi le défilement de ronces noires, de branches nues, sèches et tordues, apparut une série de lances exposant des têtes humaines. Elles s'alignaient sur le bord de la route par centaines. Alphonsine hasarda un expéditif regard par-dessus son épaule. Elle ne réussit à entrevoir que des parties de corps charbonnés que la lune, de ses pinceaux d'albâtre, vernissait.

Soudain, un pincement douloureux au niveau des reins la fit piauler. Le mal évolua rapidement en vive brûlure. La créature était en train de la manger vivante ! Elle croquait à pleines dents dans les lombes de la jeune femme.

Alphonsine s'avança sur la selle. Elle rossa le crâne du mangeur d'hommes, mais la sensation d'écraser son poing sur du ciment lui arracha une plainte. Animé d'une frénésie gourmande, l'abominable monstre enfouit son nez et sa gueule dans la plaie, rappelant la truffe d'un loup farfouillant dans les entrailles d'un cerf.

La blessure élançait, ceignant sa taille d'un cercle de feu et projetant une irradiation aiguë que sa moelle épinière véhiculait en violentes décharges électriques. Alphonsine faiblissait. Ses tentatives de défense équivalaient aux tapes d'une fillette sur un hercule.

Flairant sa fin imminente, l'Élue, dont la vision était devenue floue, enroula son poignet dans la bride et passa sa main moite et froide dans le renflement d'un nœud douteux. Elle souleva les sourcils pour combattre la fatigue létale qui s'emparait de ses sens. Cependant, un aimant attirait ses paupières vers le bas, les tirait comme on descend une toile la nuit.

Dans le tourbillon d'images éparses que lui bombardait sa mémoire, la victime se sentit happée par des membres osseux, filiformes et glacés. Elle eut vaguement conscience de sentir son corps en chute libre.

Était-ce l'étreinte de la mort ou se faisait-elle enlever par la créature ?

CHAPITRE 36

Le mirage

Un tic-tac mitraillait les conduits auditifs d'Alphonsine et voyageait jusqu'à sa conscience. Elle avait l'impression que son crâne abritait une cervelle en ébullition. Un carillon tonitruant fit trembler ses entrailles, tandis qu'il marquait les sept coups. La jeune femme bougea la langue et décolla les lèvres, mais avant qu'elle ait eu le temps de les refermer, une rafale de particules dures fouetta son visage, certaines s'infiltrant dans sa bouche mi-ouverte.

Un chatouillement sur sa tête et un ébrouement la ramenèrent peu à peu à la réalité. Elle n'avait pas succombé. En revanche, un étourdissement et une faiblesse la clouaient au sol chaud. Une douleur cuisante s'étendait dans son dos et enlaçait sa taille.

— Ah ! Elle se réveille ! Je te laisse !

Une voix familière, imprégnée dans son cœur et ses tripes, éclaira son esprit. Eusèbe.

— Oh, ma chérie, mon ange ! Je craignais que tu ne sois morte, dit-il en se jetant sur sa poitrine. Je… je t'ai… il allait te… t'enlever, sanglota-t-il. Le Wendigo ! Il était en train de te manger quand je suis arrivé. Tu étais inconsciente sur Angie, alors Devon et moi, nous t'avons dépassée et je t'ai fait voler sur ma selle. Comme tu étais attachée à Angie, elle n'a pas eu le choix de suivre. Et là, nous y sommes ! Nous sommes enfin parvenus dans le monde que nous cherchions.

Il glissa une main derrière les omoplates de son épouse, redressa son tronc à demi, et la serra contre lui. Ses baisers frénétiques se perdaient dans sa chevelure d'ébène, emmêlée, poussiéreuse et agglomérée de sang.

Les yeux de la survivante, vitreux et à moitié clos par la faiblesse, se posèrent sur son sauveur, son mari, ce borgne duquel elle s'était injustement méfiée. « Mais comment ai-je pu ? », songea-t-elle, ressentant son amour pour lui refleurir.

— J'ai mal, articula-t-elle, la nuque renversée sur le bras d'Eusèbe.

— Je sais. Je sais que tu souffres. J'ai discuté avec Malstörham. Il m'a dit que tu devrais guérir.

— Devrais ? Comment cela *devrais* ? Je suis une Élue, réclama-t-elle d'une voix éteinte.

— Oui, mais Malstörham craint que tu ne sois pas l'Élue pour toutes les légendes. Si tu as survécu jusqu'à maintenant, c'est par chance et non par immunité. Quoi qu'il en soit, le sage prétend que la réponse passera par la cicatrisation de tes plaies.

— Si je meurs, qui le tuera? demanda-t-elle, la gorge enflée, en parlant du Marchand de Sable.

— Personne. Tu es l'Unique.

Une larme coula le long de la joue de la femme. En ravalant ses sanglots, elle s'informa de l'état de santé de sa jument :

— Angie, comment va-t-elle?

— Elle a faim. Elle a perdu beaucoup de sang, mais elle tient bon.

Les traits d'Alphonsine se contractèrent en une moue de tristesse.

— Alexander… ensuite Angie blessée, et notre bébé disparu. Eusèbe... je n'en peux plus, déclara-t-elle en fixant son époux d'un air désespéré. Si... si jamais j'apprends que... que notre fille est morte..., ajouta-t-elle tandis que son expression s'endurcissait, je me tue.

— Non, ne dis pas ça. Reste forte, je t'en prie. Tu es trop près du but. Tu es sur le point de la revoir. Tu vas guérir, d'accord? Angie aussi s'en remettra. Pour Alexander, eh bien, c'est dommage, admit-il en détournant les yeux. Toutefois, s'il n'avait pas été là, tu serais morte. Alors… je lui en saurai gré pour l'éternité. Je lui dois tout.

Alphonsine acquiesça, au bord des larmes.

Elle n'avait pas encore exploré son environnement du regard, mais le battement abrutissant des balanciers lui donna un indice sur l'importance du temps en ce lieu. D'abord, elle remarqua qu'un ciel particulier couvrait l'endroit. Des nuances de vert et de jaune mouchetées s'étiraient en mouvements souples comme des nuages déchirés par le vent. Des sabliers filiformes — petits, croches, biscornus, gigantesques ou minuscules — se mêlaient à des horloges de parquet. Ces instruments apparaissaient sous une variété de formes, de hauteurs et de grosseurs ; ils étaient ce que l'arbre est pour le monde humain.

D'autres horloges — de forme circulaire — flottaient dans les airs. Fixes. À plus haute altitude, des pendules dentelées ou aiguisées oscillaient en fendant l'atmosphère, évoquant des haches à double tranchant. Des plaines ensablées d'or s'étalaient à perte de vue. Alphonsine remarqua qu'une tornade de sable se découpait à l'horizon. Celle-ci paraissait cependant immobile. En fait, sur la surface évasée du cyclone trônait un bâtiment aux contours que la distance brouillait. Sous le soleil de plomb, la structure scintillait comme une étoile.

— Ce monde est dément, lâcha Alphonsine, les yeux dans le vague.

L'inflammation qu'elle ressentait aux reins ne se traduisait plus par des jets de feu alternant avec de brusques élancements, mais désormais par un mal régulier et modéré. Elle constata par ailleurs qu'Eusèbe et elle avaient bien peu discuté depuis leur séparation. Angie pencha la tête sur sa maîtresse et chatouilla son front de ses babines piquantes. Alphonsine émit un petit gloussement de bonheur.

— Toutes ces horloges sonnent à dix-neuf heures selon les différents fuseaux horaires, l'informa son compagnon. Ainsi, le Marchand de Sable sait où et quand frapper. Il n'arrête jamais.

L'animal se détourna et Alphonsine fronça les sourcils en dévisageant son interlocuteur.

— Comment as-tu appris tout cela?

— Je suis ici depuis un bon moment. J'ai eu le temps d'observer ses allées et venues.

— Il ne t'a pas repéré? demanda Alphonsine.

— Non. Peut-être que je ne l'intéresse pas.

— Attends..., fit-elle, confuse. Si tu es là depuis un bon moment, cela signifie que tu as pu rebrousser chemin et revenir dans le monde du Wendigo?

— Par chance, oui. Sans quoi tu serais morte, je pense.

Alphonsine hocha la tête, ne pouvant s'empêcher de trouver l'explication de son mari louche. Cependant, dès qu'elle sentit le doute s'insinuer dans son esprit, elle dévia sans différer ses idées suspicieuses et aborda le sujet qui lui tenait le plus à cœur :

— As-tu vu Lydie?

— Non.

— Et Ely?

— Non plus.

Alphonsine se surprit à se lever sur ses jambes.

— Eh! Ta blessure se résorbe, s'exclama Eusèbe, impressionné. Ta peau se reconstruit sous mes yeux! C'est fabuleux.

Elle se retourna et se contorsionna pour vérifier les dires de son conjoint. Effectivement, elle guérissait; sa faiblesse la quittait et son assurance revenait. Elle se précipita vers sa jument pour examiner l'état de sa queue.

— Comment expliques-tu ceci? demanda-t-elle, à la fois émerveillée et réjouie.

Eusèbe observa attentivement la plaie du cheval se refermer. Son crin repoussait à vue d'œil, avec autant de brillance qu'avant.

— Elle est magique, comme toi, dit-il en l'embrassant avec passion.

Alphonsine se perdit dans de profondes réflexions. Auparavant, la jeune mariée s'abandonnait dans les bras de son amoureux sans trop d'arrière-pensées, mais depuis le retour du Marchand de Sable et de cet Ely Lecledo, son mari avait livré les fameux combats d'esprit dont lui avait parlé Thelma. Eusèbe lui apparaissait maintenant comme un étranger redoutable. En effet, pour Alphonsine, voir sa tendre moitié tremper les lèvres dans une coupe empoisonnée de folie constituait une image parmi les plus inquiétantes qu'elle eut vues jusqu'à présent, hormis l'enlèvement de sa fille.

Un rai de lumière bleue apparut entre eux, séparant leurs corps étreints.

— Malstörham! Il veut nous parler, dit Alphonsine en s'accroupissant.

Elle s'empressa de défaire les nœuds du sac, tandis qu'une horloge sonnait les sept coups du soir. Les aiguilles égrainaient les heures, les minutes, les secondes, multipliant des cadences et des tonalités prononcées ou discrètes, selon leur taille. Une cacophonie de rythmes les enfermait dans une cloche de verre sur la paroi de laquelle le tic-tac ricochait en résonances sèches et métalliques.

— C'est à rendre fou ! se plaignit Eusèbe en se couvrant les oreilles et en serrant les dents. Le son s'accentue !

Il s'approcha de sa femme et se pencha.

Le visage du vieillard miroita à travers le cristal. Le boucan des sonneries et des rouages des horloges feutrait son discours. Alphonsine tint la boule à deux mains. Elle hurla au sorcier de répéter, appliqua une oreille sur la sphère et enfonça un index dans l'autre.

Les destinataires purent entendre ces mots, parfois entrecoupés par le mugissement d'une bourrasque :

— Les tornades viennent. L'apocalypse maudite se lève sur Green Valley ! Les aveugles errent dans les rues. Ils épient le sommeil des villageois !

À cette annonce, les yeux d'Alphonsine s'agrandirent de stupeur. Les Veilleurs. Ses frères, sa mère, ses sœurs, son père, Mathilda, Thelma : des gens pulvérisés et asservis par une malédiction erraient à présent dans le village ! En elle, la rage se substitua à la stupéfaction.

— De grâce, Alphonsine ! Je sais à quoi tu songes, poursuivit le sage. C'est un piège. Si tu sors de ce monde en épargnant le Marchand de Sable et Ely Lecledo, il se peut bien que tu ne puisses plus jamais y entrer, comme ce marécage humain l'a démontré. Et si tu ne peux plus y retourner, ta fille restera prisonnière jusqu'à la nuit des temps. Maintenant, écoute-moi bien ! Le temps presse !

Tantôt, le visage de Malstörham se révélait clairement, tantôt, il s'effaçait derrière des rafales sablonneuses. Sa barbe volait vers la droite et son regard, pétillant de sévérité, trahissait la gravité de ce qu'il s'apprêtait à révéler.

— J'ai fait de nombreuses recherches sur Ely Lecledo. J'ai décortiqué son nom, je l'ai retourné dans tous les sens imaginables, j'ai mélangé les lettres. Et enfin, j'ai découvert *yel hed chelh hol*.

— Yeled chel ol ?

— *Yel hed chelh hol*, ce qui signifie en langue hébraïque : *Garçon du sable. Fils du sable.* Si l'on ordonne les lettres de son nom, Ely Lecledo, nous obtenons *yel ed cel ol*, ce qui au commencement, ne me disait rien. En revanche, la consonance m'a lancé sur la piste de l'hébreu. Je ruminais ces sonorités dans ma tête et en cherchant des mots par déduction dans mon lexique de langues anciennes, j'ai découvert *yel hed chelh hol*. En fait, il manquait les H pour former des termes appropriés.

— C'est son fils ? Mais pour quelle raison une légende enfanterait-elle ?

— Pour garantir son règne au cas où un Élu l'abattrait. Ely est un *hayal*, un soldat, un fils, une relève qui ne naît qu'une fois par millénaire. Tout comme les Élus qui naissent, eux aussi, aux mille ans.

— OK. Pour récapituler, Alphonsine est l'Élue du millénaire pour tuer le Marchand de Sable et Ely Lecledo est son successeur, son défenseur, c'est cela ? déduisit Eusèbe.

— Oui. Mais il y a un point capital que je me dois de vous mentionner : pour s'assurer de la qualité du descendant, le *yel hed* doit être le plus jeune possible, en raison de sa malléabilité. Plus il est recruté tôt, plus il s'unira au sable pour ne former qu'un avec lui et plus il sera menaçant et puissant. Son estomac doit être habitué au sable.

Eusèbe grimaça. L'idée de manger du sable le répugnait.

— L'enfant se fait donc enlever ? s'alarma Alphonsine en regardant son mari. Est-ce que le *yel hed* ou le *hayal* peut être une fille ?

— Oui, le genre n'importe pas. C'est le dieu des légendes et le dieu des hommes qui choisissent, d'un commun accord, des successeurs et des Élus. Mais rassure-toi, ma chère, Lydie est trop âgée pour constituer la relève. Ils préféreront des bébés naissants ou au mieux, des fœtus et surtout… le successeur doit être lié à l'Élu par le sang.

— Lié par le sang ? répéta Alphonsine.

Son souffle se raccourcit. Son esprit roulait à cent milles à l'heure.

« Venin de ton sang… sable noir… tue la Légende, mais attention au sable noir… venin de ton sang… Un frère.

Léonce. Non, il est mort… et si tel n'était pas le cas, Ely semble plus jeune que le serait Léonce à pareille date… Arthur? Il était aveugle, mais tout… tout est possible… mais il est mort, lui aussi… »

— Alphonsine… Ta mère! Ta mère était enceinte quand le Marchand de Sable a massacré votre famille, lui fit réaliser Eusèbe.

Le choc de la révélation donna l'impression à la femme que des doigts glacés, filiformes et prolongés de longs ongles crochus happaient sa trachée et la trouaient, générant des fuites d'air sifflantes. Elle revécut les scènes sanglantes, les pires visions de toute sa vie.

Le croassement du volatile qui la réveille en sursaut dans les latrines.

Sa maison détruite par le sable et cette brume ocre, cataclysmique.

Son cœur tapant dans sa poitrine, ses tremblements spasmodiques, la main qu'elle tend pour tourner la poignée de…

la porte de la chambre de ses parents.

Les rideaux déchiquetés qui flottent au vent.

Les carreaux brisés.

Le berceau d'Arthur.

Vide.

L'édredon en masse.

L'éloquence de l'inimaginable.

L'irréalité destructive.

Le boulet de l'irréversibilité.

Sa sœur adorée.

Liduvine...

Tête renversée. Indignité. Pleurs rouges. Paupières absentes.

Sa mère...

Sa maman forte, ordonnée, aimante, gisante sur le parquet...

Son ventre dégonflé...

Son fessier baignant dans un lac de liquide amniotique et de sang.

Sa chemise de nuit blanche, souillée.

Elle pensait que le diable avait tué le bébé à naître. Ce même étranger contre le torse duquel elle avait buté, ce jour fatidique où elle avait été éjectée de la calèche. Elle avait conclu à une fausse couche, parce qu'elle n'avait pas cherché à scruter de façon soutenue l'acte de boucherie dont avait souffert sa mère. Par respect et par répulsion.

Elle s'était trompée.

Ely Lecledo alias *yel hed chelh hol*, ce mystérieux vagabond, capable de manipuler les esprits à distance et d'implanter des délires dans la tête de son mari, cet intrigant voyageur à la tenue d'ailleurs, le kidnappeur de sa fille, en l'occurrence sa nièce, était son petit frère ! L'ennemi à pendre. Sa cible.

— Ils sont là ! Ils arrivent ! Ils frappent à ma porte ! hurla soudain le vieillard.

Les traits de Malstörham s'effacèrent derrière une tempête de sable. Le magicien fixa l'Élue d'un regard implorant et son visage disparut dans un rétrécissement preste, comme si le sorcier basculait dans le néant. La boule se refroidit. Les éclats s'éclipsèrent. La magie était morte.

La sphère glissa d'entre les mains d'Alphonsine et se fracassa en mille débris scintillants contre le sol. La jeune femme porta son attention sur la tornade statique, et l'architecture qui s'y trouvait juchée. Elle riva des yeux froids sur son époux. Ses prunelles dilatées indiquaient à Eusèbe que sa compagne résidait dans un temple inaccessible où la reine des sentiments se nommait *Haine*.

— Qu'y a-t-il, là-bas ?

— Je ne sais pas, avoua Eusèbe, encore troublé par la révélation de Malstorhäm. Je n'ai jamais pu m'y aventurer seul. Dès que je m'en approchais, une tempête se levait. En tout cas, ce cyclone n'a pas bougé depuis ma dernière visite.

— Alors, allons-y ! Plus nous attendons, plus Green Valley risque de disparaître !

Elle saisit la bride de sa jument, la motiva à se remettre sur ses pattes et lorsque l'animal réalisa sa prouesse, Alphonsine grimpa sur son dos. Elle lâcha un cri d'encouragement qu'Angie connaissait bien et amorça un trot légèrement incertain puis, reprenant sa vigueur, s'élança au galop sans entendre le propos pessimiste de son mari, qui n'espérait plus la survie du village et de ses habitants.

CHAPITRE 37

Le scorpion

La fureur du désert s'exprimait à travers d'intempestives bourrasques qui cinglaient la peau des cavaliers. Heureusement, jusqu'à maintenant, le sable maudit n'opérait pas dans la Contrée du Nord. Si tel avait été le cas, il ne resterait guère plus, d'Eusèbe et des chevaux, que de la poudre d'os.

Épuisés, déshydratés, les animaux parcouraient les vallons sablonneux avec lenteur, ce qui frustrait Alphonsine. L'idée que son village natal subisse encore l'attaque de cet immonde personnage, en plus d'altérer, de noircir et de rendre perfide l'âme de braves gens, redoublait sa colère. La cadence des horloges augmentait, se déréglait, se déchaînait en une cacophonie délirante.

Le vent sévissait, rendant leur route ardue, voire impraticable. À travers les rafales granuleuses et instables, il leur arrivait d'entrevoir le contour gigantesque et ondulant de la tornade statufiée et le château qu'elle supportait. Les aventuriers se fiaient à ces points stables pour s'orienter, car en dehors de ces repères, ils cheminaient à l'aveuglette. Ils ne voyaient pas au-delà d'un mètre devant eux. Ils plissaient les yeux, protégeaient leur visage de leurs avant-bras. Au moment où le sabot de Devon, à la tête de la marche, rencontra une surface en bois, la tempête cessa brusquement.

Les cieux aspirèrent les particules en suspension, comme si un dieu ouvrait une bouche béante pour inhaler une trombe ocre. Le mécanisme des horloges s'arrêta. Un silence tranchant s'abattit sur eux, à l'image du couperet d'une guillotine sur la gorge d'un condamné. Un intervalle menaçant, déroutant, paniquant, s'écoula.

Derrière les traînées poussiéreuses qui se dissipaient, une passerelle suspendue, surplombant un précipice vertigineux, se matérialisa. Au bout de cette passerelle se dressait une tornade sculptée en sable doré, dont le sommet spectaculaire s'estompait par périodes dans les nuages jaune verdâtre. Le monument surprenait par sa base infiniment mince qui, en s'élargissant, soutenait un escalier en colimaçon interminable et croche. Le cyclone s'évasait en espèce de coupole au creux de laquelle nichait un château au revêtement d'or. Celui-ci s'érigeait tout en hauteur et se composait d'un bouquet de tours rondes et étroites, aux toits coniques.

Le décor surréaliste façonnait des interrogations dans la tête d'Alphonsine. Elle se demandait si ce domaine, d'une majesté sinistre, appartenait bel et bien au Marchand de Sable. S'amusait-il à descendre et à monter ces marches chaque fois qu'il entrait et sortait de chez lui ? Puis, elle se souvint qu'Eusèbe avait mentionné qu'il n'arrêtait jamais de voyager, étant donné le décalage horaire entre les pays. Il ne pouvait donc pas profiter de sa prestigieuse et onirique demeure.

— On ne pourra pas grimper là-haut avec les chevaux, fit remarquer Eusèbe en examinant l'ouvrage sculptural.

Effectivement, celui-ci donnait l'impression aux observateurs de s'incliner sur eux, de ployer comme une fleur sous le poids d'un insecte butineur disgracieux.

— Il semble y avoir un espace pour les attacher au pied du cyclone, observa Alphonsine.

— Tu crois que ce pont vétuste nous soutiendra, nous et les chevaux ? répliqua Eusèbe.

Alphonsine descendit de sa monture pour examiner la construction de plus près. Il est vrai que le bois révélait une nette détérioration, mais les boulons et les câbles qui supportaient la passerelle étaient constitués d'or. Sa solidité ne faisait aucun doute dans l'esprit décidé de la femme.

L'Élue se leva, rassurée par sa certitude que le dieu des légendes ne permettrait pas qu'une de ses créations, si prolifique soit-elle, emprunte un pont endommagé. Eusèbe acquiesça, quoiqu'une irrésolution enfermât ses membres dans une armure de plomb. En vérité, ce n'était pas tant la traversée du gouffre qu'il craignait que lui-même.

Il se savait vulnérable aux « absences » en raison de son œil brûlé et avait conscience qu'une partie de lui-même traînait un maléfice. Il se demandait aussi pourquoi sa mère lui avait caché l'existence du grimoire. Le couple n'avait pas exploré la question, sans doute parce qu'il désirait se concentrer sur un avenir florissant et noyer tout souvenir se rattachant à la douloureuse époque de leur enfance. Néanmoins, maintenant que le passé les rattrapait, Eusèbe ne pouvait freiner le torrent d'interrogations qui brisait le barrage de son subconscient : était-il né pour être borgne et marié à l'Élue ? Représentait-il un simple accessoire destiné à nuire à sa femme et à se retourner contre elle au moment où elle ne s'y attendrait pas ? Qui était-il vraiment ? Pourquoi Alexander était-il mort, et pas lui ? Toutes ces réflexions le hantaient et épaississaient la coquille de ses refoulements.

— Tu y vas ? Le temps presse, le bouscula Alphonsine, qui patientait derrière lui.

— Oui, oui, répondit-il, distrait.

Elle emboîta le pas à l'étalon, qui enfila le pont.

En bas s'ouvrait la gueule d'une cavité noyée de brouillard. Il s'élevait de ces profondeurs d'étranges claquements. Elles enfantaient l'écho de cailloux qui s'entrechoquent. Par-delà le parapet, à travers la nappe brumeuse, montait une étendue noire, luisante comme une couche de goudron. Un drap de satin sombre gondolé par le vent.

En s'attardant au phénomène, les voyageurs identifièrent des milliers de scorpions affairés à se grimper dessus les uns les autres pour atteindre la passerelle. La montagne noire, vivante, grandissait sous le pont.

— Accélère ! cria Alphonsine à son mari.

Eusèbe transmit à Devon l'ordre de sa femme. Le coursier se cambra avant de retomber sur ses pattes pour partir au galop. Sous le martèlement des sabots, les planches tressaillirent comme des notes de piano sous le doigté d'un musicien. Et ainsi, les Epars traversèrent le vide mortel en ne sachant pas si l'un de ces sournois arachnides signerait la fin de leur mission.

À leur arrivée, Alphonsine tenta de repérer un endroit où attacher les chevaux, hors de portée des scorpions, qui pourraient les piquer durant leur absence.

— Ce sera un risque à prendre. Nous n'avons pas d'autre option, dit Eusèbe en même temps qu'un ricanement enfantin se manifestait tout en haut, par l'un des châssis du château.

Alphonsine considéra sa jument d'une expression navrée, lui murmura des paroles douces à l'oreille puis, levant les yeux vers le rire familier, elle déclara :

— Non. Nous n'avons pas le choix.

Ils nouèrent les bêtes à l'un des quatre montants de bois d'un sablier de la taille d'un arbre, adjacent à la base de la tornade.

L'ascension des visiteurs se traduisit par la sensation que leurs genoux constituaient le foyer d'un incendie, épandant son brasier jusque dans leurs cuisses. Leur montée décrivit d'abord de petites spirales qui s'agrandirent graduellement. En raison de l'obliquité de la sculpture, les marches penchaient vers l'arrière. Évitant de justesse des chutes mortelles, ils combattaient la terrible impression d'être à la merci du néant.

« Dire que Lydie est passée par là... », pensa Alphonsine pour réprimer toute plainte.

Néanmoins, le rire de leur enfant, même s'ils ne l'avaient entendu qu'une fois, les avait dotés d'une énergie combative qui leur permit de franchir ces escaliers périlleux.

Enfin, au bout d'un temps qui leur parut interminable, ils purent souffler, se féliciter du regard et observer les portails d'or qui les séparaient de leur fille. Alphonsine demanda l'aide d'Eusèbe pour pousser les portes, qui pesaient une tonne. Ils y mirent tout leur poids et employèrent leurs forces maximales pour les déplacer, un centimètre à la fois.

Leur effort terminé, un éclat doré, violent comme un rayon de soleil à la sortie d'une caverne, les aveugla. Des dalles irrégulières, jointes par un coulis d'or, recouvraient le plancher. Au centre du hall trônait une tornade sculptée, de la taille d'un homme. La surface plane de l'entonnoir logeait une cloche de verre. Celle-ci protégeait un insecte vivant ou, en tout cas, une créature en mouvement. Alphonsine se hasarda à approcher ce sujet de vénération ; peut-être en apprendrait-elle davantage sur les motivations de ce barbare.

— Attention ! Tu ne connais pas ce monde, l'avertit à voix basse Eusèbe, dont l'œil épiait le moindre indice de présence.

À travers l'hémisphère, des faisceaux lumineux tournaient à la manière lente et cadencée d'un projecteur de phare. Une fascination quasi hypnotique croissait en Alphonsine à mesure qu'elle se rapprochait de l'œuvre. Quand elle l'eut atteinte, elle se hissa sur la pointe des pieds. Eusèbe s'approcha lui aussi et observa avec prudence par-dessus l'épaule de sa compagne. Ce qu'ils virent représentait de loin l'animal le plus captivant qu'ils avaient aperçu à ce jour.

Une araignée de la grosseur d'une paume les fixait de ses six yeux d'or. Ses rostres frétillants étaient constitués du même métal. Le corps couleur sable de cette mystérieuse espèce semblait aussi robuste que celui d'un crustacé. Quant à son abdomen translucide, il scintillait de paillettes dorées.

— Viens, je n'aime pas cette bête, dit Eusèbe.

— Non, moi non plus, approuva Alphonsine, quoiqu'encore subjuguée.

Ils arpentèrent le rez-de-chaussée. L'omniprésence de l'or agressait les paupières des visiteurs et leur donnait presque la nausée. Il n'y avait pas de mobilier. Nul indice ne démontrait que le château était habité.

Leurs chaussures de bois retentissaient dans un couloir circulaire jalonné de portes menant à des chambres toutes identiques : contiguës, vides, ternes. Dans l'ombilic du passage se dressait un large cylindre fermé, dont l'élévation semblait se poursuivre bien au-delà du plafond qu'il perçait.

Les intrus revinrent sur leurs pas. Ils avaient tourné en rond sans rencontrer âme qui vive. L'Élue se sentit contrariée. La fureur guerrière qui l'avait sustentée depuis le dernier entretient avec Malstorhäm, cette énergie dévastatrice qui l'aidait à visualiser sa victoire contre la Légende, commençait à s'émousser.

— Dire que pendant que nous cherchons l'invisible, que nous hallucinons les rires de Lydie, notre village périt, lâcha Alphonsine avec défaitisme.

— Cette demeure est grande. Nous n'avons pas encore visité les tours.

— Exact, cher beau-frère, résonna la voix d'Ely qui fusa soudainement de toutes parts.

Le couple se figea. Alphonsine et Eusèbe suspendirent leur respiration, tandis qu'ils échangeaient un regard à la fois surpris et grave.

— Rendez-vous dans la tour numéro deux, poursuivit l'homme. Ma jeune nièce *meurt d'envie* de vous retrouver enfin. Je crois qu'avant de quitter ce bas monde, il y a certains détails que vous vous devez de connaître.

CHAPITRE 38

L'édredon blanc

Les parents de Lydie exploraient tous les coins et recoins du château. Ils partaient dans des directions opposées et finissaient inévitablement par se retrouver nez à nez. L'architecture sobre, dépourvue de dédales, ne laissait guère de place aux lieux dérobés. Chaque seconde qui filait libérait un grain de venin dans les veines de la mère. Pour éclore, la semence devait être stimulée par une vibration nerveuse, de même que par un degré élevé de rage. Et enfin, le liquide mortel suinterait par les pores d'Alphonsine au moment où ses yeux croiseraient ceux de son ennemi. Ainsi se sentait-elle.

La jeune femme, isolée dans une quête frénétique, parcourut des mains la surface du cylindre doré qui occupait le centre du passage, à la recherche d'une lézarde, d'une encoche ou d'une irrégularité. Eusèbe observait son épouse avec désespoir pendant qu'il cogitait pour trouver un moyen d'accéder aux tours, apparentes de l'extérieur. Alphonsine jeta un hurlement féroce et se mit à marteler les murs d'or de coups de poing, en s'écriant :

— Elles sont là ! Les tours sont là-dedans ! Là-dedans ! Elles sont là ! Ouvre ! Ouvre ! Diable ! Ouvre ces maudites portes ! Argh !

Elle se mit à décocher des coups de sabots répétés sur la paroi incassable, s'y élança, dents serrées et poings fermés, quand l'inespéré survint. Un fin rayon jaune, à la jonction du mur et du plancher, filtra par une mince fissure. Toujours crispée, la femme soufflait comme une bête en fixant son regard sur le rai de lumière.

— Il ne nous reste plus qu'à pousser, marmonna Eusèbe derrière l'oreille de son épouse.

— Alors, faisons-le. Maintenant, dit Alphonsine dont la physionomie patibulaire ne laissait guère place à l'argumentation.

Les parents appliquèrent leurs paumes sur la face bombée, plièrent un genou vers l'avant et tendirent l'autre jambe vers l'arrière en exerçant une forte pression. L'entrée secrète gronda, tandis que le pan pivotait sur un axe dissimulé.

Les Epars, essoufflés, aboutirent au centre d'une enceinte sans toit, bourgeonnant de troncs flavescents, si hauts qu'ils se perdaient dans le ciel irréaliste. Ils firent le lien avec le bouquet architectural vu à l'extérieur dès leur arrivée. Chacune des tours était découpée par une ouverture en forme de sablier. Ely leur avait mentionné que Lydie se trouvait dans la deuxième. Or, aucun indice ne dénotait un chiffre ou un ordre particulier à ces tours. Ils procédèrent donc par élimination.

Le couple monta et redescendit moult marches en colimaçon avant de gravir une spirale ténébreuse, pareille aux autres à l'exception de la présence d'une lueur timide qui repoussait les ombres et mordorait la cage d'escalier.

Le pouls rapide d'une horloge se manifesta et s'intensifia au gré de leur ascension. Un murmure d'homme leur parvint. Les avant-bras d'Alphonsine se recouvrirent de frissons à l'idée que ce frère malfaisant puisse bercer Lydie d'illusions.

Les parents débouchèrent sur une huisserie ciselée en forme de sablier. Les visiteurs passèrent discrètement leur tête dans l'ouverture. Ely était assis sur un tabouret, dos à l'entrée. Il se tenait penché sur un lit à baldaquin. Un volume délicat soulevait l'édredon blanc. Des petites jambes.

La lueur d'une lanterne, posée au centre d'une table rustique, tremblotait sur les murs d'or. Alphonsine réprima un cri aussi subit qu'un haut-le-cœur en plaquant ses mains sur sa bouche. Elle reconnut la lampe en métal ajourée de planètes qu'avait offerte Paula à sa fille. Son cœur se contracta puis, à l'image d'une pieuvre expulsant son encre, propulsa un flot de sang dans son crâne. Les sourcils de la mère s'inclinèrent de tristesse et ses traits se creusèrent d'effroi. Car, bien que sa tête s'en doutait, son cœur, lui, ne voulait pas admettre l'évidence troublante qui se présentait à la simple vue des doux reliefs sous la couette : la forme sous les couvertures, ce jeune corps inanimé, appartenait à sa progéniture. Elle tourna les yeux sur le ravisseur de son enfant et voilà que l'ombre de sa haine recouvrit peu à peu ses hémisphères cérébraux, nappant son cerveau de coulis noir de vengeance.

En face de l'entrée perçait une fenêtre qui s'ouvrait sur une noirceur abyssale. « Se peut-il que la nuit soit arrivée si vite ? En supposant que les cycles temporels existent... », se questionna Alphonsine. Toutefois, son intérêt convergea à nouveau vers ce fin pourtour immobile reposant sous la couette, mais également sur ce soi-disant frère « volé ». Cet homme qui les entendait, mais qui ne se retournait pas. Cet être au chapeau aussi mystérieux que les idées qui grouillaient sous la paroi crânienne qu'il surmontait. Puis, elle discerna Eusèbe qui bougea dans son champ de vision. Il avançait à pas sournois vers le kidnappeur de sa fille. L'Élue ne gaspilla pas une seconde supplémentaire pour réagir. Elle voulut protéger son mari d'une éventuelle agression, en le freinant de son bras et en le devançant.

Au moment où elle fut suffisamment près de l'adversaire, elle s'avisa de son étrange immobilisme : sa bouche, ébauchée d'un sourire, restait entrouverte, et sur ses genoux était posé le grimoire fermé. Il se dégageait de l'homme des ondes morbides, cadavériques, inquiétantes, un peu comme si Alphonsine contournait un animal empaillé... ou encore, un humain changé en statue de sable. Pétrifiée, elle se décida à diriger son regard sur le petit être allongé sous la couverture. La silhouette d'Eusèbe se profila derrière elle, recouvrant d'ombrage le visage de sable cristallisé de son enfant.

La bambine observait Ely avec des yeux fatigués et attendris. Ses lèvres moelleuses, pointant vers l'avant, indiquaient qu'elle s'apprêtait à prendre la parole. Sa menotte était sortie des draps pour désigner le plafond. Alors que ses parents observaient cette dernière, une rafale s'infiltra dans la chambre.

L'avant-bras velu et tremblant d'Eusèbe s'étira par-dessus l'épaule de sa femme pour s'emparer du livre. Mais avant que son doigt ne touche à la reliure de cuir, le bouquin s'ouvrit brusquement. Les pages se mirent à tourner très rapidement ; le son généré rappelait une envolée de pigeons. L'agitation des feuilles cessa abruptement au chapitre intitulé : *Le Marchand de Sable*.

Un vif éclat de lumière jaillit du grimoire et projeta les observateurs à l'autre bout de la pièce. Alphonsine atterrit sur son derrière et Eusèbe, sur les reins. L'ouvrage ancien, toujours posé sur les genoux de Lecledo, rayonnait de toute part.

Les lettres se décollèrent des pages vétustes, demeurèrent un moment en suspension dans le vide, comme pour parader, puis se désagrégèrent en poudre scintillante.

L'essaim de mots décomposés forma un dôme duquel se détachèrent des profils humains, puis de véritables images, claires et nettes. Les spectateurs renversèrent la tête au plafond, obnubilés comme des témoins d'ovnis se déplaçant dans le ciel.

Et voilà que le couple s'apprêtait à visualiser l'histoire du Marchand de Sable.

CHAPITRE 39

L'héritier de la cruauté

Un petit garçon habillé de haillons traînait les pieds dans un désert. Il avait un teint basané, des cheveux et des sourcils blonds. Sur son épaule, il portait une poche bourrée, aussi grande que lui. Le petit suivait un homme barbu qui lui ressemblait comme deux gouttes d'eau et trois femmes, dont l'une dépassait les deux autres en âge. Il s'agissait probablement de la mère, car elle avait les mêmes lèvres rectilignes que le fils. Les épaules de la dame supportaient un long rouleau de toile qui pendait de chaque côté, jusqu'à sa taille. Les filles traînaient des pieux de six pieds sous leurs bras. Le père marchait à reculons pour trimbaler un chariot de bois qui s'enlisait dans le sable. Le cou distendu, les dents serrées, il tirait son fardeau par saccades pour le faire avancer. Mais l'épreuve physique n'était pas la seule raison de son faciès tendu. Les profonds sillons, qui marquaient son visage cuivré, sale et gras, dévoilaient une existence choyée par Satan. Une vie dessinée pour la misère et l'enfer.

Le soleil déclinait au loin et la sueur perlait sur leurs fronts. La première étoile scintillait dans le ciel saphir quand le chef de famille planta le dernier piquet du campement. La femme alluma un feu et tous firent cuire de la nourriture douteuse au bout d'un bâton. Tout autour, l'étendue sablonneuse se perdait dans un horizon infini. Le cadet bâilla en se frottant le ventre ; il avait encore faim. La malnutrition s'exprimait par ses joues creuses, ses fontanelles abaissées et ses paupières affaissées par la lassitude. Son père observa la lune qui, comme hissée par une ficelle invisible, montait dans la voûte. Du revers de la main, il envoya son fils se coucher.

— Ton sommeil te nourrira ! lui dit-il. La misère est bien assez étouffante sans qu'on soit forcé d'la voir barbouiller l'visage des gosses, ajouta-t-il comme pour lui-même.

Les filles, qui ne parlaient guère, préféraient baisser les yeux et entortiller des mèches de cheveux autour de leur index. Le père leur jeta un regard oblique, soupira, et se leva pour aller dans la tente.

— Tu dors, « La Misère » ?

Pour unique réponse, l'enfant se tourna et osa poser un regard effrayé sur son interlocuteur.

— C'est bien ce que j'croyais. On peut pas s'fier à la misère. Elle nous pique tout, puis elle sert à rien d'autre qu'à faire souffrir.

Le petit garçon se replaça sur le côté, dos à son visiteur. Il renifla spasmodiquement et rabattit la couverture jusqu'à son cou. Pendant ce temps, le père fouilla dans sa large poche brune et en sortit un sablier. Un modèle simple.

— Tu vois ça ?

Devant l'inertie de son fils, l'homme lui happa l'épaule et le retourna sans ménagement, ce qui soutira de nouvelles larmes au petit.

— J'ai trouvé ça chez l'horloger. Ça compte le temps. Y paraît que si tu l'tournes, ça fait cinq minutes. Ben moi, j'veux que tu dormes après cinq minutes. Pas une de plus ! Je l'tourne et je viens te r'voir après. Si tu dors pas, t'entendras des choses qui te marqueront l'esprit à jamais ! L'étampe d'un forgeron sur ta petite cervelle ! J'te préviens. Faut bien qu'on vive ! Si t'étais pas né, on s'rait un peu moins pauvres. J'aurais dû avorter ta mère, mais je savais pas si t'allais être une pute ou un bon à rien, une p'tite misère.

L'adulte marcha à croupetons jusqu'à la sortie et une fois à l'extérieur, il se dressa de tout son long. Il pivota, puis révéla sa face entre les portes de jute qu'il écarta pour lancer un ultime avertissement à son fils.

— Une fois, que j'le r'tourne, efforce-toi de t'endormir ! Cinq minutes. Pas plus.

Le petit garçon se mit à nouveau sur le côté et ramena ses genoux contre sa poitrine. Cinq minutes plus tard, il entendit son père revenir. Il feignit de dormir. Il y excellait ; respiration lente et profonde, bouche légèrement ouverte, yeux clos et paupières relâchées. Le type l'examina, puis sortit.

Dehors, son père se pencha au-dessus de la poche, y pigea des habits indécents pour femmes et des accessoires sexuels artisanaux et barbares. Il jeta vêtements et objets aux pieds de son épouse et de ses filles. L'une d'elles considéra les choses sans intérêt, mais se leva pourtant et enfila les fringues, après s'être préalablement dénudée devant le regard pervers de son père. Celui-ci endossait une veste rapiécée de carrés de fourrure, car il devait se réchauffer et cacher aux hommes ses haillons. Il plissa ses paupières bouffies et porta son attention au loin. Des silhouettes de chameaux se profilaient.

— Ils arrivent. Allez ! Dépêchez-vous ! Si vous n'êtes pas prêtes, ils f'ront demi-tour et on s'ra bon pour une soupe au sable ! aboya-t-il.

Les adolescentes obtempérèrent. La benjamine en sous-vêtements, dont les seins n'évoquaient encore que de petits boutons roses et dont les hanches n'avaient pas poussé, mit une boule dans sa bouche, que son aînée fixa au moyen d'une sangle derrière la tête. Cette dernière revêtait une robe de velours aux riches motifs. De son collet échancré, on pouvait voir la naissance de sa poitrine, dans la fente de laquelle nichait une défense d'éléphant. Leur mère, une dame de belle allure, se graissait l'entrejambe. Elle était nue. Son mari discutait avec les trois voyageurs voilés qui venaient d'arriver. L'un d'eux pointa la cadette et refila une pièce au père. L'autre désigna la femme en s'esclaffant et tapota le cou de son chameau. Le troisième arborait un air sadique en montrant l'aînée des sœurs du menton. Ils descendirent de leurs bêtes. Le premier dit :

— Tu auras le reste après.

Le garçon dans la tente entendait des voix inconnues, comme d'habitude. Il savait bien qu'il endurerait bientôt les cris de martyre de sa mère et de ses sœurs. Il savait bien qu'il verrait leurs visages le lendemain matin, peints d'une expression de mortes-vivantes. Il savait également qu'elles jetteraient sur lui un regard d'amertume profonde, issue d'un sentiment haineux irréparable.

Alors que ses larmes nourrissaient son matelas de sable et que sa mémoire absorbait un maelström de lamentations, de gémissements, d'intonations euphoriques et d'animaux blatérant, une araignée incroyable apparut dans son champ de vision.

Le garçon, sur le point de hurler, se redressa sur un coude. L'arachnide le fixait de ses six yeux noirs vernis. Ses rostres frissonnaient. Son abdomen transparent comme le reste de son corps scintillait de points dorés. Aussitôt, l'enfant comprit qu'il se passait quelque chose de fabuleux. Sa fascination ficela un cocon qui les enveloppa tous les deux. L'intruse parvenait miraculeusement à effacer les sons indésirables qui souillaient son enfance.

— N'aie pas peur, petit garçon. Je suis une envoyée de Morphée, dieu des songes, et du très grand Helsalem, dieu des

légendes. D'un commun accord, Ils se sont entendus pour désigner un représentant des rêves, une création qui régnera au moins mille ans, peut-être plus si l'Élu qui naîtra au bout de ce terme ne te tue pas. Je suis ici pour t'aider, t'offrir la fortune et dissiper ton malheur. Si tu acceptes d'œuvrer pour nous, les dieux te promettent un château en or dans le merveilleux monde du Nord, Contrée des légendes. Ils te donneront une poche remplie de sable doré. Ils te garantissent que plus jamais tu ne seras affamé, car de sable tu te nourriras. Ils te libéreront des souffrances physiques, parce que le sable coulant dans tes veines endurcira ton corps et te dotera d'une force herculéenne. Les dieux t'offrent de parcourir le monde pour endormir les gens et punir ceux qui ne rêvent pas. Tu feras de ces pénitents des alliés, des Veilleurs, qui indiqueront les fautifs, de sept heures du soir à la naissance de l'aube.

— Mais comment je ferai pour endormir les gens s'ils n'ont pas sommeil ? demanda le garçon qui oubliait qu'il s'entretenait avec une araignée.

— Tu les puniras en versant du sable d'or dans leurs yeux.

— Il fera quoi, le sable d'or ? Il fait mal ?

— Oh, que oui ! Il a la propriété de gruger les yeux, la peau, les vêtements et même l'acier. Toutes les matières, à l'exception du bois, et évidemment, de la poche magique.

Le garçon pâlit dans l'obscurité. Il se sentait mal :

— Ça… ça veut dire que je ferai du mal aux gens ? Ce sable, il mangera leurs yeux et ils ne verront plus ? Comme ces affreux mendiants des villes qui nous quémandent des pièces ?

— Tu es très brillant, petit. En plein ce qu'il nous faut. Effectivement, Morphée veut punir les gens qui ne dorment pas. Les humains négligent de plus en plus leur sommeil, ils le repoussent, ils tentent de l'oublier par des breuvages mystérieux, ils le détrônent au profit du temps qui défile et qui les rapproche immuablement de la mort. Si Morphée n'agit pas, les chimères s'éteindront et leur monde se distillera dans l'oubli, ainsi que leurs dieux. Sans fantaisie, la clé des rêves se perdra et par manque de sommeil, l'humanité s'entretuera, se recentrera sur elle-même, car son corps deviendra un fardeau qu'il lui importera de traîner avant de se préoccuper du sort d'autrui. La planète croupira sous une avalanche d'androïdes inconscients. Le jour où le fléau surviendra, des réactions humaines insensées se produiront sous des yeux innocents. Les pieds escaladeront des vieillards, les cœurs ne s'émouvront plus devant le chagrin des enfants, ni devant la beauté du ciel qui parade. Sans les rêves, la vie sera grise, suffocante et incompréhensible. Quand enfin, l'humanité fatiguée détruira des forêts et qu'elle souillera la mer, les animaux fuiront. Ils empiéteront sur les domaines des hommes et ce que certains prendront pour de l'impudence n'aura été qu'un message apocalyptique de la part des bêtes, l'espèce qui observe, mais qui ne parle pas. Le châtiment consistera donc à enlever la vue aux fautifs pour qu'ils la retrouvent à travers le rêve. Ainsi, l'on dira des Veilleurs qu'ils ne dorment jamais, puisque le somnambulisme les animera. Véritables sonars, leurs neurones capteront le moindre signe d'éveil chez les humains

de leur entourage. Toi, tu porteras un sablier magique qui t'indiquera l'identité des coupables et leurs coordonnées.

— Et si, dans mille ans, je meurs à cause de l'Élu ?

— Ton héritier naîtra des entrailles de la mère qui enfantera l'Élu. Les dieux le choisiront en temps et lieu. Cet enfant vivra à tes côtés, s'en remettra à toi, son maître. Acceptes-tu l'offre des dieux ?

Pendant son moment de réflexion, les fibres du «cocon» se déchirèrent et il entendit les plaintes de ses sœurs et de sa mère percer l'atmosphère ; il percevait l'écho de son père... «P'tite Misère... j'aurais dû avorter ta mère !» ; il sentait son estomac brûler de faim ; il voyait les marches interminables, inhumaines à travers le désert pour rejoindre des crapules.

— Oui, répondit-il enfin.

— Merveilleux, dit l'araignée en s'approchant de l'enfant. Avant que je te proclame officiellement «Marchand de Sable», je devrai embrasser ton œil.

— Embrasser mon œil ? Mais comment ? Pourquoi ? ânonna le garçon.

— Comme ceci, rétorqua l'araignée en même temps que, dans un bond plus rapide qu'un cillement de paupière, elle s'aggloméra à l'œil du gamin pour y planter ses rostres d'or.

L'enfant voulut crier, mais la bête magique se sustentait son essence. Elle le vidait de son âme de mortel et insufflait en lui la promesse des dieux. L'image — telle qu'illustrée dans le grimoire — montrait le garçon sur le dos, les doigts écartés, en convulsion, son œil valide obscurci par un dégât d'encre, et la langue roulant dans sa gorge.

Ayant accompli sa morsure, l'araignée le nomma « Marchand de Sable ». Cette nuit-là, le gamin dormit comme un loir... pour la dernière fois. Son rôle de légende exigeait des déplacements continuels. Des rondes nocturnes sans fin.

Le lendemain, les filles roupillaient dehors, à moitié recouvertes de sable. Leurs corps se chevauchaient, leurs membres fatigués s'entrelaçaient. Le père pionçait dans la tente à côté de son fils qui se réveillait. Les paupières du petit garçon s'ouvrirent et dévoilèrent un œil intact. Le deuxième, cependant, logeait une bille d'or, scintillant comme des rayons solaires sur un miroir. Un sourire malicieux se forgea sur le jeune visage, à la vue de son géniteur qui ronflait et de sa main qui couvrait une montagne de pièces d'argent. P'tite Misère rabattit les couvertures et s'éclipsa à l'extérieur. Mais avant, il ferma son œil spécial. Qui sait si son père ne l'énucléerait pas en apercevant la constitution de son organe ?

Le soleil frappait sur sa tête. Il avait faim. Il s'accroupit, le regard fixe, ne pensant qu'à manger. Il ramassa une pelletée de sable entre ses paumes, qu'il versa dans sa bouche et déglutit. Il en recueillit encore, encore, et encore, jusqu'à satiété. La benjamine des sœurs surprit son frère en pleine action. Elle arrondit les yeux de terreur et ses lèvres s'incurvèrent de dégoût. Elle plaqua une main sur sa bouche. Au même instant, son cadet intercepta son regard. Déjà, il flairait ceux qui ne dormaient pas.

Un peu plus tard, son père remballa le campement et ils partirent pour une autre route de débauche afin de rencontrer des richissimes.

— Où est mon sablier ? Vous l'avez vu ? interrogea l'homme en se tournant vers les membres de sa famille.

— Non, répondirent les filles en chœur.

— T'es bien silencieux, toi, P'tite Misère… Le cacherais-tu, par hasard ?

Le garçon fronça les sourcils, et hocha la tête à la négative.

— Aurais-tu perdu ta langue pendant la nuit, toi ? En plus de ton œil… Qu'est-ce que t'as à l'œil ? Une infection. Sûrement une infection ! Ce gamin en est une lui-même, commenta-t-il à voix basse.

Le père s'avança vers son rejeton, sous le regard apeuré de sa femme et de ses filles. Il plongea sa main dans les poches de son fils. Son expression changea lorsque ses doigts rencontrèrent l'objet en question :

— Ah ! J'savais bien, p'tit menteur, langue noire ! Bon à rien !

Sa paluche partit et il gifla le môme si violemment que ce dernier bascula en arrière. Il y eut un subtil bruit de grésillement. Le père retira sa paume échaudée et laissa tomber le sablier. Les grains de sable étaient dorés. Le visage de l'homme s'éclaira d'émerveillement et il déclara :

— Par tous les diables ! C'est de l'or ! Regardez, regardez ! dit-il à ses filles et à sa femme.

Elles s'étonnèrent aussi, sans cacher le contentement sur leurs traits devenus soudain radieux.

—Demi-tour ! Ces richissimes pourront bien aller s'faire foutre ! On a de l'or ! On est riches ! On aura une bonne fortune pour ça !

L'œil doré du garçon s'ouvrit sur une tempête qui se levait à l'horizon. Un mur ocre approchait par-delà les dunes. Au fil de son évolution, il soulevait la poussière, arrachait quelques rares végétations et modelait un entonnoir souple et monumental. La tornade évoquait une reine tournoyant dans sa robe, dont l'enivrement et la dominance avaient la capacité de sublimer quiconque la regardait ou se mettait sur sa route.

Alertés par le sourd grondement qui naquit, les filles, la femme et l'homme tournèrent la tête vers la ballerine de sable qui pirouettait et pirouettait et pirouettait, de plus en plus imposante, brillante et destructive. Le père rebroussa chemin vers P'tite Misère, qui le toisait avec malice, toujours assis par terre, le menton logé entre ses paumes.

Les adolescentes emboîtèrent le pas au chef de famille. P'tite Misère eut le temps de voir l'horreur se dépeindre sur la face de son géniteur avant que sa gueule ne se torde et n'émette un hurlement. Ses parents et ses sœurs disparurent au sein de la tornade fabuleuse. Le cyclone tourbillonna sur place, comme pour clore son spectacle devant le nouveau-né légendaire. Le garçon observait la cérémonie, les paupières presque fermées.

Puis, la poussière retomba. En s'écroulant, la danseuse répandit des volutes sablonneuses à perte de vue. Des vallons dorés composaient le désert. Les dieux avaient tenu leurs promesses et pour cela, le jeune Marchand de Sable se dévouerait à eux, peu importe les vies qu'il lui faudrait faucher et les yeux qu'il lui faudrait brûler.

Le fils ramassa la poche de sable dans laquelle il découvrit la veste rapiécée de son père et d'autres trucs. Il jeta les « autres trucs » (objets sexuels et habits indécents) et décida de conserver le manteau en guise de trophée.

Il déterra son précieux sablier brillant d'or, souffla dessus et l'enfouit dans la poche de sa tunique. Il mit le tout dans la charrette et parcourut le désert à la recherche de la Contrée du Nord, en prenant soin, bien sûr, de bourrer sa poche de sable magique.

CHAPITRE 40

L'ultime recours

Le mirage de vérité éclata en mille escarbilles d'or qui, au gré de leur descente aérienne, formèrent des lettres éteintes. Elles se couchèrent sur les pages, là où l'encre les avait enfantées. Une fois les mots à nouveau incrustés dans le papier parcheminé, le grimoire se referma dans un claquement définitif. Eusèbe et Alphonsine, appuyés sur leurs coudes, les bustes à demi redressés, demeurèrent un moment interloqués et se regardèrent en silence.

Tout s'éclaircissait, maintenant. L'histoire qui se cachait derrière ce monstrueux personnage s'expliquait, mais n'en restait pas moins punissable. L'Élue se sentait privilégiée, unique et... condamnée. Elle ressentait du dépit pour sa mère qui avait servi de nid à deux adversaires. Elle se disait qu'elle-même avait donné la vie à un appât : sa fille.

Alphonsine dirigea son attention en direction du lit à baldaquin. Lydie y dormait sur le dos, mains jointes sur sa poitrine. Le tabouret à son chevet était libre. Ely avait disparu pendant qu'Eusèbe et elle s'observaient. Pouf ! Comme un éclair ! Il avait emporté le grimoire avec lui. Les parents se mirent debout d'un bond. Ils voulaient serrer entre leurs bras le fruit de leur amour, cette petite perle égarée, et remédier à son inquiétude.

Alphonsine glissa les mains sous la nuque et le dos de sa fille quand Eusèbe s'y opposa :

— Non ! Son sommeil la sauvera peut-être ! Je pourrais rester avec elle…

L'Élue leva des yeux implorants vers lui.

— Et je risquerais de vous perdre tous les deux ? Jamais ! répliqua Alphonsine. Je propose qu'avec Lydie, nous partions pour une chasse à l'homme, dit Alphonsine. Nous tomberons bien sur lui.

Tout en tentant de convaincre son mari, Alphonsine porta son regard à la fenêtre. Dehors, le ciel orageux persistait à enténébrer l'atmosphère. Elle remarqua aussi que la lanterne de sa fille occupait toujours le centre de la table.

— C'est plutôt risqué… Si nous l'attendons ici, nous sommes sûrs qu'il reviendra, persista Eusèbe.

Alphonsine sentait l'impatience bouillonner en elle.

— Ce qui est tragique, c'est que pendant qu'on discute, le Marchand de Sable détruit notre village !

— C'est déjà fait, mon amour, dit doucement Eusèbe en prenant la main de sa femme.

Elle se libéra de son étreinte avec rudesse.

— Je ne pourrai pas rester là à l'attendre. À *les* attendre, se reprit-elle. Nous en avons deux à combattre. Pas seulement un. Comment ferons-nous ? Jadis, nous avions le sablier pour l'enfermer et le casque à baïonnette d'Alexander ! Aujourd'hui, qu'est-ce que nous avons ? protesta Alphonsine en pleine crise de nerfs.

— Toi. Nous avons toi. Tu as sûrement un pouvoir…

Alors qu'ils discutaient, un grincement voyagea jusqu'au sommet vertigineux de la tour. Eusèbe se précipita à la fenêtre et se pencha par-dessus la large bordure dorée.

— Diantre ! C'est lui ! Il est sur la passerelle !

— Le Marchand de Sable ou Ely ?

— Forcément mon père, puisque je suis juste là, derrière vous, répondit une voix dans le cadre de la porte.

Alphonsine sursauta de l'intérieur. Elle se souciait de ne pas laisser paraître sa peur devant ses adversaires. Elle eut une pensée pour les chevaux, que le Marchand de Sable remarquerait à coup sûr. « Que leur fera-t-il ? », craignit-elle vaguement avant de reporter son attention sur son frère, qui figurait désormais en tête de liste des ennemis à éliminer.

— Tu as donc été élevé par *lui* ?

— *Lui*, c'est mon père, mon mentor, la corrigea-t-il en s'avançant de quelques pas dans la chambre.

— C'est bon, le sable ? fit Eusèbe ironiquement.

— Plus nourrissant et bénéfique que du pain et de l'eau, persifla le jeune homme.

La bordure de son chapeau escamotait ses yeux et son front. Ses cheveux fins et gras, son menton mal rasé, ainsi que son complet lui donnaient des airs de malfrat. Son sourire narquois, en permanence collé à son visage, semblait dessiné à l'encre. Les chevaux hennirent. Alphonsine fit volte-face et accourut à la fenêtre. Elle s'inclina par-dessus le châssis et manqua de perdre pied, quand Eusèbe la rattrapa par le tissu de sa robe. Son épouse, effrayée, dirigea son regard tout en bas, près de leurs montures. D'où elle se trouvait, elle ne les voyait pas. La légende se mit à siffler.

Il vint à l'esprit d'Alphonsine l'envie de sauter. « S'il est vrai que je suis immortelle en ce monde, alors, je peux tout faire », se dit-elle. À l'aide de ses triceps, elle se hissa sur l'épaisse bordure de la fenêtre et jeta un œil par-dessus son épaule. L'affection qu'elle portait à sa fille et à son mari la retenait.

Ce dernier l'observait, terrorisé à l'idée qu'elle s'élance. Lydie dormait. Quant à Ely, il scrutait sa sœur avec attention. « Qu'arrivera-t-il si je les abandonne pour en finir avec cette histoire ? pensa-t-elle. Ely les prendra en otage, forcément… Ils sont deux, je suis seule et en plus, j'ai deux personnes sur qui je dois veiller… Qu'est-ce que je fais ? » Les chevaux criaient, à présent. C'étaient des appels de détresse !

Juchée sur la paroi de la fenêtre, elle sentait ses orteils se crisper sur le rebord.

— Angie ! s'écria-t-elle.

Sans elle, je ne serais pas là ! Elle ne pouvait pas la laisser se faire maltraiter. Elle se redressa sur ses jambes flageolantes, s'agrippa d'une main sur le cadre de la percée tandis qu'elle gardait l'autre appuyée sur sa cuisse, et se hasarda à jeter un coup d'œil en bas.

— Non ! Ne fais pas ça ! hurla Eusèbe en s'élançant vers elle.

Elle avait le vertige. Il lui semblait que le sol respirait. Au même instant, un suaire enténébra la pièce derrière elle. Elle se retourna.

Lydie était réveillée et elle la regardait. Elle se frottait les yeux en bâillant. Une auréole nimbait sa fille dans la pénombre. Son mari et son frère, quant à eux, se fondaient dans l'obscurité, comme des ombres dans la nuit.

— Maman ! s'exclama Lydie en sautant joyeusement hors de son lit.

Touchée par l'élan de tendresse de son enfant, la mère descendit de sa tour de guet et alla la rejoindre. Mais dès qu'elle ouvrit les bras pour l'étreindre, une tornade noire encercla l'enfant.

L'entonnoir s'élevait, effaçant Lydie petit à petit de sa poussière charbonneuse.

— Maman ! se lamenta la petite, tétanisée.

Alphonsine plongea les mains dans l'œil du cyclone qui dépassait, à présent, la grandeur de sa victime. Les cheveux de Lydie se dressèrent au-dessus de son crâne, suivant d'instables déplacements spiroïdaux tandis que sa tête, renversée vers l'arrière, révélait un visage rougi et déformé par une panique extrême.

— Maman ! supplia-t-elle en sanglotant.

Le vacarme que menait le vent les forçait à hausser la voix pour se comprendre.

— J'essaie ! J'ess… AÏE ! piailla la mère en se retirant à la suite d'une fugitive douleur aux pectoraux.

Elle ne s'arrêta toutefois pas. Sa volonté de sortir sa fille du ventre de la tornade était si forte qu'elle tenta d'ignorer l'action des grains de sable — qui lui paraissaient munis de lames microscopiques — sur sa peau. Du sang se mit à éclabousser sa figure.

— Lyyydiiiie ! hurla-t-elle en pensant que le cyclone dévorait son enfant vivante.

D'ailleurs, elle ne criait plus.

— Lydie ! Eusèbe ! Aide-moi ! AAAAAh !

Le souffle d'Alphonsine se suspendit. Net. Dans le feu de l'action, la femme ne s'était pas rendu compte que ses bras avaient pénétré la tornade. Elle ne s'était pas aperçue que la vélocité centrifuge de l'entonnoir les avait dépiautés, exposant une musculature écarlate qui perçait par endroits sur son ossature.

Elle tituba vers l'arrière, blanche et sanguinolente, les lèvres tremblantes et l'air interdit. La combattante capitulait devant le tourbillon déchiqueteur.

— Tu ne pourras plus jamais la prendre, maintenant, résonna la voix de son jeune ennemi qui émergea de la noirceur.

Alphonsine, égarée, reculait toujours. Son regard alternait entre ses bras, épluchés en lambeaux de chair, et ce frère diabolique.

Où était Eusèbe ?

Des larmes qui ne provenaient pas du cœur, mais d'un puits plus profond encore, roulèrent sur ses joues. « Malstörham, aide-moi. Malstörham, aide-moi. Malstörham, aide-moi. Malstörham, aide-moi. Malstörham, aide-moi… », balbutia-t-elle intérieurement.

— Triste pour toi. Une immortelle en ce monde, condamnée à vivre avec des bras qui ne servent plus à rien. Les âmes t'avaient pourtant mise en garde contre le sable noir, grande sœur. Ton étourderie ne s'est donc pas guérie avec l'âge ?

— Malstörham, aide-moi. Malstörham, aide-moi. Malstörham, aide-moi. Malstörham, aide-moi. Malstörham, aide-moi…, chuchota-t-elle de ses lèvres molles et tremblotantes.

— L'ancêtre n'est plus que poussière, désormais. Inutile de l'invoquer, car aucun esprit ne peut percer la frontière sacrée des légendes.

La tornade noire, ballerine ténébreuse millénaire, s'étira, déploya sa grâce en tournoyant comme une sainte.

La mère pleurait déjà sa fille. Elle ne concevait pas qu'un si petit cœur put survivre à une telle frayeur. Elle recula, recula et…

L'éclat flavescent des murs de la chambre fusa, endolorissant les paupières d'Alphonsine. Son époux lui apparut. Il gisait sur le plancher, le cou en contorsion vers l'arrière, les jambes crispées et crochues, les bras distordus et les paumes accueillant le ciel. De ses cavités — oreilles, yeux, bouches, narines — débordait une boue noire en ébullition. Son corps, pris d'une énergie galvanique, répandait déjà une odeur soufrée. Sa femme inclina la tête, la secoua de tristesse et assista aux dernières secondes d'existence physique de celui qu'elle avait toujours aimé.

À ses pieds, l'étendue sablonneuse avançait comme une vague. Elle lança un regard assassin à Ely, qui paraissait vouloir dire : « Tu as gagné, ordure. Tu as volé ma vie. »

Elle se mit à genoux. Ses bras pendaient devant elle tels des fanons encombrants. Elle approcha son visage du sol, abaissa les paupières et lapa le venin.

CHAPITRE 41

Le venin noir

Alors que sa langue recueillait le sable amer et qu'un pétillement nocif piquait ses papilles, Alphonsine s'avisa qu'un changement s'opérait en elle. D'abord, le bout de ses doigts picota telles des bulles de champagne éclatant sous sa peau. La sensation de fourmillement remonta le long de ses bras écorchés — galettes de chair labourée — jusqu'à son cou, et comme une chute de liquide gazéifié, se répandit dans l'ensemble de son corps.

La sombre danseuse mugissait tout près d'Alphonsine, toujours agenouillée. Son souhait de mort ne s'était point exhaussé. Pire ! Maintenant, son être véhiculait une substance redoutable : *le venin noir.* Ne sachant pas à quoi s'attendre d'elle-même ni ce qu'elle trouverait devant elle, elle redressa le tronc prudemment. En s'infiltrant dans ses narines, le vent repoussait l'air expiré dans sa trachée, ce qui gênait sa respiration. La ballerine continuait de tournoyer, s'abandonnant à un élan impétueux, démoniaque. L'opacité de son tutu noir ne permettait pas à Alphonsine de voir si sa fille vivait encore.

Dans son déhanchement, la danseuse accrocha les mains et les genoux de l'Élue. Celle-ci se recula par réflexe, mais s'aperçut aussitôt qu'elle n'avait pas subi de blessure. Qui plus est, elle avait retrouvé ses bras enrobés de peau lisse, sans l'ombre d'une cicatrice. En revanche, ses veines passèrent du bleu foncé au noir pailleté. Elle palpa ses membres et les trouva anormalement durs. Elle répéta l'examen sur le reste de son corps pour constater que sa chair abritait non plus des os, des muscles, des ligaments et un réseau sanguin, mais un organisme dur comme le roc.

Alphonsine regarda son ennemi, qui lui rendit le reflet de son expression : cocktail d'étonnement, de défiance et de malice. Le cyclone glissa entre eux. De la rocaille d'or dégringola sur les parois du château ébranlé. La veuve fléchit son genou devant elle et sa jambe lui parut pesante comme du plomb. Au profit d'un léger déséquilibre et d'un effort inhabituel, elle parvint à se mettre debout. Tout de suite, elle jeta un rapide coup d'œil sur ses cuisses. Celles-ci étaient aussi fines qu'avant, seulement, leur poids donnait l'impression du contraire. Un objet métallique rebondit à ses pieds et se posa tout près de ses orteils.

Il s'agissait de la veilleuse de Lydie. Elle se pencha pour la prendre, mais interrompit son geste, car un phénomène monopolisa son attention : un essaim sous-cutané de perles ébène, évoquant du caviar doté de pattes déliées, venait d'envahir son organisme. Pieds, jambes, tronc, bras, cou et tête, jusqu'à la pointe des capillaires, papillotèrent au point de créer l'illusion du dédoublement de sa physionomie. Chaque mouvement impliquait un léger décalage lumineux qui engendrait un effet saccadé. Une assurance étrangère la submergea et elle cueillit la lampe du système planétaire sous la mine patibulaire de son ennemi.

Un rayon d'albâtre fusa du contour de Saturne. La sphère flottait dans les paumes brillantes de l'Élue. Suivant la trajectoire oblique du faisceau, ses yeux rencontrèrent la projection de la planète sur le mur. Elle devina les traits vaporeux d'Alexander Freiszmuth :

— Ely s'est mépris sur une sshose : effectivement, nul esprit ne peut percer la frontière sacrée des lézendes… sauf si celui-ci y a livré son dernier souffle.

Lecledo pointa ses doigts crispés vers le visage éthéré de l'Allemand et décocha des jets de sable noir qui se réfractèrent sur le fantôme tandis que de fines particules sablonneuses retombaient en une mélodie cristalline.

La poussière n'eut pas le temps d'atteindre le sol que l'âme d'Eusèbe apparut de Jupiter :

— Sauve Lydie, souffla-t-il. Tu le peux, à présent.

Sans crier gare, Alphonsine se retourna et s'élança dans l'estomac de la ténébreuse ballerine en prenant soin, bien sûr, d'apporter la veilleuse.

L'action centrifuge de la tornade maintenait la jeune femme collée à la paroi. Puis enfin, son regard croisa le plus beau mirage qu'un désert puisse enfanter : sa petite fille. Sa physionomie tout entière exprimait la peur : cou blotti entre des trapèzes contractés, paupières serrées, lèvres dépressives et paumes retournées contre la surface concave. À ce moment, la vision d'Alphonsine se troubla. Les larmes lui montaient aux yeux. La rotation rapide les lui extrayait avant même qu'elles coulent. Ainsi, le liquide salin traçait un prolongement perlé depuis l'extrémité de ses yeux jusqu'à ses oreilles. Puis, sans qu'elle l'ait voulu, une de ses mèches noires ondula vers la figure de la fillette comme un cobra sous le charme. Au centre du tourbillon chaotique, l'effleurement sur la joue de l'enfant équivalait à un hurlement caverneux à même l'oreille.

Les iris verts de la bambine se dévoilèrent. Il s'écoula quelques secondes avant que la petite réalisât que cette dame scintillante, au teint charbonneux, était sa maman. Quand toute méfiance fut écartée de son esprit, elle décolla ses bras de la paroi et étira vers Alphonsine ses petits doigts épanouis, comme au jour de ses premiers pas. La chevelure s'accrocha au corps de la gamine et l'attira en douceur vers la femme.

— C'est moi, ta maman. Je suis là, maintenant. Je suis là, dit-elle en serrant son enfant contre sa poitrine. Je suis magique. Je vais nous sortir de cet enfer.

Elle observa l'entonnoir qui se dressait au-dessus d'elles. Le ventre du cyclone comportait de courtes saillies arrondies, comme un serpent de pâte à modeler enroulé maintes et maintes fois sur lui-même. Elle entreprit de grimper. Il n'y avait pas une minute à perdre. Sa mission l'avait conduite ici ; son instinct représentait désormais son seul allié.

— Chérie, j'ai besoin de ton aide, cria-t-elle pour contrer le bruit du vent.

L'ange leva des yeux attentifs et anxieux vers sa mère :

— Quoi, maman ?

— Tu peux tenir la lampe que Paula t'a donnée s'il te plaît ? Très, très, très fort ?

— Oui, maman. Il ne faut pas qu'elle tombe !

— Bien, répondit-elle en lui adressant une mine réconfortante.

Son expression devint plus sérieuse alors qu'elle rivait son regard dans celui de sa fille :

— Ma chérie, écoute-moi : tu devras t'accrocher encore plus fort à mon cou. Je ne pourrai pas te porter. J'ai besoin de mes deux mains pour monter. Tu comprends ?

Lydie acquiesça, légèrement inquiète.

Alphonsine se découvrit une force physique phénoménale et une agilité bestiale pour grimper. La tête de la fillette dodelinait au gré de la course orbiculaire de sa mère sur le flanc vertical. Elle subissait la véloce ascension en démontrant une grande stupéfaction : tantôt elle observait la base étroite de la tornade rapetisser sous elles, tantôt elle s'extasiait devant la crinière ébène de cette dame magique. Longue et éparpillée sur la paroi, cette chevelure ressemblait aux filaments toxiques d'une méduse.

Certes, l'action centrifuge aidait Lydie à se cramponner à sa mère, et sa mère à se retenir, mais elle freinait aussi la montée. Toutefois, mêmes ses brûlures aux quadriceps et aux biceps ne firent regretter à Alphonsine son entreprise. Soudain, les cheveux de Lydie se plaquèrent au visage de sa mère qui, surprise, manqua de perdre pied. D'un mouvement de tête, elle voulut dégager son champ de vision. C'est alors qu'une chose noire apparut à l'angle de sa périphérie visuelle. Elle interrompit son escalade pour se retourner à demi.

Le chapeau d'Ely évoluait vers elle, à la manière d'un boomerang. Au dernier moment, Alphonsine remarqua la bordure du couvre-chef, dont la mince épaisseur abritait des lames crochetées et rétractables. L'Élue repoussa Lydie d'un bras pour la protéger d'une décapitation certaine. La coiffure meurtrière trancha la gorge d'Alphonsine et rejoignit la tête du chasseur qui se trouvait à quelques mètres seulement des fuyardes.

La femme écarquilla les yeux. Elle n'éprouvait aucune douleur. Juste une pression. Un engourdissement. Elle se tourna vers son enfant à ses côtés, qui couinait de terreur. L'oncle se rapprochait dangereusement de la nièce. L'Élue parcourut du doigt ladite lacération et découvrit une fente d'une profondeur d'environ trois centimètres. Elle perçut sa plaie qui se remplissait de sable ; un subtil crépitement se fit entendre. L'ennemi la pressait à agir rapidement. Moins d'un mètre séparait Alphonsine d'Ely, dont elle voyait, en plongée, le crâne de jais.

À cet instant, l'héroïne se sentit pénétrée d'une dose de confiance. « J'ai été conçue pour affronter Ely. Nous avons des pouvoirs équivalents. Pourquoi me sauverais-je de lui ? », raisonna-t-elle. « Parce que la réponse touche au ciel », lui répondit une voix qui ressemblait étrangement à celle de Malstörham. « Mon maître a touzours dit que le seul arbitre d'un duel est l'instinct. La rationalité n'a de raison d'être que dans le monde tanzible », ajouta Alex par la voie de la pensée.

« Mais n'oublie pas, chérie, lui rappela Eusèbe, Ely n'est pas la Légende. L'autre est une puissance bien plus féroce. »

Lydie pointa l'index vers le haut. Mère et fille avaient réalisé leur ascension, mais elles n'étaient pas au bout de leurs peines. L'œil de la tornade s'ouvrit sur ce qui décrivait, a priori, un univers d'une noirceur incommensurable.

Des créatures flottantes, qui ne ressemblaient ni aux hommes ni aux bêtes, défilaient devant l'extrémité évasée. À présent, Ely n'avait qu'à étirer le bras pour les attirer vers le bas. Ce qu'il tenta. L'Élue évita de justesse qu'il happe sa cheville. Toutefois, la scène fabuleuse qui se déroulait sous les yeux des spectatrices parvenait presque à leur faire oublier la menace de leur assaillant.

Fascinée, Alphonsine se propulsa comme une grenouille sur le rebord du cyclone pour jouir d'une meilleure vue d'ensemble.

Elle comprit qu'elles avaient atteint les rêves des dormeurs du monde entier.

CHAPITRE 42

Voyage aux confins de l'onirisme

Juchée sur le pourtour de la tornade, à la merci de la cité du vide, Alphonsine s'apprêtait à s'introduire dans l'intimité subconsciente de milliers de gens, sa progéniture accrochée à son dos. Le décor se composait d'images holographiques, vacillantes comme une ampoule sur le point de brûler. Au loin, une maison, transpercée par des flammes infernales, ronflait. À proximité, dans une autre dimension, un nageur craintif constatait qu'un cortège de requins tournait autour de lui. Plus loin, un rêve exposait un petit garçon, grisaillé par la pénombre, qui tendait une main hésitante vers un chat, gris fauve, assis dos à lui. À droite, une femme et des enfants fuyaient un homme muni d'un hachoir. Les séquences suivaient un ordre en général logique, mais ne duraient pas. L'agresseur s'élança vers la plus jeune des cinq victimes, abattit son arme sur elle et la scène disparut, aspirée par la conscience. La rêveuse avait dû se réveiller et ainsi mettre fin à son cauchemar.

Alphonsine se pencha prestement. Elle venait d'éviter de se faire transpercer le crâne par une volée de plumes, aux extrémités pointues comme des stylets. Les ongles de Lydie se recroquevillaient dans la chair endurcie de ses trapèzes.

— C'est fini. Elles ne reviendront plus, assura-t-elle à sa fille tandis que les projectiles meurtriers s'éloignaient dans les confins d'un imaginaire.

— On est où, maman ?

— Je pense que nous sommes dans le monde des rêves, des possibles.

— Tu crois que les plumes-couteaux reviendront ?

— Je ne crois pas, non. Tu sais, les petites lignes que tu as sur le bout de tes doigts ?

— Ça ? demanda-t-elle en pointant le haut de son index.

— Oui, cela s'appelle des empreintes digitales. Il n'y a pas une personne sur terre qui en a des pareilles aux tiennes. Pour les rêves, c'est la même chose. Les plumes ne reviendront pas.

— C'est beau, ici, mais ça fait peur, aussi, constata Lydie, dont le regard errait d'une image à l'autre.

— Oui. Essayons de les traverser sans avoir peur, d'accord ? répondit sa mère.

Elle se rappela, à cet instant, que Malstorhäm lui avait dit que la réponse touchait le ciel et qu'Alexander lui avait conseillé de suivre son instinct. Or, ce dernier l'incitait à s'enfoncer dans la galaxie onirique.

En ce lieu, les songes s'entrecroisaient, cohabitaient dans une bulle commune, sans toutefois interagir. Après s'être redressée, Alphonsine posa un pied dans le vide. Elle s'avisa avec stupéfaction qu'elle flottait, ainsi que sa fille, qu'elle avait déposée à ses côtés. Main dans la main, elles arpentèrent l'univers fabuleux. Lydie ricana en pointant un troupeau de cochonnets qui se dirigeait droit sur elle. Alphonsine souleva la petite et la tint suspendue à bout de bras, jusqu'au moment où les porcelets pressés explosèrent dans un nuage fuligineux.

L'Élue reprenait son souffle, tandis que la blondinette pépiait d'excitation :

— Hi, hi, hi ! Ils étaient drôles, les bébés cochons, hein maman ? On va en voir encore, dit ? On va en voir encore ?

« C'est fou comme les enfants oublient vite... », se dit Alphonsine, qui omit de répondre à la fillette. Attentive à une infinité de menaces susceptibles de surgir devant elles, elle évoluait avec la vigilance d'un chat pressentant le danger. Son esprit s'efforçait d'écarter une variété de conjectures toutes aussi angoissantes les unes que les autres. Marcheraient-elles sur un vortex ? Un loup-garou les dévorerait-il ? Se feraient-elles frapper par la foudre ? Est-ce qu'un arbre mort, juste là, enlèverait sa fille avec ses branches costaudes et sinistres ? Cet éléphant les balancerait-il au loin avec sa trompe ? Est-ce que les brigands qui battent le malheureux, à gauche, s'apercevraient de leurs présences et se rueraient sur elles ?

— Maman ! Regarde ! s'exclama Lydie, émerveillée.

Suspendu dans l'espace naviguait un bateau sur une mer déchaînée, surplombée d'un ciel d'azur. Un homme en habit du dimanche plus gros que le vaisseau se noyait en tendant une main de la taille d'une mante.

— Oh ! Je peux y aller moi aussi ? fit la gamine d'un ton envieux en remarquant un garçonnet bridé qui chevauchait un dragon chinois à la peau écailleuse.

Le mouvement ondulatoire du monstre, ainsi que sa grandeur, rappelaient à Alphonsine l'horrible souvenir de son passage dans le monde du Loch Ness.

— Non, rétorqua-t-elle avant que son attention fut happée par l'apparition d'un couple qui s'enlaçait sur une couverture rougeâtre, guetté par l'énorme face déformée de jalousie d'une femme albinos.

Alphonsine sursauta en poussant un cri lorsqu'elle vit choir, juste devant elles, un enfant battant des bras et des jambes. Sa bouche ouverte supposait qu'il hurlait, mais il ne produisait aucun son. En arrière-plan, cependant, les vagissements d'un bébé menaçaient de percer leurs tympans. Elles se retournèrent et remarquèrent un bambin étendu dans sa couchette. Il pleurait d'effroi. Un visage hideux, dont la dimension couvrait toute la chambre, l'observait du plafond.

Ses pupilles ovales fendaient ses yeux, son nez crochu dégoulinait de résine collante et son rictus évoquait la gueule d'un chien exposé à une canicule. La menotte de Lydie serra la main de sa maman.

— Ce n'est pas vrai, chérie. Tout est faux. Ce sont juste des rêves.

Sur ces mots, Alphonsine réalisa qu'elle avait oublié qu'Ely les pourchassait. Lydie sautilla pour éviter la morsure d'un crotale, tout en émettant un cri aigu. Les ondes sonores provoquèrent des vibrations qui firent trembloter les rêves, les éteignirent. Mère et fille se virent plongées au sein d'une coupole obscure.

Une femme — nue et décharnée — tomba devant elles, la tête à l'envers, avec la spontanéité d'une araignée qui se jette en bas de sa toile. Une corde liait ses chevilles écharpées et ses iris se noyaient dans l'encre qui s'épandait de ses pupilles. Une tignasse caramel garnissait son vieux crâne. Son visage se fendit d'un sourire démoniaque. Par le croissant de lune buccal ainsi formé pointait une langue incroyablement longue. Avec un claquement sec évoquant un coup de fouet, elle projeta celle-ci et, avec une extrême vélocité, ligota le corps de Lydie. L'organe caoutchouteux et gluant bâillonnait son otage, bloquant ses voies respiratoires.

Alphonsine, affolée, planta ses ongles dans la langue de l'assaillante. La veilleuse rebondit sur la surface invisible et roula sur quelques centimètres. La physionomie de Lydie exprimait une terreur innommable; son teint bleuissait.

— Lâchez-la ! hurla Alphonsine, paniquée.

Elle voyait la vie de Lydie défiler sous son regard impuissant.

— NON ! répondit la femme caméléon d'une voix d'outre-tombe. JE SUIS MORPHÉE, DIEU DES SONGES. VOUS PERTURBEZ MES RÊVES !

Ely figurait juste derrière Alphonsine. Cette dernière, consciente qu'elle avait affaire à une puissance redoutable — à nul autre que le créateur de son ennemi — se mit à panteler :

— Laissez-nous sortir. Lâchez ma fille et nous partirons... Je vous le jure.

Des veinules éclataient dans les yeux de son bébé. Son petit visage devenait mauve.

— Je vous en prie, l'implora Alphonsine en se jetant à genoux.

Pendant ce temps, Ely songeait à fuir. Seulement, la tornade avait disparu.

— LES VISITEURS IMPROMPTUS NE PEUVENT ESPÉRER QUITTER MON MONDE SI AUCUN RÊVEUR NE RÊVE À EUX. TEL EST LE PIÈGE DE QUICONQUE OSE BRAVER L'ONIRISME. EN REVANCHE, SI PAR MIRACLE DANS CE VASTE UNIVERS, UN DORMEUR RÊVE À EUX, ILS RESSORTIRONT AVEC UN SOUVENIR DES SONGES.

— Je suis Ely. Héritier de l'illustre Marchand de Sable, clama Lecledo, presque avec désinvolture. Vous ne pouvez me garder captif, puisque je suis votre humble serviteur.

Le dieu déguisé fulmina au point d'écheveler les intrus :

— OH ! CROIS-TU QUE CELA TE DONNE LE DROIT DE PÉNÉTRER DANS LE SUBCONSCIENT DE MES RÊVEURS ? À CAUSE DE VOUS, UNE PARTIE DE L'HUMANITÉ SE PASSERA DE RÊVES POUR UNE NUIT ! VOUS AVEZ DÉTRUIT MES CRÉATIONS !

Les yeux de Lydie se révulsèrent et elle fut bientôt prise de convulsions. Alphonsine poussa un gémissement de désespoir en tendant les bras vers elle.

— SIIIIILENNNNNCE ! aboya Morphée.

Tandis qu'hurlait Morphée, un Pégase, blanc comme un cygne, émergea des ténèbres. La femme caméléon pivota sur sa corde et aperçut la beauté silencieuse qui galopait dans l'atmosphère en battant de ses ailes d'archange.

— Angie ! cria Alphonsine en se relevant.

La repoussante créature disparut. Lydie, inerte, tomba. Sa mère s'élança à plat ventre pour la rattraper. Au même moment, un homme immense, sculpture de vapeur blanchâtre — Morphée, assurément –, se dressa devant elle. Ses orbites creuses ombrageaient son regard, sa barbe encadrait un visage anguleux, une couronne de myrte couronnait son front, et de ses mains robustes fleurissaient des doigts allongés, presque déliés.

La jument ailée, en volant sur place, tendit le nez vers Alphonsine et la renifla. Cette dernière lorgna de côté la veilleuse qui étincelait dans la noirceur. Sans détourner l'attention de Morphée, qui observait la scène avec intransigeance, elle se dépêcha de ramasser la lampe. Dans l'intervalle, le Pégase s'assit pour laisser monter Alphonsine.

— ALLEZ ! VA AVEC TA SAINTE CRÉATURE, commanda-t-il de sa voix tonitruante en pointant l'horizon noir. LIBERTÉ À TOI ET À TA PROGÉNITURE. NOUS NOUS REPARLERONS PAR LA VOIE SACRÉE DU RÊVE.

Aussitôt, la constitution brumeuse se métamorphosa en loup noir de la taille d'un éléphant. La silhouette menaçante se dressa sur ses pattes velues. Lorsqu'il vit la gigantesque bête, Ely, qui, cherchait désespérément l'œil de la tornade, piqua un sprint au hasard de sa course.

Angie, le cheval magique, battit de ses ailes majestueuses vers la seule sortie qui se trouvait sur son passage : une porte qui, déverrouillée par une clef s'enfonçant dans le mécanisme de la serrure, s'entrebâilla en douceur. Alphonsine se retourna et assista aux derniers moments de l'existence de son frère.

Le carnassier ouvrit sa gueule béante dans un angle obtus. Il libéra une haleine aux propriétés altérantes. Ainsi, en courant, Lecledo abandonnait des parties de lui-même décomposées, réduites à l'état de breuvage putrescent. Ce liquide formait des flaques que le carnivore lapait à mesure.

La scène se volatilisa dès que le sabot arrière du Pégase franchit le seuil de la porte éphémère.

CHAPITRE 43

Le déluge

Le Pégase fendait les cieux à toute allure. Alphonsine, pressentant qu'elles allaient s'écraser, se cramponnait à la crinière immaculée, couchée par-dessus Lydie. Elle resserrait les cuisses sur les flancs de sa monture tandis que le sol sablonneux arrivait à une vitesse meurtrière. Dans sa chute vertigineuse, l'Élue entraperçut le Marchand de Sable. Avec sa charrette, il parcourait les dunes peuplées d'horloges. Les doigts d'Alphonsine s'accrochèrent au crin, ses coudes se refermèrent avec désespoir sur sa fille et, appréhendant une collision fatale, elle plissa les paupières, fronça les sourcils et serra les dents.

Le bruit d'un drap secoué lui parvint et elle sentit son cœur chuter comme une boule de plomb dans son ventre. Elle ouvrit les yeux en se demandant si le passage pour accéder aux portes des ténèbres était réellement si sobre, si indolore.

En réalité, les ailes de la beauté salvatrice s'étaient déployées de justesse avant de percuter la surface dunaire.

Le sol se rapprochait désormais en progression douce et calculée. Les onglets de la bête balayaient des volutes de poussière. Tandis que les foulées agrippèrent le sable, les cavalières encaissèrent crescendo les secousses de l'atterrissage. Lorsqu'enfin, la créature féerique ne dépendit plus du vol — mais de ses pattes robustes — pour progresser, ses ailes se désagrégèrent en une brume diamantée.

Angie fonçait d'un galop volontaire vers le Marchand de Sable. On aurait dit qu'aucun obstacle ne pouvait l'arrêter. Elle courait comme un cheval de bataille couvert d'une armure, évitant les horloges dressées sur son chemin, esquivant les pendules lamées qui fendaient l'air. D'un coup de sabot, elle envoya valser un cadran vers la Légende. L'objet ricocha sur son crâne, ce qui l'obligea à faire halte. Tout en faisant demi-tour, la jument freina devant l'ennemi dans un nuage de poussière. Elle courba le cou de façon belliqueuse, poussa du vent chaud de ses nasaux évasés, et piaffa, parée au combat.

Lydie résidait encore dans le monde de l'inconscience. Son teint bleui, ses lèvres pourpres, et ses paupières rouge vin renvoyaient à une œuvre signée par l'Artiste encapuchonnée. « Que valait le cadeau de Morphée, alors ? », ne put s'empêcher de penser Alphonsine prise entre le devoir d'affronter son adversaire et le refus d'abandonner son enfant.

— Ton héritier est mort, annonça l'Élue froidement en regardant le monstre du haut de sa monture.

Le colosse leva son visage bistré par l'ombre de son capuchon. Il émit un grognement d'indifférence, retira sa poche de sable de la charrette et l'élança au-dessus de sa tête en décrivant une rotation véloce.

De petites protubérances se dessinèrent sur le chanvre duquel était constituée la poche. Tout en hurlant mille ans de révolte, le Marchand de Sable tourna sur lui-même comme un lanceur de poids et lança le fardeau vers Alphonsine. Cependant, le sac éclata sur Angie, qui explosa en charpie de viande. Par ailleurs, la collision avait éventré la poche ; la déchirure éjecta non pas des particules sablonneuses, mais des pierres d'or.

La déflagration projeta Alphonsine, l'enfant et la veilleuse sur une distance de plusieurs mètres. Les particules vaporeuses, vertes et jaunes, s'emmêlèrent dans le ciel, se concertèrent avec la colère de la Légende et virèrent au violet. Les tic-tac frappaient le crâne de l'Élue à coups de marteau. Des pendules tranchantes passèrent si près d'elle qu'ils tailladèrent le dos de sa robe gonflée par le vent. À travers les bourrasques de sable, Alphonsine parvint enfin à distinguer sa fille. Le passage spasmodique des rafales lui montra Lydie, à genoux, calme. Elle enveloppait de ses petites mains la lampe de métal.

Un coup de tonnerre retentit. Les nuages éclatèrent et libérèrent des pépites d'or. L'une d'entre elles, plus grosse que les autres, tomba à côté d'Alphonsine. Elle créa un trou si profond qu'en approchant, il était possible de voir le magma somnoler tout au fond. L'impact du solide sur la matière mouvante fit jaillir des crachats de lave qui éclaboussèrent le bras de l'Élue. Dès que les gouttes incandescentes touchèrent à sa peau magique, un grésillement s'éleva dans l'air, sans toutefois qu'elle sentit la moindre douleur, pas même un subtil picotement. Son avant-bras se liquéfia cependant sous son regard terrifié. En s'avisant de l'intérieur gris foncé de son membre, elle réalisa avec stupeur que son organisme était constitué de pierre !

L'averse dorée martelait le désert. Alphonsine couinait, esquissant des sauts de côté, faisant tout ce qu'elle pouvait pour éviter de mourir. Un morceau d'or massif lui scalpa un tronçon de cuir chevelu. Elle vit la houppe de longs cheveux noirs tomber à ses pieds. Paniquée, elle chercha sa fille des yeux à travers ce déluge apocalyptique. Elle la repéra derrière les fantômes de sable que soufflaient les rafales.

Lydie toisait l'ennemi, les cernes assombris de rage, alors que les gouttes creusaient un cercle parfait autour d'elle, et que la veilleuse tremblait dans ses menottes. Un socle circulaire éleva la fillette, tandis que des giclées de magma fusèrent comme pour l'encenser. S'avisant du phénomène, le Marchand de Sable ne concentra désormais plus ses pouvoirs sur Alphonsine, mais sur la petite fille.

Il pinça les lèvres, riva ses paumes au ciel et, tel un grand chef d'orchestre, leva ses mains tremblotantes soumises à l'électrification de ses capacités surnaturelles. Il fit apparaître une horloge gigantesque, singulière. De son ventre sortit un bras mécanique au bout duquel une hache à double tranchant oscillait de gauche à droite. Cet engin visait à décapiter l'enfant puisque des pattes de cuivre articulées le soulevèrent du niveau du sol et qu'il se mit à avancer lentement vers Lydie. La lampe se mit à trembler si fort dans les mains en coupe de la fillette qu'elle imprima sur son corps de violentes secousses.

Le balancier assassin trancha l'air à peu de distance de la nuque blonde et des fontaines de lave. Le visage de la petite fille s'argenta, comme si sa peau se mutait en métal. Elle ressemblait à un androïde aux cils d'argent. Un raz de marée ténébreux balaya l'orage et son ciel menaçant. Une lune pâle baigna de ses rayons d'albâtre la veilleuse vibrante. Sur la coupole céleste piquetée d'étoiles se reflétèrent les neuf planètes décorant la sphère.

Sur chacune s'imprima le visage d'un membre de la famille : son grand-père maternel sur Mercure ; sa grand-mère maternelle sur Vénus ; sa grand-mère paternelle sur la Terre ; Arthur sur Mars ; son papa sur Jupiter ; Alexander sur Saturne ; sa tante Cécilia sur Uranus ; son autre tante Liduvine sur Neptune et son oncle Léonce sur Pluton.

Les planètes se concertèrent et à l'unisson, elles bombardèrent le Marchand de Sable de faisceaux argentés. Le Seigneur déchu se cambra vers l'arrière en hurlant pendant que son être se désagrégeait en poussière dorée.

L'attraction lunaire aimanta le corps légendaire qui disparaissait en tourbillons flavescents, sans épargner les horloges, le château et le désert tout entier. Les victimes du Marchand de Sable — prisonnières éthérées, capturées aux quatre coins du globe — s'éparpillèrent en tous sens en chantant leur libération.

Avant qu'Alphonsine sombre, son œil accrocha Devon qui passa devant elle à une vitesse exponentielle.

Les astres sourirent et s'évanouirent en même temps que le monde au sable d'or.

CHAPITRE 44

Le prix de l'enfantement

Alphonsine se réveilla. Il lui sembla avoir dormi d'un sommeil paisible. Elle voulut ouvrir les yeux, mais les referma aussitôt, car une lumière éblouissante agressait ses paupières. Son crâne lancinant irradiait d'une brûlure qui lui fit craindre que sa tête fut en train de flamber. Elle avait également l'impression que le sang ne circulait plus au niveau de son cou et des articulations de ses genoux. Ses mollets pendaient dans le vide, ballottant au rythme régulier de quelqu'un qui marchait. Quelqu'un qui la transportait ! Après un certain temps, elle reconnut un bruit tourmentant, directement relié à son cœur : un grincement giratoire.

Elle tressauta, battit des jambes et des bras, et tomba de la charrette, où elle était étendue. Une boule de métal qui lui rappelait vaguement quelque chose rebondit sur le sol.

— Ah, enfin! Je croyais que tu ne te réveillerais jamais, dit une demoiselle élancée, belle comme la lune, à la chevelure blonde parsemée de fils gris scintillants, et aux yeux émeraude pâlis par des cils d'argent.

Au départ, Alphonsine se recula sur ses paumes et ses pieds, en dévisageant celle qu'elle soupçonnait être Lydie. La jeune fille s'accroupit à ses côtés et en profita pour ramasser la sphère métallique. Elle la balaya pour y déloger les grains de terre.

Autour, le soleil verdissait les feuillus qui longeaient un sentier. D'instinct, la mère tendit une main tremblotante vers le visage de son enfant :

— C'est toi? articula-t-elle.

— Oui, maman. C'est moi, répondit sa progéniture d'une expression qui n'inspirait pas l'ombre d'une joie ou d'une fébrilité.

— Ma grande... ma chérie, balbutia-t-elle. Qu'est-il arrivé?

— Il y a seize ans, lorsqu'avec l'aide des astres j'ai éliminé le Marchand de Sable, j'ai éveillé l'intérêt de Morphée. Ta mort me chagrinait et malgré l'intelligence, l'autonomie, les pouvoirs qu'il m'avait insufflés, en dépit des présents qu'il me promettait, je refusais de me séparer de ton corps. Mon chagrin vibrait au point d'ensanglanter le cœur des dieux. Pour faire cesser leurs souffrances, Morphée m'a offert de restituer ta dépouille de pierre, en chair et en os. Il m'a dit que tu te réveillerais au moment où ton âme serait mûre. Mûre pour m'aider.

— T'aider ? Mais tes cheveux et... et tes cils... Ils sont d'argent ?

— Non. D'or blanc. L'or blanc est plus fort que l'or jaune, spécifia-t-elle en esquissant un sourire malicieux.

— Plus fort... ? Et que... que fait-il, l'or blanc ? bredouilla Alphonsine qui n'arrivait pas à démêler ses pensées.

— Il ne rend pas aveugle. Oh ! ça, non ! Il ne détruit pas les villages et la nature. L'or blanc est plus insidieux. D'un souffle délicat sur ma paume, la poudre précieuse pénétrera les voies respiratoires de ceux qui ne respectent pas le couvre-feu, et glacera leur intérieur pour provoquer la fuite de l'âme qui exècre le froid. On dira de ces départs mystérieux que la personne a trépassé dans son sommeil, que son cœur a cessé de battre, qu'elle a oublié de respirer ou encore, qu'elle est morte de sa belle mort. Toujours est-il que je capturerai l'esprit ainsi pressuré, et pour le punir, je l'enverrai dans les limbes afin que les fautifs jouissent du repos qu'ils ont négligé et qu'ils comprennent la valeur du sommeil. À présent, nul besoin d'une armée de Veilleurs pour surveiller les dormeurs. Ton âme sera ma lanterne, maman. Tu voyageras aux quatre coins du monde à la vitesse de la lumière et tu dénonceras les insomniaques. En échange, moi, je te fais le serment de prendre soin de ton corps quotidiennement, comme s'il était le mien. Je m'engage à lui attribuer une place impériale dans mon royaume blanc. Maintenant, je me réjouis de ton éveil, car mon travail pourra enfin commencer.

ADA ÉDITIONS

www.ada-inc.com
info@ada-inc.com

www.facebook.com/EditionsAdA

www.twitter.com/EditionsAdA